U0521872

当代文艺学的规范性基础
——合法性反思及其批评实践

傅其林 ◎ 著

中国社会科学出版社

图书在版编目(CIP)数据

当代文艺学的规范性基础：合法性反思及其批评实践 / 傅其林著 . —北京：中国社会科学出版社，2024.6
ISBN 978-7-5227-3044-8

Ⅰ.①当… Ⅱ.①傅… Ⅲ.①文艺学 Ⅳ.①I0

中国国家版本馆 CIP 数据核字(2024)第 037400 号

出 版 人	赵剑英
责任编辑	宫京蕾
责任校对	秦　婵
责任印制	郝美娜

出　　版	中国社会科学出版社
社　　址	北京鼓楼西大街甲 158 号
邮　　编	100720
网　　址	http://www.csspw.cn
发 行 部	010-84083685
门 市 部	010-84029450
经　　销	新华书店及其他书店
印刷装订	北京君升印刷有限公司
版　　次	2024 年 6 月第 1 版
印　　次	2024 年 6 月第 1 次印刷
开　　本	710×1000　1/16
印　　张	14.75
插　　页	2
字　　数	235 千字
定　　价	88.00 元

凡购买中国社会科学出版社图书，如有质量问题请与本社营销中心联系调换
电话：010-84083683
版权所有　侵权必究

前　言

合法性危机是现代性的关键命题之一，涉及政治、经济、文化、社会生活、日常生活、个体身份等广泛的领域，从根本上说，这是合法性的规范性基础遭受到瓦解或被转变。

卢卡奇与哈贝马斯关于合法性危机的研究对文艺领域的合法性探讨是有重要启示的。1923年卢卡奇出版的《历史和阶级意识》一书中有一篇《合法性和非合法性》文章，这篇文章探讨了无产阶级革命在现代资产阶级社会的合法性与非合法性辩证关系问题，也就是如何从非合法性的革命过程中获得主体权力与文化意识的合法性命题，这同时也是在思考资产阶级合法性如何演变为非合法性问题，"在无产阶级专政下，合法性和非合法性的关系在职能上发生了变化。因为原先的合法性变成了非合法性，反之亦然"。[①] 哈贝马斯在1973年的著作《合法性危机》中，集中探讨了合法性危机的理论问题，也主要集中于现代性问题，尤其关注的是晚期资本主义或者发达资本主义的合法性危机。他认为，危机最初是一个医学概念，是指身体疾病达到了自身难以痊愈的阶段，偏离了正常的健康状态。在哈贝马斯看来，危机概念成为戏剧学意义概念后更为清晰，指人的命运的转折点，悲剧冲突的白热化阶段。在19世纪危机概念演变为社会历史意义上的概念，马克思第一次提出了资本主义体系的危机，经济危机最为典型。哈贝马斯则是深刻地看到了发达资本主义社会的危机趋势，他区分为四种主要危机类型：经济系统的经济危机趋势、政治系统的合理性危机趋势和合法性危机趋势以及社会文化

---

① ［匈］乔治·卢卡奇：《历史和阶级意识》，张西平译，重庆出版社1989年版，第288页。

系统的动机性危机。① 因此，哈贝马斯主要在政治系统领域使用合法性危机概念。我们认为，文化领域以及审美领域仍然存在合法性危机的问题，哈贝马斯的合法性危机概念可以促进文艺领域合法性命题的思考，而且文艺合法性危机不仅是文艺本身的合法性危机，也是经济危机、政治危机、社会危机、文化危机、日常生活危机的一种镜像。

  文艺领域以及对文艺领域进行意义阐释的文艺学在现代社会危机不断，"文学之死""艺术之死""意识形态终结"不绝于耳，每一次先锋派运动都宣布了终结与死亡。我们认为，文艺合法性危机仅仅是现代性总体合法性危机的一部分。中国传统文艺观念在几千年的文学艺术创作实践和批评阐释中延续着，其合法性话语与其规范性基础虽然有所嬗变，但是，没有遇到颠覆性的危机，"诗言志""诗缘情"的文学观念以及"写意"传统的艺术定位，与中国抒情的文艺传统息息相关，共同维护着中国传统文艺合法性。随着现代性的发展进程，中国传统文艺合法性面临重重问题，文艺观念被质疑，话语范畴被边缘，文学审美经验被贬低，语言媒介书写方式也被成为革命的对象。可以说，晚清到五四时期，中国文学合法性危机一浪高过一浪，重建文艺合法性与规范性基础就成为主导话语。"人的文学"得以建构，而革命文学所倡导的"人民的文学"又把"人的文学"推向危机，文学社会意识形态论把自由主义文学观念推向危机，而文学审美意识形态论又把文学从属于政治之设想推向危机，文化研究甚至把文学研究本身的合法性解构了。因此，中国现代性进程就是文学合法性不断危机与合法性不断重建的进程，合法性问题内在于现代性之动态的追求之中。

  本书主要试图从合法性危机与合法性建构的角度思考文学理论问题，并通过文学批评实践具体地触及理论问题。理论思考主要基于三个维度，一是反思社会理论视野下的文艺领域的规范性基础与合法性问题，认为审美领域既有规范又超越规范，既有镣铐又超越其束缚，或者说是"戴着镣铐跳舞"；二是探讨文学审美意识形态论的合法性危机，试图从形式的意识形态论加以重建；三是阐发文艺符号学的合法性命题。三者都存在着合法性危机与理论的悖论，但是，文学艺术是存在

---

① Jürgen Habermas, *Legitimation Crisis*, trans. Thomas McCarth, Polity Press, 1988, p.45.

的，又是必然的，当代历史语境中的合法性重建必须在意识形态、审美文本与历史语境的复杂纠葛的结构元素中艰难地展开，理论之后不是理论的死亡而是理论的创新开始，理论合法性与历史描述性进程在张力中展开，在激荡中产生思想的火花，虽然随时可能熄灭，但是，只要思考仍然在切入现实，穿透现实，合法性仍然有着可能性。文学批评实践也主要从理论合法性危机与重建中展开文本与文学现象的细读，涉及传统文化与意识形态，现代性与文学形式，后现代欲望与审美问题。

本书是笔者近十余年反思文艺学合法性与规范性基础方面的一部分，其中一些内容以论文的形式在《文艺研究》《外国文学研究》《现代哲学》《思想战线》《社会科学研究》《四川大学学报》等刊物发表，在此表示感谢。

目　　录

第一章　审美领域的规范性基础 …………………………………（1）
第一节　审美公共领域的合法性 ………………………………（1）
　　一　审美领域的合理规范性 …………………………………（1）
　　二　审美公共领域 ……………………………………………（5）
　　三　哈贝马斯关于审美领域的规范性建构之限度 ………（10）
第二节　基于差异性交往的文艺理论 ………………………（16）
　　一　卢曼的社会系统理论的基本观点 ……………………（16）
　　二　差异性交往的艺术系统 ………………………………（18）
　　三　艺术形式与媒介的悖论性差异 ………………………（21）
　　四　卢曼的文艺理论的有效性之反思 ……………………（24）
第三节　艺术制度理论反思 …………………………………（27）
　　一　艺术制度理论趋势 ……………………………………（28）
　　二　艺术与制度 ……………………………………………（31）
　　三　艺术制度化问题 ………………………………………（34）
第四节　艺术概念的重构 ……………………………………（39）
　　一　后现代视角主义哲学 …………………………………（39）
　　二　后现代艺术概念的重构 ………………………………（41）
　　三　艺术样式的不可普遍化规约 …………………………（44）
　　四　后现代艺术现象的阐释 ………………………………（46）

第二章　文艺审美意识形态论 …………………………………（50）
第一节　美学与意识形态 ……………………………………（50）
第二节　崇高的意识形态 ……………………………………（53）
　　一　现代崇高美学与意识形态建构 ………………………（54）
　　二　后现代崇高美学的文化政治学 ………………………（64）

第三节　形式的意识形态论 …………………………………… (73)
　　　一　审美意识形态的内在逻辑 ………………………………… (74)
　　　二　"形式的意识形态"的理论阐释 ………………………… (79)
　　　三　文学审美意识形态论的合法性与语言论转型 …………… (83)
第三章　文艺符号学的合法性问题 …………………………………… (91)
　　第一节　文艺符号学阐释 ………………………………………… (91)
　　　一　俄苏马克思主义与符号学的纠结 ………………………… (92)
　　　二　西方马克思主义与符号学的融合 ………………………… (96)
　　　三　中国马克思主义文学理论的符号学失语 ………………… (98)
　　第二节　消费文化的符号学批判 ……………………………… (104)
　　　一　当代社会的符号学形态特征 …………………………… (104)
　　　二　符号与消费意识形态 …………………………………… (109)
　　　三　符号与恐怖主义 ………………………………………… (113)
　　第三节　艺术的必然性 ………………………………………… (119)
　　　一　劳动作为巫术：艺术起源与功能的实践基础 ………… (119)
　　　二　艺术形式的人类学基础 ………………………………… (122)
　　　三　资本主义与社会主义艺术的必然性 …………………… (126)
　　　四　价值与缺失 ……………………………………………… (130)
第四章　传统文化与意识形态 ……………………………………… (134)
　　第一节　儒侠文化精神互补 …………………………………… (134)
　　　一　儒侠文化精神结构 ……………………………………… (134)
　　　二　儒侠文化精神的契合点 ………………………………… (137)
　　　三　儒侠文化精神的离异 …………………………………… (140)
　　第二节　沉郁顿挫的审美意识形态分析 ……………………… (141)
　　　一　儒家意识形态矛盾张力的审美呈现 …………………… (141)
　　　二　"游"的审美意识形态张力 …………………………… (146)
　　　三　"舟"的审美意识形态张力 …………………………… (150)
第五章　现代性与文学形式 ………………………………………… (153)
　　第一节　雅俗叙事之互动 ……………………………………… (153)
　　　一　讲听模式与写读模式的互动 …………………………… (154)
　　　二　情节模式与情调模式的互动 …………………………… (159)

第二节　新生代小说的先锋实验 …………………………（166）
  一　比较的可能 ……………………………………………（166）
  二　退居欲望之所 …………………………………………（168）
  三　女性主义小说的离合 …………………………………（171）
  四　多种表现手法的尝试 …………………………………（174）
第三节　网络媒介与文学转型 ……………………………（177）
  一　文学网站的产业化与中国网络文学的发展 …………（177）
  二　网络文学的付费阅读现象 ……………………………（185）

第六章　后现代欲望与审美 …………………………………（190）
第一节　后现代消费文化中的时装表演 …………………（190）
  一　时装与欲望 ……………………………………………（191）
  二　身体美学 ………………………………………………（192）
  三　消费意识形态 …………………………………………（196）
第二节　《魔女嘉莉》的日常生活恐怖书写 ……………（200）
  一　恐怖元素的嬗变 ………………………………………（201）
  二　多角度的故事讲述 ……………………………………（203）
  三　流行文学的跨文类书写 ………………………………（206）
  四　文学视觉化实践 ………………………………………（208）

参考文献 ………………………………………………………（212）

第一章 审美领域的规范性基础

第一节 审美公共领域的合法性

如果说规范性基础（normative foundation）是指哈贝马斯而言的公共性语言交往的规范—规则之奠基，那么文艺学是否具有规范性基础呢？我们通过检视哈贝马斯关于审美领域的规范性建构，来反思文艺学学科基础这一知识学问题得以展开的可能性。审美领域在现代拥有自身的规范性基础，这一基础可以回溯到资产阶级启蒙运动所提出的自然法权，从而与现代社会公共领域的规范性基础构成内在的联系，这亦是审美现代性的合法性基础。在此意义上，审美领域可以用哈贝马斯的形式语用学加以阐释。但是，它本身所具有的复杂性、模糊性和悖论性，使得其内在地违背普通语言的惯例，逃脱日常言语行为的以言行事力量之掌控。审美领域既被纳入社会现代性的合理性规划之中，成为公共领域的重要元素之一，又适应了现代人最迷醉和向往的隐私性、神秘性诉求。因而立足于现代审美领域的文艺学，既有自身的规范性基础又超越了规范限制，既拘囿于话语的价值合理性又呈现出"无言之美"的微妙灵韵，文艺学规范性基础的思考理应聚焦于这两者之间的连接点。

一 审美领域的合理规范性

审美领域在哈贝马斯的交往行动理论中占据着不可或缺的维度，成为从康德到韦伯所设想的文化价值领域的重要部分之一，与科学和道德形成三种不同的合理性，即认识工具合理性、道德实践合理性和审美实践合理性。这三种文化价值的合理性观念通过相应的行动体系在生活世界中体现出来，并进行生活世界的文化再生产，从而控制社会部分体系以及生活世界的划分。哈贝马斯明确地分析了从文化价值到生活世界的逻辑结构："如果我们的出发点是，把现代意识结构压缩为三种理性复合体，那么我们就可以把结构上可能的社会合理化视为相应的观点（从科学和技术，法律和道德，艺术和'恋爱学'各个领域中提出的观念）与在相应的不同生活秩序中的利益和表现的联合。这种（极为冒险的）模式能够使我们陈述一种合理化的非精选模型的必要条件：三种文化价值领域必须联系着行动体系，以至于根据有效性主张而形成的专业知识的生产与传递得到安全的保障；专业文化所形成的认识潜力必须被传递给日常生活的交往实践，必须丰富社会行动体系；最后，文化价值领域必须以均衡的方式被制度化，以至于与文化价值领域相应的生活秩序保持充分的自律，避免这些生活秩序屈从于其他异质的生活秩序的内在法则。"① 这表述了现代分散的意识结构—三种文化价值合理性（观念）—文化行动体系—日常交往实践的内在演化逻辑。文化行动体系形成了价值合理性的专业知识，构成了相应知识的制度，"在文化行动体系中，相应的'话语'和活动是职业上被赋予的和制度上被组织起来的形式"②。这样，文化价值合理性的内在逻辑与社会生活中的相应制度为文化领域独立或者自律奠定了基础。审美自律领域呈现为审美价值观念与艺术活动的行动体系制度，其核心规则就是美学实践的合理性的内在逻辑的扩展。为了深入理解审美实践合理性及其独特的规律，哈贝马斯从形式语用学或普通语用学出发论述了美学批评或者艺术批评和艺术作品或者艺术生产本身的语言形式特征及其相关的学习过程，彰显了美学批评的知识价值与艺术审美经验扩展的累积性特征。

首先分析审美批评或艺术批评。审美实践合理性对哈贝马斯来说在于语言论断本身之中，审美领域的规则与规范来自于语言的规则或者规范。审美批评体现出特殊类型的语言论断或言语行为。对现代欧

---

① ［德］哈贝马斯：《交往行动理论》第一卷，洪佩郁、蔺青译，重庆出版社1994年版，第307页。译文根据英文版进行了修改。C. F. Thomas McCarthy. "Reflections on Rationalization in *The Theory of Communicative Action*", in Richard J. Bernstein ed. *Habermas and Modernity*, Cambridge: The MIT Press, 1985, pp. 177-178.

② Jürgen Habermas. "Questions and Counterquestions", in Richard J. Bernstein ed. *Habermas and Modernity*, Cambridge: The MIT Press, 1985, p. 206.

洲的科学、道德和艺术的价值领域而言，不同的论证形式根据普遍的有效性主张加以特殊化，这就形成了经验—理论的话语、道德话语和审美批评话语。审美批评实质上操纵着一种特殊的以价值为标准的论断语言，其特殊职能是"鲜明地展现一部作品或一篇描述，使人们可以感知到这些作品是一种规范经验的真实表达，是一般真实性要求的体现。这样，一部作品由于具有论证的美学知觉，就成为有效的作品"①。所以，在审美批评涉及的趣味性问题的论断中，人们仍然依赖于充分论证的合理力量，借助具体艺术作品作出价值适用性的论断。哈贝马斯根据有效性与知识的联系阐释了审美批评或艺术批评和艺术作品的合理性：某种"知识"在艺术作品中被对象化，尽管其方式与理论话语或者法律的或道德的表现方式不同。而知识对象化也是可以加以批判的，所以艺术批评与自律的艺术作品是同时出现的："艺术批评已经形成了与理论和道德—实践话语相区别的论证形式。由于不同于纯粹主观的偏爱，我们把趣味判断和一种可以加以批评的主张联系起来，这种事实为艺术的判断预设了非武断的标准。正如对'艺术真理'的哲学讨论所揭示的，艺术作品提出了关于作品的统一性、本真性以及表达成功的主张，作品可以通过这些主张加以衡量，并且作品根据这些主张可能被认为是失败的。正是由于此，我认为，论证的语用学逻辑是最合适的引导线，借助于它'审美—实践'合理性能够区别于其他类型的合理性。"②内在于艺术作品的有效性主张开启了看似熟悉之物的视野，重新揭示看似熟悉的现实的"唯一的启示的力量"。艺术按照一种抽象的价值尺度、一种普遍的有效性主张，可以辨别其自身的美好性，艺术的进步、完美、价值提高亦是可能的。审美有效性知识的累积奠定了审美实践话语的合理性，这既是艺术作品的存在条件，也是艺术批评得以可能的合法性基础。

就皮亚杰的学习过程理论而言，艺术作品本身的审美经验同样具备

---

① [德]哈贝马斯：《交往行动理论》第一卷，洪佩郁、蔺青译，重庆出版社1994年版，第37—38页。

② Jürgen Habermas. "Questions and Counterquestions", in Richard J. Bernstein ed. *Habermas and Modernity*, Cambridge: The MIT Press, 1985, p.200.

累积性以及相应的合理性。哈贝马斯指出，如果谈及"学习过程"，那么，正是艺术作品自身而不是关于作品的话语是具有方向性、累积性的转型。累积的东西在此不是认知意义上的内容，而是特殊经验的内在逻辑分化的效果，即分散的、无限制的主体性的审美经验扩展的结果。本真的审美经验只有在有组织的日常经验的模式化期待的范畴崩溃时，在日常行为的常规与普遍生活的管理被打破时，在可计算的准确性被悬置时，才得以可能。审美经验激进地脱离认知、道德，体现于浪漫主义、象征主义之中，凸显在超现实主义、达达主义、先锋派艺术之中。这些艺术运动所洞察的正是"审美经验的形式的转型"。先锋派艺术本身被"主体性的分散化和无限制化的方向"所引导，这种分散化显示出对非实用的、非认知的、非道德之物的高度敏感，进而为无意识、迷幻、疯狂、物质与身体打开了大门，"因而也打开了我们与现实无言联系中如此飞逝的、偶然的、直接的、个体化的，同时如此远如此近以至于逃避了我们规范的范畴所抓取的一切东西"。① 因此，这种被本雅明称为"集中的干扰"的经验不再披着灵韵之面纱，而是一种震惊，它持续不断地捣毁有机统一的艺术作品及其虚假的意义总体性。通过反思地处置材料、方式和技巧，艺术家为实验与游戏打开了空间，把天才的创造转变为"自由的建构"，艺术的发展成为学习过程的媒介。尽管哈贝马斯对皮亚杰的学习过程理论应用于审美领域持有怀疑，但是，认为这一理论有助于理解艺术作品本身的累积与方向，"科学、道德实践和法律理论及艺术的内部历史——肯定没有直线的发展，但是有学习过程"。②"由于学习过程，文化价值能够发生嬗变。"③ 而颇感悖论的是，在《现代性哲学话语》中，哈贝马斯没有把文学艺术与艺术批评理解为学习过程，而是认为，"涉及真理和正义的专业性的解决问题之话语

---

① Jürgen Habermas. "Questions and Counterquestions", in Richard J. Bernstein ed. *Habermas and Modernity*. ambridge: The MIT Press, 1985, p. 201.

② ［德］哈贝马斯：《交往行动理论》第二卷，洪佩郁、蔺青译，重庆出版社1994年版，第422页。

③ Jürgen Habermas. *Communication and the Evolution of Society*, trans. Thomas McCarthy, Boston: Beacon Press, 1979, p. 172.

是以物质世界的学习过程为轴心"。①

总之，哈贝马斯认为，现代性审美经验的这种合理性拥有特殊的语言形式结构与修辞规范，蕴含着文学艺术的话语规则，形成了独特的规律性，"美学价值领域可以自由地设置独特的规律性，这种美学价值领域的独特规律性才可以使艺术的合理化，从而在与内部自然交往中的经验文化化"。②这样，文化现代性的分化就是特殊话语涉及趣味、真理、正义的"知识增长"③，审美实践合理性在于通过特殊的论断和话语形成了规范性主张，其在文艺批评、生产与接受活动中，在文本的话语形式中得到具体彰显。哈贝马斯从语言哲学角度奠定了文学艺术领域的自律性基础，用赫勒（Agnes Heller）的话说，他阐释了审美领域的同质性的"规范与规则"："审美的、科学的和宗教的意象在现代性中分道扬镳了，并且在'审美地做某事'、'科学地做某事'、'宗教地做某事'方面，人们遵循着完全不同类型的规范与规则。"④文艺学作为制度性的学科也因此形成了自身的合理性或者合法性，而德里达关于文学边界的无限扩张与蔓延的"普遍文本"概念和美国文学批评家所提出的"普遍文学"概念⑤，消解了建立在自律的语言艺术作品和独立的审美幻象基础上的文艺学学科观念，这是哈贝马斯难以认同的。

二 审美公共领域

哈贝马斯把文学艺术领域与公共领域紧密结合了起来，把文学艺术视为公共交往的重要维度，甚至可以说，他关于日常交往的言语行为的阐释都建立在审美交往的基础上，导致"交往的审美化"。伊格尔顿认为，"哈贝马斯理想的说话共同体中，可以看到康德的审美判断共同体

---

① Jürgen Habermas. *The Philosophical Discourse of Modernity*, trans. Frederick Lawrence, Cambridge: Polity Press, 1987, p. 339.

② ［德］哈贝马斯：《交往行动理论》第一卷，洪佩郁、蔺青译，重庆出版社1994年版，第214页。

③ Jürgen Habermas. *The Philosophical Discourse of Modernity*, trans. Frederick Lawrence, Cambridge: Polity Press, 1987, pp. 339-340.

④ Agnes Heller. *General Ethics*, Oxford: Basil Blackwell, 1989, p. 152.

⑤ Jürgen Habermas. *The Philosophical Discourse of Modernity*, trans. Frederick Lawrence, Cambridge: Polity Press, 1987. p. 193.

的现代翻版"。① 罗伯茨（Roberts）认为，哈贝马斯的公共领域的审美基础即为"自由言语的自由主义美学"。② 罗蒂（Richard Rorty）也指出，差异的普遍共识的交往体现了"美的理念"，哈贝马斯企图"寻找和谐利益的美的方式"，"欲求交往、和谐、交流、对话、社会团结和'纯粹的'美"。③

事实上，审美实践合理性与文学艺术的言语行为话语为主体彼此理解的公共领域奠定了基础。审美领域的合理性在于审美领域的特殊语言类型，从价值有效性角度说，就是言语行为的主观的真诚性，这可以说，就是审美领域的规范（Geltung）。哈贝马斯有意识地接受了维特根斯坦基于语言哲学的艺术观。后者明确提出了艺术的语言逻辑规则特性："艺术等于把握，等于从对象获得一种规定的表达。"④ 哈贝马斯借助米德对抒情诗人的创造性的字句的意义协议进行了语言学的阐释。米德认为："艺术家的任务，在于发现这样的表达方式，就是说，发现在另外的情况下表现出同样感情的表达方式。抒情诗人具有与一种感情激动联系在一起的美的经验，并且作为艺术家可以运用词汇，他存在适合他的激情的词汇，以及在其他情况下引起自己态度的词汇……决定性的，是交往的词汇，就是说，象征在一种个人那里，本身是引起与其他个人那里相同的情况。应该对每一个人来说，都有相同的普遍性，这种普遍性应该在相同的情况下出现。"⑤ 以哈贝马斯之见，对一个创造性的诗人而言，意义惯例创造了新的作品，诗人在创作时必须直观地实现相应的发言者预计的态度，因此，文艺创造蕴含着维特根斯坦的规则的概念。如此可以设想，哈贝马斯以语言规则确定了审美领域的交往共同

---

① [英]特里·伊格尔顿：《美学意识形态》，王杰等译，广西师范大学出版社1997年版，第402页。

② Mark Neocleous. "John Michael Roberts: The aesthetics of free speech: rethinking the public sphere", *Capital & Class*, Spring 2006.

③ Richard Rorty. "Habermas and Lyotard on Postmodernity", in Richard J. Bernstein ed. *Habermas and Modernity*, Cambridge: The MIT Press, 1985, pp.174–175.

④ 江怡、涂纪亮主编：《维特根斯坦全集》第4卷，程志民译，河北教育出版社2003年版，第75页。

⑤ [德]哈贝马斯：《交往行动理论》第二卷，洪佩郁、蔺青译，重庆出版社1994年版，第20—21页。

体，形成了在审美规则下的话语讨论或者对审美规则本身的讨论，也就是说，审美领域成为话语表达与语言理解并达成共识的空间，这实质上就是审美公共领域。塞尔从虚构话语的共享性方面解释得很清楚，就本体论的可能性而言，作家可以创作他喜欢的任何人物与事件，就本体论的可接受性而言，连贯性（coherence）是最重要的，关于连贯性的标准在不同文学的类型中是不同的，但是，"视为连贯性的东西，在某种意义上是作者和读者关于视野的惯例的契约的功能"。① 曹卫东研究指出，"文学（艺术）实际上发挥的是一种交往理性的作用"，"艺术本质是交往"。② 可以说，文学艺术在本质上形成了一种基于语言的意义共享的审美公共领域。

哈贝马斯把公共领域区别为多种形态，如文学公共领域、科学公共领域、政治公共领域等，而主要有涉及国家权力的政治公共领域和文学公共领域，政治公共领域起初是从文学公共领域中分化出来的。公共领域作为一个高度复杂的网络，可以按照交往密度、组织复杂性和所及范围区分出不同的层次，"从啤酒屋、咖啡馆和街头的插曲性［episodischen］公共领域，经过剧场演出、家长晚会、摇滚音乐会、政党大会或宗教集会之类有部署的［veranstaltete］呈示性公共领域，一直到分散的、散布全球的读者、听众和观众所构成的、由大众传媒建立起来的抽象的公共领域"。③ 具体地说，审美领域的创作活动、文本、接受活动都同时构造了不同维度和不同类型的公共领域，创作活动本身涉及创作者作为接受者的对话，对话的媒介就是语言文本；现实读者也以语言为媒介与文本、作者构成了对话性的理解关系。毋庸置疑，这是一种虚拟的想象性的公共领域或者共同体。审美公共领域也可以借助于实在空间而存在，现实主体直接进入咖啡馆、茶馆、剧场、音乐厅、博物馆、学术会议厅等场所，这就是哈贝马斯所谓的插曲式公共领域和呈示性公共领

---

① John Searle. "The Logic Status of Fiction Discourse", in Peter Lamarque, Stein Haugom Olsen eds. *Aesthetics and the Philosophy of Art: The Analytic Tradition: An Anthology*, Blackwell Publishing, 2003, pp. 320-327.

② 曹卫东：《交往理性与诗性话语》，天津社会科学出版社2001年版，第135页。

③ ［德］哈贝马斯：《在事实与规范之间》，童世骏译，生活·读书·新知三联书店2003年版，第461—462页。

域。当文艺活动发展到一定规模时就需要一定媒介和影响的手段,大众传媒应运而生,势不可当。哈贝马斯充分肯定了大众传媒的交往性:"群众交往的媒体,却仍然是表现语言的理解。这些群众交往媒体,构成了语言交往的技术上的加强,使空间上的距离和时间上的距离联结起来,成倍地增长了交往的可能性,紧密了交往行动的网络。"① 在现代社会,借助于传媒技术,语言行动脱离了时空的约束,语言文字的发展形成了作者的作用,"这种作者可以向不规定的一般公众进行表达;形成了继续通过学说和批判构成一种传统的专家的作用;形成了读者的作用,这种读者通过选择读物,决定他可以参加什么样的交往"。② 作者、文艺专家、读者通过大众传媒形成了抽象的自由的审美公共领域。文学的公共领域从宫廷的贵族的文学公共领域向城市的、现代民主自由的公共领域转换,从而通过讨论或者语言理解形成主体间性的共识性经验。在日益原子化的社会中,现代文学艺术必然需要美学批判、艺术批评等公共领域,分散化主体的审美经验的扩展亟待批评家、读者、作者的话语讨论,不断达成主体的差异或者私人性的理解,从而形成对艺术作品的共享,领会现代艺术作品的真理性内容。

政治公共领域是通过话语的媒介而构建的空间,成为铺设自由民主社会的调节性制度,因此,民主社会的形成的规范性基础就是建立自由的公共领域。同样,自由的审美公共领域是美学、文艺学充分展开的规范性基础,因为它促进对趣味、美、真诚性、审美价值等问题深入而合理的讨论,使得文学研究者能够平等参与审美讨论,不断从他者的理解中深化自身的理解,避免美学领域的精英主义和主观意识中心主义,同时有利于文学的自由创作与深入理解,从而进行文化的再生产。哈贝马斯认为,由文化企业、报刊和大众媒体所加强的交往网络构成了文化的公共社会,在这里"享受艺术的私人所组成的公众参与文化的再生

---

① [德]哈贝马斯:《交往行动理论》第一卷,洪佩郁、蔺青译,重庆出版社1994年版,第470页。
② [德]哈贝马斯:《交往行动理论》第二卷,洪佩郁、蔺青译,重庆出版社1994年版,第243页。

产"①。自由的审美公共领域的形成,实现了文艺学乃至文学艺术领域从意识哲学向语言哲学的范式转型。在审美的公共领域中,美学理论、艺术批评、文艺作品获得承认或者批评,从而获得价值的合法性或者权威性。并且,只有对审美有效性本身、对审美领域专家化现象加以不断讨论,才能解决现代生活世界由于文化的专业化从而导致与日常生活脱节的文化贫困化现象,使得审美价值合理性成为日常个体的合理性维度,但这不是"日常生活审美化"②或者哈贝马斯批判德里达的"语言的审美化",因为"只有通过创造认识因素与道德因素和审美表现因素毫无限制地相互作用,才能矫正一种物化的日常实践"③。哈贝马斯提出了以下的选择:"一种审美经验——它并不是围绕专家批评的趣味判断而被设计出来的——能够使其意蕴加以改变:一旦此经验被用于阐释一种生活——历史的状况,并与生活问题息息相关,它就进入了一种语言游戏,那不再是美学批评家的游戏。"④审美的公共领域的结构性构建成为审美价值、内在主体意识的充分表达,成为日常交往的构成性因素之一,成为生活世界的统一性的重要维度,这事实上确立了文艺学、美学的必要性。

当然,审美领域在现代社会具有自己的规范性基础,这不仅在于审美话语的规范有效性以及审美公共领域,还意味着它有相应的现代自然法律制度奠基。因为文学艺术必须在现实社会中对象化,必须在社会生活中有自己的空间,作家的创造空间、媒体形式空间、讨论空间、阅读空间,不仅包括私人空间,也包括公共空间,否则文学艺术纯粹是个人的虚无的想象。不论是文学公共领域还是政治公共领域,它们要现实地存在并发挥实际的功能,就必须有法律的保障,保障个体具有自由参与

---

① [德]哈贝马斯:《交往行动理论》第二卷,洪佩郁、蔺青译,重庆出版社1994年版,第413页。

② Jürger Habermas. *The Philosophical Discourse of Modernity*, trans. Frederick Lawrence, Cambridge: Polity Press, 1987, p.207, p.340.

③ Jürgen Habermas. "Modernity versus postmodernity", in *New German Critique*, no.22, winter, 1981. pp.3–14.

④ [德]尤尔根·哈贝马斯:《论现代性》,载王岳川、尚水编《后现代主义文化与美学》,北京大学出版社1992年版,第21页。

语言交往、话语讨论的法律权利："对于在文学公共领域的交往过程中能够保障其内在主体性的私人来说，法律规范的普遍性和抽象性标准必须具有一种真正的自明性。"① 这种法律是现代自然法的体现②，"现代法律保护法律上在法律认可的界限之内的个人爱好"。③ 自然法在形式上规定了个人意愿自由，保障了言论自由、出版自由、结社自由，从而为自由的公共领域提供了法律的依据。这样，文学公共领域的形成就不仅需要基于语言的主体性经验的共识，这奠定其内在的规范性，而且要求社会法律的承诺，这是其外在的制度规范性。但是，没有法律意义上的自律主体，就无法言及审美的交往与意义的共享，不是"作为树的形象和你站在一起"，则难以达至"伟大的爱情"（舒婷《致橡树》）。因此审美公共领域与自然法的内在逻辑是一致性的，换言之，审美领域的自由主体的共识是一种软性的法则，而自然法则是把这种软性的法则规范化、制度化。如果说艺术的本质就是自由，那么艺术的合法制度化存在就必须有自由民主的法律规范加以保障，同时审美领域的自由性本身象征了一种理想的自由的政治权力的选择。只有在一个自由民主的政治体制中，自由的审美公共领域才得以萌生，得到法律的认可，并充分发挥自由言语的交往行动功能，推动审美公共领域的合法性建构，促进审美领域的文化再生产，而这反过来推动民主法律制度的建立与进一步的完善。从这个意义上说，审美就是资产阶级意识形态与法律制度的感性形式。

三　哈贝马斯关于审美领域的规范性建构之限度

问题在于，审美领域只能在资产阶级的公共领域中，或者只能在特殊形式的语言规则中奠基吗？甚至进一步追问，审美领域是否具有规范

---

① ［德］哈贝马斯：《公共领域的结构转型》，曹卫东等译，学林出版社1999年版，第58页。
② 参见恩斯特·斐迪南德·克莱因：《论思想自由和出版自由：致君主、大臣和作者》，载詹姆斯·施密特编《启蒙运动与现代性》，徐向东等译，上海人民出版社2005年版，第88页。
③ ［德］哈贝马斯：《交往行动理论》第一卷，洪佩郁、蔺青译，重庆出版社1994年版，第330页。

性基础或者规则的意识？审美领域颇为感性、幽微，以至于消解任何形式的规则性与知识的累积性、合理性。麦卡锡对哈贝马斯提出的质疑具有启示意义："在艺术和道德范围里，在何种意义上有持续不断的累积的知识生产呢？"①

哈贝马斯把交往理论和美学立足于语言哲学家奥斯汀，特别是塞尔的言语行为理论之上，他依此可以阐释审美领域的言语行为的规则性，认为写诗歌和开玩笑的语言基础即在于言语行为的"以言行事的使用"②，但是这并非不存在问题或者悖论。塞尔的言语行为理论是建立在文字意义和直接表达形式之上的："塞尔的理论根据文字的和直接的施为性来'定义'以言行事的行为。"③ 他与其他语言分析哲学家一样，通过语言逻辑的形式分析企图获得客观性与真理，甚至认为，意义和意向性最终归结为神经生理学的问题。他对文学性、修辞性突出的隐喻也展开了语言逻辑的辨识，从表达意义（utterance meaning）和句子意义（sentence meaning）来探讨隐喻从"S 是 P"到"S 是 R"的内在逻辑原则，指出："在隐喻的表达中，没有一个词语或句子改变了其意义，然而言说者意指了不同于词语和句子所表示的东西。"④ 借此，他批判德里达由于没有认识到语言哲学的基本历史，没有就基本概念进行区别所以导致了语言概念的误用，从而提出只要遵循语言哲学的基本规则，文学理论看似深奥的问题就变得简单了。德里达关于所有的理解都是误解，文本意义的不确定性，书写先于言语等观点在塞尔看来难以置信。不过，塞尔领会到隐喻原则的复杂性与多样性、非规范性，还认为"隐

---

① Thomas McCarthy. "Reflections on Rationalization in *The Theory of Communicative Action*", in *Habermas and Modernity*, Cambridge: The MIT Press, 1985, p. 179.

② Jürgen Habermas. *Communication and the Evolution of Society*, trans. Thomas McCarthy. Boston: Beacon Press, 1979, p. 34.

③ Robert M. Harnish. "Speech acts and intentionality", in Armin Burkhardt ed. *Speech Acts, Meaning, and Intentions: critical approaches to philosophy of John. R. Searle*, New York: de Gruyter, 1990, p. 177.

④ John R. Searle. "Literary Theory and Its Discontent", *New Literary History*, Vol. 25, no. 3 (1994).

喻实质上是不可能意译的"①。他在论述虚构话语与非虚构话语的差异中认为，后者涉及一系列涉及句子与现实世界的"垂直的规则"，而前者没有实施以言行事的行为，只是借助与语言的实际表达或者书写假装进行一种以言行事行为，完全没有遵循普通话语的规则，悬置了现实的规范要求和许诺。构成虚构话语的不是话语句子本身的特性，因此，判断一个话语是否是虚构的，是根据超语言、非语义的"水平的惯例"，这种惯例突破了句子与世界的联系："构成虚构话语的假装的以言行事是通过一套惯例的存在得以可能的，这些惯例悬置了联系以言行事行为与世界的规则的规范性运作。在这种意义上，以维特根斯坦的话说，讲故事是一种单独的语言游戏；为了游戏，它就要求一套单独的惯例，然而这些惯例不是意义规则。"②虚构的文学文本话语所遵循的规则不再是普遍言语行为的规则，而是依赖于后者的表达形式又超越了后者的规范性基础。这使得文学领域虽然有共识的达成，有浪漫主义、现实主义的意义共享，但是，仍然存在着不可交流性、非确定性和误解的必然性，或者说可以有交往和理解，却是伪交往和误解。青年卢卡奇在《心灵与形式》中指出，"在作者和读者之间不必然存在着契约"，③文学艺术以语言形式作为载体即表达了交往的可能性，同时也仅仅是一种暗示，所有的理解都是误解。阿多诺认为，艺术作品与外在世界交往的方式也是交往的缺失，"这种非交往性指向了艺术的断裂的本质"。④新批评对文学语言的张力、悖论、反讽的分析，说明了文学语言脱离了日常语言的规则，现代审美经验正如哈贝马斯自己所说"逃避了我们规范的范畴所抓取的一切东西"。在某种意义上，哈贝马斯拒绝把交往合理性与审美合理性范畴等同起来，对语言的交往维度和表现—模仿的维度进

---

① John R. Searle. *Expression and Meaning*, Cambridge: Cambridge University Press, 1979, p. 114.

② John R. Searle. *Expression and Meaning*, Cambridge: Cambridge University Press, 1979, p. 67.

③ Georg Lukács. *Soul and Form*, trans. Anna Bostock, Cambridge, Massachusetts: The MIT Press, 1974, p. 80.

④ T. W. Adorno. *Aesthetic Theory*, Trans. C. Lenhardt. London: Routledge & Kegan Paul, 1984, p. 7.

行了区别。在回应德里达、罗蒂、卡勒抹杀文类区分的论述中,他通过俄国形式主义、新批评和奥斯汀、塞尔的言语行为理论,深入地探究了文学艺术话语的独特性,认为文学话语区别于日常实践规范的普通话语在于其修辞特性、自指性、虚构性、寄生性,以言行事力量的超越性、揭示世界的功能性,它不同于法律、道德话语的规范性、解决问题的功能性。所以,虽然文学话语与哲学话语具有诸多类似,均存在对修辞的看重,但是在不同领域,修辞的工具归属于不同的论证形式的学科。这说明,审美领域的规范性不能以交往理性的规范性概念来加以充分阐释,正如哈贝马斯所阐述的,"当语言的诗性的揭示世界的功能得到凸显并获得构成性力量时,语言就摆脱了日常生活的结构性束缚和交往功能"。① 后来,他甚至认为,能够为理性支撑的有效性主张有两种类型,即真理的主张和正义化的主张②,而不言趣味类型。倘若如此,审美领域的"规范性基础"本身就不是哈贝马斯意义上的形式语用学的规范与规则。从这个意义上说,文学艺术领域的"规范性基础"这一提法是值得怀疑的。

  审美领域的神秘性因素、迷狂、狂欢化的混沌状态导致自由的审美公共领域与合理性交往的消弭;艺术独特性与创造性的追求,对自我孤独的内在主体性的挖掘,导致没有对话的独白;现代主义艺术表现出来的孤独与冷酷,超越了可理解性与共享性,崇高的非理性体验超越了形式的理性把握。即使可以对话与交往,但是,所展开的只是表面的浅薄,而无法深入艺术经验的实质性层面。审美经验的无意识因素、偶然性导致语言规则的无限性。无言之美的中国艺术精神的追求往往超越了语言的界限与规则,道心唯微,文心幽缈,诸如叶燮所谓:"诗之至处,妙在含蓄无垠,思致微渺,其寄托在可言不可言之间,其指归在可解不可解之会;言在此而意在彼,泯端倪而离形象,绝议论而穷思维,引人

---

① Jürgen Habermas. *The Philosophical Discourse of Modernity*, Trans. Frederick Lawrence, Cambridge: Polity Press, 1987, p.204.

② Jürgen Habermas. *Truth and justification*, ed. and trans. Barbara Fultner, Cambridge, Mass: MIT Press, 2003, p.79.

于冥漠恍惚之境，所以为至也。"① 维特根斯坦也认为："音乐中有一些充满感情的表达——这种表达不是按照规则可以识别的。"② 坚持对语言的意义进行科学分析的塞尔也认为，虚构的话语虽然具有普通语言的意义，但是，并不遵循普通语言的规则，所有的文学作品没有共同的特征，也"不可能存有构建为一部文学作品的必要而充分的条件"。③ 余虹教授亦认为，文艺学是一门寄生性的学科。④

因此，审美领域是规则与超规则的结合，是审美合理性与非理性体验的熔铸，是审美公共领域的交往的理性、透彻性与不可交往的神秘性、隐私性的交汇，是意义共享与无意识欲望的纽带。哈贝马斯也清楚地认识到，文学艺术一方面满足主体性的私人化的自我陶冶，另一方面成为公共讨论和争论的焦点。⑤ 阿伦特曾指出，正是现代人的内在隐私性的发展，艺术领域获得了重要性："从18世纪中叶直到差不多19世纪最后三分之一的年代里，诗歌和音乐获得了惊人的发展，与之相伴的是小说的兴起。这一繁荣局面与一切更具公共性质的艺术门类——尤其是建筑——的同样惊人的衰落恰巧发生于同时。"⑥ 这说明，审美领域在现代性的丰富多彩的私人性中获得了源源不断的创造力，同时它也满足了个体的私人的需要，满足了情感的私人化以及情感的隐蔽处置，内在空间的开拓与释放。不论是作者隐蔽的创作活动还是读者私人化的阅读，都在审美领域寻觅到了合法的空间。但是，审美领域对阿伦特来说又是一种自由的精神需要，从而从必然性的私人领域进入自由的公共领域。所以，在现代性中，艺术本身又是属于公共领域的，亚当·斯密曾

---

① 叶燮：《原诗·内篇下》，见郭绍虞主编《中国历代文论选》一卷本，上海古籍出版社1979年版，第333页。

② 江怡、涂纪亮主编：《维特根斯坦全集》第11卷，涂纪亮等译，河北教育出版社2003年版，第157页。

③ John R. Searle. *Expression and Meaning*, Cambridge: Cambridge University Press, 1979, p.59.

④ 余虹：《文学知识学》，北京大学出版社2009年版，第263页。

⑤ Nick Crossley, John Michael Roberts eds. *After Habermas: New Perspectives on the Public Sphere*, MA: Blackwell Publishing, 2004, p.3.

⑥ [美] 汉娜·阿伦特：《公共领域和私人领域》，载汪晖、陈燕谷主编《文化与公共性》，生活·读书·新知三联书店2005年版，第71页。

说过，公众的赞赏"对诗人和哲学家来说，几乎占了全部"①。哈贝马斯试图从现代理性的重建中思考审美领域乃至文学艺术的规范性是有意义的，但是，这种规范性只是文艺学规范性基础的一方面，这是其限度。如果把这一方面无限制地扩展，就导致规范性本身的失效。也就是说，"规范性基础"这个命题与提问方式如果仅仅在哈贝马斯的意义上进行理解，对审美领域或文艺学学科建构而言不是全部仅是部分有效的。之所以部分有效，是因为他的建构可以为文艺领域划定理性的边界，但是，无法界定审美领域复杂的内涵，只是设置一个形式的框架，但无法规范框架之中的实质内核。而且，哈贝马斯讨论规则或者批判理论的规范性基础，主要是从社会理论的角度，从现代社会的整体的潜力的把握的视野来审视的，尤其注重从法律的合法性基础出发来设置社会合理化的可能性，从话语伦理的程序来达到现代国家与世界秩序的自由民主的形成，这是一个涉及民主权利与合法性制度的建设的问题，即"现代社会制度的合法性辩护何以可能"这一问题。②也正是从这个角度出发，他充分汲取了从自然语言（日常语言）的研究所提出的言语行为理论作为自己的语言哲学基础，而不是从文学艺术的诗性语言中获得本体论基础。因为自然语言本身存在一个社会文化的规则与惯例，所以，批判理论可以在这个基础上重新挪用现代性的潜力，从现代性的潜力中获得民主自由的可能性，从而拯救现代性的规范性内容。这个规范性基础不是经典的西方马克思主义的批判理论的审美乌托邦诉求，而是一个社会规范伦理建构。如果把哈贝马斯这种规范性基础的概念毫无中介地转移到审美领域和文艺学的规范性基础的建构，必然导致诸多无法解决的问题。因此文艺学的规范性基础的建构不能仅仅以哈贝马斯的普遍主义范式为依托，不独是把"艺术作品的实验性的潜力带入规范的语言"，而是要居于"虚构话语"与"规范语言"的持续撞击之中。

---

① ［美］汉娜·阿伦特：《公共领域和私人领域》，载汪晖、陈燕谷主编《文化与公共性》，生活·读书·新知三联书店2005年版，第87页。

② 童世骏：《批判与实践——论哈贝马斯的批判理论》，生活·读书·新知三联书店2007年版，第144页。

第二节　基于差异性交往的文艺理论

目前国内学术界就文艺学的合法性问题的讨论愈来愈深入，其中哈贝马斯的普通语用学的理论范式成为一个重要的基点，这个基点所引发的问题在很大层面是属于社会理论的视野。这进一步引出另一问题的反思，社会理论视野下的文艺理论的合法性问题。当代社会理论对文艺理论的建构产生了实质性的影响，但是，这种范式的文艺理论存有阐释的有效性的限度，故下面从卢曼基于社会系统理论的文艺理论的辨析来探询文艺学的规范基础问题，仅在于为近年的规范性讨论提供一个参照视角。我们主要集中于艺术交往的命题。

一　卢曼的社会系统理论的基本观点

要对卢曼的文艺理论有准确的把握，首先得分析其社会系统理论，因为艺术问题是其社会理论的应用。卢曼作为当代德国最出色的社会理论家之一，在帕森斯的功能社会学基础上整合了德国传统社会理论和当代最新的数理形式理论、神经生理学、控制论，发展了一种新型的社会系统理论，开创了阐释现代社会机制的新的话语模式，促进了社会理论的当代转型，思考的问题不是康德的问题"主体如何获得对现实的客观认识"，而是提出"被组织化的复杂性是如何可能的"问题。

卢曼认为，系统分化就是在系统与环境之间的差异系统中的重复，整个社会系统借此把自己视为环境，形成自己的亚系统。[①] 他把现代社会视为功能分化的社会系统，现代社会是一个不断分化的、不断区分为相对自律的诸多亚系统，譬如法律系统、经济系统、政治系统、宗教系统、交往系统、艺术系统等。系统之所以存在，是因为一个系统具有自我内在的空间领域，这个领域与其他领域有一个边界，这个边界在卢曼那里就是来自于布朗的形式原点"⌐"。边界的确立是在康德、韦伯所论及的，他们以主体之能力和价值规范性来进行思考，但是卢曼看重的

---

① Niklas Luhmann. *Social System*, Trans. John Bednarz, Stanford University Press, 1995, p. 7.

是边界的结构上的建构意义，因为边界确立一个系统内在领域以及其外在的环境，确立一个有与无的形式框架。没有哪一个系统没有环境，但是环境也是包括在系统之中的。卢曼还从语言学出发来分析系统，他区分自我指涉与外在指涉这两个概念，前者是指一个系统是封闭性的自我运作机制，自己赋予自身的再生产，后者是指系统与其他系统发生着联系，但是，这种联系也是基于自我指涉的。卢曼认为，系统的内在机制的再生产是一种自动创造（autopoiesis）。这种借助于生物学概念的自动创造不断促进系统的分化，在系统内部形成新的亚系统以及新的环境。这就是说，社会系统是一个不断分化的亚系统建构起来的。卢曼的观点看起来没有多少原创性，可以看作是对韦伯的社会理论的重新阐释。

但是，与韦伯的不同之处是，卢曼并不把社会系统视为行为者的意义价值分析，而且并不把现代社会视为总体性的、统一性的整体，而是认为社会系统内在充满悖论、差异性、偶然性与风险。如此理解，现代社会不是总体性的而是充满偶然选择的社会形态，在系统内在元素与外在环境中呈现选择的可能性与多元性。所以，后现代主义所追求的诸多论点，尤其是差异性概念内在于现代性之中。布达佩斯学派社会理论家赫勒也持有类似的观点，认为现代性本身是异质性的，"现代性不应该被视为一个同质化的或者总体化的整体，而应该被视为具有某些开放性但又不是无限可能性的碎片式的世界"。① 不仅偶然性、差异一直在现代社会存在，而且现代性始终是不可克服的悖论，卢曼通过布朗《形式的规律》的数学运算的悖论理论来阐释现代社会的系统问题，认为系统分化后又重新进入原来的系统之中，区分本身又"重新进入"区分之中。在卢曼看来，"重新进入是一个隐含性的悖论，因为它处理不同的区分（系统/环境，以及自我指涉/外在指涉），好像这些区分是同样的"②，所以"现代社会是一个悖论性的系统"。③ 可以说，卢曼的社会理论具有后现代特征，这构成了与哈贝马斯的社会理论的分歧，因为后

---

① Agnes Heller. *A Theory of modernity*, London: Blackwell Publishers, 1999, p. 65.

② Niknas Luhmann. *The Reality of the Mass Media: Cultural memory in the present*, Trans. KathleenCross, Stanford University Press, 1998, p. 11.

③ Niklas Luhmann. "The Autopoiesis of Social System", Felix Geyer and Jahannes eds. *Sociocybernetic paradoxes*, Sage Publication Ltd, 1986, pp. 172-192.

者仍然迷醉普遍的交往共同体，而这正是卢曼所批判的。

二 差异性交往的艺术系统

卢曼在发展社会系统理论的过程中也探讨了艺术问题，把艺术领域视为社会系统的亚系统。这样，艺术问题得到一个独特的社会理论的阐释。与一般的社会理论视野下的艺术研究不同的是，卢曼深入地进入了文学艺术的腹地与核心问题，涉及丰富而细致的文学艺术历史与文学艺术理论的发展轨迹与前沿问题，带着这样的视野来运用其社会系统理论，其社会系统理论中的文艺理论是极有阐释的合法性的，在一定程度上说是有效的，开掘了文艺研究的崭新的范式。卢曼说："走向现代性之冲动展现得如此深入，以至于艺术生产和艺术理论的对称性互惠，如果没有它就不可能进行思考。"①

卢曼的艺术理论主要在整个社会系统的框架下进行的，重点探讨艺术系统的独特与艺术的合法性基础，涉及艺术的自主性、自我再生产、艺术作品的形式与媒介、艺术系统的功能等。其中一个核心问题就是艺术是一种交往的命题。但是与传统的交往理论以及哈贝马斯的交往理论不同，卢曼的交往理论是基于差异的交往理论，消解了最终的共识与理想共同体的形成，彰显出后现代特征。

卢曼把人类社会的系统区分为心理系统、生理系统、社会系统，社会系统再区分为政治、法律、宗教、艺术、交往等亚系统，而艺术系统的独特性在于联系着心理系统与社会的交往系统。一般来说，心理系统是基于意识与感知的系统，是意识与外在世界的结构系统，这个系统与交往系统不同，后者不涉及感知的具体性，只涉及信息的传播与符号的理解问题，是一种独立的自我再生产形式。在卢曼看来，艺术系统就连接了这两个不相关联的系统，因为艺术涉及具体的感知，尤其是直觉的想象性的幻觉，总是提供一个具体的世界，所以是与意识系统有联系的，但是，艺术不是意识的封闭性表达，而是联系着交往系统。从这个意义上说，艺术就是一种交往，一种具有感知的交往，"艺术是一种沟

---

① Niknas Luhmann. *Observations on modernity*, trans. William Whobrey, Stanford University Press, 1998, p. 4.

通，并以各种尚未厘清的方式来使用感知。毕竟，在有机系统、心理系统，以及社会系统的运作封闭性之间，还是存在一种彼此强化的关系，并且因此让我们即刻追问：艺术对于这种相互强化的关系做出何种特殊的贡献"。① 感知赋予了所有的交往一个感知的框架，没有眼睛，就无法阅读；没有耳朵，就无法倾听。为了感知，交往必须在感知的引领中引发高度的注意力。交往必须保持高度的吸引力，或者通过特殊的噪声，或者通过特殊的身体姿态，或者通过惯用的符号，或是通过书写文字等。在卢曼看来，通过感知与交往的区分赋予了美学研究的新领域，虽然前人已经把艺术作品视为一种特殊的交往，一种通过更快速且复杂的传达形式来补充言辞交往的方式，但是，这种交往仅仅是理想的交往，目的是更加完善地描绘这个自然世界，涉及的是启蒙的变体，是一种特有的感官认识，也就是鲍姆嘉登确定美学的意图所在。鲍姆嘉登确立美学史在感性认知与理性认知的区分，将关于美的事物的学说视为美学，从而阻碍了人们看清感知与交往的区分，沟通是无法进行感知的。鲍姆嘉登开创的方式是人类学的本质主义方式的美学理论，这种理论通过康德延伸到黑格尔，但是，卢曼以社会系统理论的艺术理论颠覆了这种认识论美学或者人道主义美学或者说基于意识哲学的美学，虽然在哈贝马斯看来卢曼的理论仍然是意识哲学的。② 卢曼比较重视语言交往的分析，虽然有超越语言的交往的间接交往，虽然语言的交往是一种耗费时间的、缓慢的，可以在任何时间点上被中断，但是，艺术仍然发挥了交往的功能，体现了社会系统的社会性。用卢曼的话说，"艺术作品本身借由感知的成效来吸引观察者的注意力，而且这些感知成效如此难以捉摸，足以避开'是或否'的分歧。我们看见所看见的，听见所听见的。而且当他人观察到我们正在感受某种事物时，我们的确无法否认自己正在感受这件事。透过这样的方式，就产生来一种无可否认的社会性。尽管是在避开（或者说绕过）语言的情况下，但是，艺术还是完

---

① [德] 尼可拉斯·鲁曼：《社会中的艺术》，张锦惠译，（台北）五南图书出版股份有限公司 2009 年版，第 49 页。

② Jürgen Habermas. *The Philosophical Discourse of Modernity*, trans. Frederick Lawrence, Cambridge: Polity Press, 1987. 哈贝马斯把卢曼的系统理论视为是主体哲学的表现。

成了意识系统和沟通系统的结构耦合"。①

艺术是一种特殊的交往，但是，交往的目的却并不是哈贝马斯所说的共识，这是卢曼在分析交往问题时所反复强调的，他不认同唯有在语言存在的情况下艺术才可以存在的论断，因为艺术让人有可能在避开语言的情况下，也就是说，在避开和语言相关的规则的情况下，进行严格意义上的交往，艺术的形式就是没有语言也没有论证的方式来告知信息。艺术作品以交往目的进行生产，但是始终冒着交往的风险，也就是理解的差异性。艺术交往是一种制造差异的差异，"艺术形式的奇特性——就像听觉性与视觉性语言工具的奇特性也能以其他的方式——产生了一种蛊惑的魅力。这样的魅力后来成为一种可以借以改变系统状态的讯息，也就是作为一种制造差异的差异（贝特森）。这就已经是沟通了。"② 文本艺术如巴特所说不是一个被动地接受的可读性文本，而是要求读者重新建构的可写性文本，它不是一种定理意义的交往，所以，18世纪末的作者将自身从文本中撤离，或者至少避免向读者表明他的告知意图的缘由，不希望直接给读者以信息甚至想训诫他的读者，让自己的生活方式能够迎合道德要求。相反，他选择文字作为媒介，形成了异常密集而前后连贯的自我指涉与外在指涉的组合。这样，文字不仅拥有其规范的意义，代表了其他事物，但是也拥有了自身的文本意义。所以，在卢曼看来，艺术系统的独特性在于跨越法则的有效与无效之差别，跨越法则之有效乃是跨越法则在艺术作品内部失去效力的前提，因此卢曼明确提出，"我们所关心的也并不是一种寻求共识或者以充分的理解为目标的目的论式过程。任何一种交往都可以达到或者达不到这样的目标。这里具有决定性地位的，反而是在自我生产的不确定性这样的框架中，处理这些参与者始终渴求的、看见的、感受到的诸多区分这样一个过程的自我创造的组织"，"艺术交往本来就是含有多重意义的"，

---

① [德] 尼可拉斯·鲁曼：《社会中的艺术》，张锦惠译，台北五南图书出版股份有限公司2009年版，第57—58页。
② [德] 尼可拉斯·鲁曼：《社会中的艺术》，张锦惠译，台北五南图书出版股份有限公司2009年版，第67页。

"通过艺术的交往内在地是框模棱两可的"。① 卢曼通过 17 世纪和 18 世纪情爱文学的研究，提出："成功的交往日益变得不可能，因为在交往中个人对世界的视点日益个体化，世界也是匿名地加以建构的。"② 艺术的交往是基于差异的交往，每一种交往就产生一种分歧。

三 艺术形式与媒介的悖论性差异

卢曼还从艺术作品的形式与媒介的思考细致地论及这一基于差异的艺术交往的命题。

艺术交往是借助于形式所进行的交往。形式的概念暗含了一个具有两面的形式，即一种可以被区别开来的区分。卢曼借助于布朗的《形式的规律》的探讨，认为形式以一个符号划定边界，"形式就是反对另一种形式的边界"，这样来确定自我指涉与外在指涉，从空白之中形成了一个标识，这个标识区别了标识的与未标识的。因此，形式是被有限的与无限的差异所确定。形式是差异，这种观点不是去思考形式的本体论，也不是形式的符号学理论，也不是分析形式的辩证法，而是分析形式作为区分的功能意义。这样，卢曼认为，世界的统一体是不可能达到的，艺术的统一性也是不可描述的，形式的出现只是从无限可能性中选择的一种，通过选择来束缚作品进一步建构。艺术作品通过一种形式决定限制进一步的可能性来使自己封闭起来。但是，任何一种形式不能圆满地理解或表现世界，每一种区分再生产形式标志的空间与未标志的空间之间的差异。这里事实上融合着偶然性与悖论，艺术实践，不论是生产还是理解，都只能被理解为这种悖论现象的修正，"作为创造和删掉形式的活动，而不是在于应用原则或者规则"。③ 因此，最为重要的不是去发现形式的本体，找到一件事物本身是什么，而是在于这种形式或事物使什么成为可见的。这样如此递推下去，艺术就如德里达所说的延

---

① Niklas Luhmann. *Art as s social system*, trans. Eva Knodt, Stanford University Press, 2000, p. 40.

② Niklas Luhmann. *Love as Passion*: *the codification of intimacy*, Cambridge: Polity Press, 1986, p. 22.

③ Niklas Luhmann. *Art as s social system*, trans. Eva Knodt, Stanford University Press, 2000, p. 33.

异概念所意味的,不断走向差异性:"艺术作品让本身作为一系列交织在一起的诸区分,而成为可观察的;在艺术作品中,每一个区分的另一面都引发进一步的区分。艺术作品让本身作为一系列的延迟(德里达意义上的延异)而成为可观察的;这一系列的延迟,同时能够将这一个被不断延迟的差异'客观化'为世界的未标记空间;也就是说,让它作为差异而变成不可见的。而且,所有这些都显示出:唯有尊重世界始终是不可见,艺术作品才会出现。"① 从这里卢曼再次看到共识的消解,他联系到现代社会对二级观察而不是一级观察的重视如此认为:"事物的同一性取代了意见的一致性。身为观赏者,我们无须中断与艺术家的形式决定的联系,也可以得出完全不同于艺术家本身所引介的判断、评价和体验。我们依然保持在艺术家所确定下来的诸形式上,却能够以完全不同于他所要表达的方式来观看这些形式。"② 这是以物为取向的原则取代了共识的需求,这不是哈贝马斯的共识建构,也不是帕森斯的"共享的符号系统",而是联系着英伽登的"空白"与艾柯的"开放的艺术作品"观念以及克里斯蒂瓦的"互文性"概念。这种形式的悖论所导致的共识的消解也伴随着本真性、原创性艺术观念的消解,这是现代社会的内在特质所导致的,也是现代社会基于二级观察即反思性所导致的,所以能够进行的是基于形式悖论的差异性、偶然性的建构。虽然艺术系统仍然还有规范性的限制,但是避开了规范性的调节,从而批驳了那些将全社会系统的结构变成规范性事物的理论,变成一种默许而缔结的社会契约或者道德共识。法律可以提供社会的保证,没有法律就没有社会,但是,卢曼认为,全社会的统一和再生产与自动创造,"不能被化约为规范性质"。③ 所以,他认为,"艺术作品必须显示足够的歧义

---

① Niklas Luhmann. *Art as s social system*, trans. Eva Knodt, Stanford University Press, 2000, p. 33.
② [德]尼可拉斯·鲁曼:《社会中的艺术》,张锦惠译,台北五南图书出版股份有限公司2009年版,第156页。
③ [德]尼可拉斯·鲁曼:《社会中的艺术》,张锦惠译,台北五南图书出版股份有限公司2009年版,第185页。

性，众多可能的阅读方式"。① 所以，卢曼区分差异理论的艺术理论，就宣称了"基于规则的美学的死亡"。②

卢曼还从媒介与形式的区分来审视艺术的悖论问题。形式与媒介的区分取代了传统的具有本体论的实体与偶然性、事物与特性的区分。在他看来，媒介与形式是由系统所建构的，它们始终预设了一种特有的系统的指涉。它们就自身而言是不存在的，而是系统的产物。无论是媒介或者是形式都无法再现系统的最终物质状态，所以，艺术系统所拟定的形式与媒介的区分只有相对于艺术系统而言才是意义重大的，正如货币媒介与价格始终只有对经济系统而言才是意义重大的一样。媒介与形式都是元素的结合，媒介是元素的松散的结合，意味着元素有多种结合的可能性，具有偶然性，而形式是通过元素之间的依赖关系的集中化而产生的，因此形式被视为心灵的自我指涉的一种建构，可以被感知。但是，媒介却不能被感知，这就构成了形式与媒介的区分，彼此是独立的。但二者又是联系的，不存在没有媒介的形式，也不存在没有形式的媒介。卢曼认为："艺术为了生产形式，就显然要依赖于原初性的媒介，尤其是光学的和声学的媒介。"关键在于，通过赋予媒介以一种艺术形式，艺术形式本身构成了一种媒介，一种高级媒介，把媒介与形式的差异视为交往的媒介，这样区分又重新进入被区分的过程中。因此，这里仍然存在着形式的悖论与交往的悖论。形式预示了可能性，也预示了不可能性，既预示了信息的获得，也预示了其他的可能性。艺术的媒介既使形式创造得以可能，也使之不可能，因为媒介始终包含了其他可能性，从而使每一种决定性的事物呈现为偶然性，正如克里斯蒂瓦所说："诗就是还没有变成法则的东西。"③

如果说艺术是意义的交往，那么这种交往不是意义的共享，而是意义的不断延伸，意义的媒介就在于差异，在于现实性与潜在性的差异，

---

① [德] 尼可拉斯·鲁曼：《社会中的艺术》，张锦惠译，台北五南图书出版股份有限公司 2009 年版，第 60 页。

② Niklas Luhmann. *Essays on self-reference*, New York: Columbia University Press, 1990. p. 206.

③ Niklas Luhmann. *Art as s social system*, trans. Eva Knodt, Stanford University Press, 2000, p. 126.

艺术的功能也就在于生产艺术的差异，甚至艺术的未来也在于差异的选择上。卢曼的艺术理论的思考是宏大而全面的，他的核心是要分析艺术系统的特有功能与特性，这是一种基于差异的交往理论。这个系统是自我生产与自我反思，不断形成差异的意义，以通过艺术作品及其形式的建构来不断进化。但是，这种具有特殊功能的系统正是在整个现代社会系统中完成的，这就确立了艺术自主性与合法性的社会基础。

四　卢曼的文艺理论的有效性之反思

应该说，卢曼通过社会系统理论来解释艺术问题具有很大程度的有效性，"体系理论提供了建立知识事业的可能性"，割裂了与认识论哲学的联系，超越了批判理论的主观印象主义，"它作为一种方法使我们对文学文本和文学传统的处理发生了革命性变化"，形成一种新的范式。[①] 也正是如此，一些学者在卢曼写作《作为社会系统的艺术》一书之前就已经把他的社会系统理论用于文学艺术研究，产生了一些文学理论著述，还形成了文学研究的卢曼学派，认为体系理论与文学之间存在着真正的亲密性。而且，卢曼有意识地切入现当代文艺理论的具体理论问题与重要的文学现象，其理论对于文学艺术现象的阐释是具有合理性的，卢曼对浪漫主义的阐释可谓细致绵密，并不亚于文学研究领域的浪漫主义研究。[②] 他既深入地把握了文艺系统的特殊性生成机制与再生产机制以及自主性的维持能力，也清晰地看到艺术系统的社会基础，这是社会理论与文艺理论深入结合的产物。

卢曼的文艺理论的价值在于：首先是确立，艺术系统在现代社会是一个特殊分化的功能系统，这个系统发挥着意义交往的功能。它作为一个系统，形成了其自身的封闭性运作机制及其环境，有着自己的自我指涉与外在指涉的结构系统，从而进行自我再生产与自动创造的可能性，形成艺术现代演化的特征，这种演化不是进步与退步的历史哲学，而是

---

① Robert Holub. "Luhmann's Progeny: Systems Theory and Literary Studies in the Post-Wall Era", *New German Critique*, No. 61, Special Issue on Niklas Luhmann (Winter, 1994), pp. 143-159.

② Niklas Luhmann. "A Redescription of 'Romantic Art'", *MLN*, Vol. 111, No. 3, German Issue (Apr., 1996), pp. 506-522.

不断循环的,"艺术的演化乃是艺术本身的作品,艺术的演化并不能由外部的干预所引发:既不可能透过天才艺术家的自发性创造力,也不可能如同严格意义的达尔文式理论所必然假设的一般,经由一种社会环境的'自然选择'所引发。……演化论是以一种循环而非线性的方式被建构起来的。"① 这是基于系统的差异与自动创造而进行的循环,艺术演化就是如此才呈现出发生概率极低而保存的概率极高的悖论的循环。这些观点阐释了艺术系统的社会性。这是从社会系统理论视野或者从社会学视野对文艺领域的独特性描述,显然,不同于文艺理论家的描述,从而为文艺研究打开了新的视野。

其次,卢曼把艺术系统的描述定位于社会系统,同时定位于艺术自主性或者自律性这个独特系统,引发了关于艺术领域的合法性与规范性基础的重新反思。他的反思就是确立艺术自身合法性的可能性问题,显然这个问题进入了当代艺术死亡所带来的关于艺术如何得以可能的激烈争论。可以说,卢曼的艺术系统理论并不是重点分析社会对艺术的影响或者艺术对社会的影响,不是分析阿多诺的艺术与社会的自律与依赖性的双重性关系,而是基于艺术自律如何可能的问题,艺术自律是如何通过艺术作品本身进行自我再生产。因此,这进入文艺理论的核心问题。也正是如此,卢曼以艺术系统的"自我描述"概念作为艺术系统的合法性的一个重要基点,因为关于艺术系统的自我描述就是不断确立艺术的边界与艺术作为艺术的可能性。关于模仿的理论、美的理论、趣味的理论、虚构的理论、否定性美学、反艺术的理论都是艺术系统的自我描述。这说明,艺术系统关于什么是艺术的描述也就是艺术合法性奠基的问题。但是,在卢曼看来,艺术的自我描述都不可回避悖论与偶然性问题,甚至回到维特根斯坦的命题上:"维特根斯坦的哲学无可估量的影响之一,在于提出了艺术的概念是否能够定义的问题。倘若游戏观念必然已经保持为无可定义的话,那么艺术的概念势必也该是如此。"② 根

---

① [德]尼可拉斯·鲁曼:《社会中的艺术》,张锦惠译,台北五南图书出版股份有限公司 2009 年版,第 445 页。

② [德]尼可拉斯·鲁曼:《社会中的艺术》,张锦惠译,台北五南图书出版股份有限公司 2009 年版,第 472 页。

据卢曼的社会系统理论，艺术的合法性问题是一个差异的问题也是始终充满悖论的可能性。如此就与以往的艺术合法性概念截然不同，因为这不是寻求本质性或者形而上学的合法性概念，而是寻求不断差异的合法性概念，这也是基于他的关于艺术交往的差异性基础上的，这事实上打开了关于艺术合法性理论的多元性建构，而不是仅仅基于语言维度的交往美学，因为现代社会"不再有一个决定一切的阿基米德点"，不可预测性就是所谓的"规则"。[①] 显然，卢曼的文艺理论打开了文艺领域的合法性包括文艺学的规范性讨论的崭新视野。

但是，卢曼的文艺理论仍然面临着其他当代社会理论视野下文艺理论同样的问题，这也是我们要给予慎重反思的。他的文艺理论具有高度的抽象性，从而忽视了文艺领域的复杂性与丰富性，忽视了对文艺领域最重要的审美经验的体验，正如他自己明确认识的，他关于艺术的分析"忽视了个体艺术形式的各种差异"。[②] 同时，他对艺术系统的阐释显示出艺术交往的差异性与艺术系统的异质性，但是，通过审视其整个社会理论著述，他使用的是同一个理论框架，尤其是基于布朗的"形式的规律"、生物学的"自我创造"、语言学的自我所指与外在指涉等概念，由于坚持基于差异的悖论的形式规律，他在经济系统、"情爱系统"、法律系统、艺术系统坚持同样的观点，这显示了他的社会理论的高度的抽象性与普遍性，同时也与其坚持的观点构成了不可克服的悖论，在某种意义上说并没有深刻揭示出艺术系统的独特的自主性与合法性问题。或者说，他的文艺理论没有深入地进入艺术系统的多样性与幽微。这是当代社会理论视野下的文艺理论的一个共同特点，虽然对文艺现象，尤其是文学艺术作品进行了较为细致的分析，如拉斯在《后现代主义社会学》中的分析，认为现代主义文化以"推论的"方式进行意指，"而后现代主义是以'比喻的'方式意指"，前者强调了词对于图像的优越性，重视文化对象的形式质性，是自我的感性而不是本我的感性，后者

---

① C. F. Niklas Luhmann. *Social System*, trans. John Bednarz, Stanford University Press, 1995, p. XII.

② Niklas Luhmann. *Essays on self-reference*, New York: Columbia University Press, 1990, p. 191.

是利奥塔的欲望美学，也就是桑塔格的感性美学。① 但是，社会学视野的总体性与普遍性，使得其文学理论话语具有普遍性的宏大叙事之特征，只不过卢曼以差异性和悖论作为统一性范畴而已。虽然卢曼在《作为社会系统的艺术》的开篇清晰地认识到："普遍的社会理论试图根据规范性、有机性和统一性概念来描述其对象，这本书的目的竭力远离之。"② 但是，他最终的分析仍然没有超越他试图克服的普遍性框架。再者，他基于形式的差异的理论实现了社会理论的转向，从行为与动机研究转向了系统功能的分析，实现了从人道主义美学、意识哲学、主体性美学向建构主义的转向，体现出鲜明的后人道主义美学特质。尽管这种转向带来的意义是巨大的，但是，忽略了文艺领域的丰富的审美经验的存在性思考，也忽略了对审美价值的反思，结果他的文艺理论是基于意义的结构主义与后结构主义理解，意义成为差异或者区分的形成，从而丧失了艺术领域的高度的人文属性与心灵安抚的功能，丧失了文艺对人类存在的价值思考，而走向了基于数理形式逻辑的演算，这就冒着把艺术视为一种自然科学的危险。所以，有学者质疑：由于卢曼局限于艺术的文化维度，"他把艺术作品本身要传达的信息或意义视为是完全剩余的。没有意义，艺术是什么？这不仅仅是艺术的问题，也是卢曼理论的问题"。③

第三节　艺术制度理论反思

艺术制度④理论（Institution Theory of Art）随着社会现代性与文化现代性的深入研究愈益受到学界重视，国内一些学者开始思考中国现代

---

① Scott Lash. *Sociology of Postmodernism*, Routledge, 1990, p. 174.

② Niklas Luhmann. *Art as s social system*, trans. Eva Knodt. Stanford University Press, 2000, p. 1.

③ Steven Sherwood. "*Art as a Social System* by Niklas Luhmann", *The American Journal of Sociology*, Vol. 108, No. 1 (Jul., 2002), pp. 263–265.

④ 制度即英文"institution"，它又译为"体制""建制"。台湾学者单德兴翻译了柯里格（Murray Krieger）的论文《美国文学理论的建制化》，见《中外文学》1992 年第 21 卷，第 1 期。

文学制度的形成、发展、特征。① 毋庸置疑，这会拓展现代文学研究的视野，为现代文学研究提供新的理论范式，可以深化中国文化现代性的研究，同时有助于推进艺术社会学的建构。但是，在引介或者建构艺术制度理论的同时，应对其进行多维度的深入辨析，对其合法性基础进行充分论证，甚至质疑，这是理论研究者不容忽视的工作。布达佩斯学派（Budapest School）对艺术制度理论的批判可以为此提供一种参照。这个学派的主要哲学家阿格妮丝·赫勒（Agnes Heller）及其丈夫费伦次·费赫尔（Ferenc Fehér）通过严格意义的社会理论的哲学思考，揭示了现代性中艺术与制度领域的复杂关系。通过探讨艺术在创作、接受、传播等方面制度化（institutionalization）的可能性条件，他们认为，艺术从根本上说不能被制度化。

一　艺术制度理论趋势

艺术制度理论是20世纪后期西方美学与社会学提出的一种重要理论，它涉及艺术的重新界定、审美现代性、意识形态等多种复杂的意指，涉及哲学、美学、社会学、人类学等跨学科的知识整合。

丹图（Arthur C. Danto）、迪基（George Dickie）等人面对艺术的危机与艺术界定的危机试图对艺术进行重新定义。丹图在1964年的《哲学杂志》（Journal of Philosophy）上提出了"艺术界"（artworld）概念。十年后，迪基在《艺术与审美》一书中对艺术制度理论进行了系统的阐发。他认为，一部艺术作品就是一件人工制品，它由艺术界决定。博物馆、画廊、发表评论和批评的杂志、报纸等制度，以及这些制度中工作的个体，诸如馆长、主人、商人、表演家、批评家，通过接受讨论与

---

① 见王本朝的《中国现代文学制度研究》（西南师范大学出版社2002年版），张颐武的《现代性"文学制度"的反思》（《文学自由谈》2003年第4期），王本朝的《中国现代文学的生产体制问题》（《文学评论》2004年第2期）、《文学制度：现代文学的一种阐释方式》（《文艺研究》2003年第4期）、《湖北大学学报》2003年第6期发表的关于"文学制度"笔谈的四篇文章（如王本朝的《文学制度与文学的现代性》，旷新年的《文学存在的权力与制度》等）。日本学者藤井省三的《鲁迅〈故乡〉阅读史：近代中国的文学空间》（新世界出版社2002年版）也是在文学制度的意识下展开研究的。

展出的对象或者事件，来决定什么是艺术，什么不是艺术。① 这种艺术的定义强调程序，而不关注功能与价值，② 突破了以往艺术是情感与自由的表现、是审美经验的对象等观念。布尔迪厄（Pierre Bourdieu）是从社会学角度来研究艺术制度的。他认为，艺术作品要作为有价值的象征物存在，只有被人熟悉或者得到承认，也就是在社会意义上被有审美素养和能力的公众作为艺术作品加以制度化的条件下才可能。艺术是制度构建的结果："作为直接带有意义和价值的艺术品的经验，是与一种历史制度的两方面协调的结果，这两方面是文化习性和艺术场。"③ 布尔迪厄试图探寻文学价值与意义得以形成的社会机制，厘清文学场与权力场、经济场等社会结构的同源性问题，从而推进了艺术制度理论。他认为，丹图的艺术界概念仅仅指"艺术品制度（从积极的意义来看）的事实。他省去了制度（艺术场）发生和结构的历史的和社会学的分析，艺术场能够完成这样一种制度行为"。④ 与丹图、迪基不同，布尔迪厄不仅认识到艺术制度的外部与内部结构，而且展示了艺术制度的特权地位与权力意识形态。通过文学场的自主建构，他试图为边缘化的知识分子重新确立自己的身份意识。显然，他肯定这种艺术制度的合法性。

福柯（Micheal Foucault）、比格尔（Peter Bürger）从审美现代性、意识形态层面阐发艺术制度，形成了另一种形态的艺术制度理论。福柯认为，现代性被理性话语的权力支配着，理性话语不仅仅形成外在的制度如监狱、精神病院，而且形成了现代学术制度以及人文学科的基础，文学无疑也是制度性的："文学是通过筛选、圣化和体制性的合法化这三者的相互作用才成其为文学的，而大学既是这三者的操作者又是其结

---

① Cf. Susan L. Feagin. "Institution Theory of Art", in Robert Andi eds. *The Cambridge Dictionary of Philosophy*, Cambridge: Cambridge University Press, 1995, p. 379.

② Cf. Stephen Davies. "Definition of Art", in Edward Craig eds. *Routledge Encyclopedia of Philosophy*, Vol. 1, London and New York: Routledge, 1998, pp. 465-466.

③ ［法］皮埃尔·布迪厄：《艺术的法则：文学场的生成和结构》，刘晖译，中央编译出版社2001年版，第347页。

④ ［法］皮埃尔·布迪厄：《艺术的法则：文学场的生成和结构》，刘晖译，中央编译出版社2001年版，第345—346页。

果的接受者。"① 因此,文学制度是现代性的产物。比格尔也是从现代性的视角思考艺术制度的。在 20 世纪 70 年代的《先锋派理论》中,他认为:"'艺术制度'的概念既指生产和分配机制,也指流行于一个特定时期、决定作品接受的艺术观念。"② 在 1992 年的《现代性的衰落》中,他表述得更为清楚:"文学体制这个概念并不意指特定时期的文学实践的总体性,它不过是指显现出以下特征的实践活动:文学体制在一个完整的社会系统中具有一些特殊的目标;它发展形成了一种审美的符号,起到反对其他文学实践的边界功能;它宣称某种无限的有效性(这就是一种体制,它决定了在特定时期什么才被视为文学)。这种规范的水平正是这里所限定的体制概念的核心,因为它既决定了生产者的行为模式,又规定了接受者行为模式。"③ 制度理论的认识对传统的哲学美学构成了挑战。在《先锋派理论》(德文第二版后记)中,比格尔认为:"像中小学、大学、研究院、博物馆等一些有形的制度对艺术的功能的重要性被低估了。"美学作为哲学独占的领域的观点是不正确的,因为"它们所阐述的思想通过各种各样的中介手段(例如,中小学、大学、文学批评以及文学史等)进入了艺术生产者以及它们的公众的头脑之中,因而决定了对待单个艺术作品的态度"。④ 艺术在现代资产阶级社会中被制度化为意识形态,"最晚在 18 世纪末,艺术作为一个制度已经得到充分地发展"。⑤ 现代艺术及其自律性的诉求正是现代资产阶级制度与意识形态的文化表征。

比格尔对艺术制度的认识与迪基、布尔迪厄等人有类似之处,都强调制度性因素对艺术本身的决定性影响,但是,他们对艺术制度的态度

---

① [法]米歇尔·福柯:《文学的功能》,载杨雁斌、薛晓源编选《重写现代性——当代西方学术话语》,社会科学文献出版社 2001 年版,第 121 页。

② Peter Bürger. *Theory of the Avant-Garde*, trans. Jochen Schulte-Sasse, Minneapolis: University of Minnesota press, 1984, p. 22.

③ [德]彼得·比格尔:《文学体制与现代化》,周宪译,《国外社会科学》1998 年第 4 期。

④ Peter Bürger. "Postscript to the Second German Edition", in *Theory of the Avant-Garde*, trans. Jochen Schulte-Sasse, Minneapolis: University of Minnesota press, 1984, p. 98.

⑤ Peter Bürger. *Theory of the Avant-Garde*, trans. Jochen Schulte-Sasse, Minneapolis: University of Minnesota press, 1984, p. 26.

截然相异。迪基主要对艺术进行重新定义，对艺术的制度基本上持一种肯定姿态，布尔迪厄倾注于探讨文学场的结构关系与权力生成，也认同艺术制度的客观性的存在，而比格尔把艺术的制度视为资产阶级时代的典型的艺术现象，是艺术现代性、审美现代性的存在样式，是资产阶级意识形态的表征。他从西方马克思主义美学的视角出发对这种现象进行批判，揭露了"'艺术制度'的坏的总体性"①，从而肯定了先锋派对现代自律艺术制度的突破②，但又为先锋派重新被制度化③而悲观不已。因此，这是一种不同于迪基的具有批判理论特色的艺术制度理论。

艺术制度理论使得艺术去神秘化，强调了艺术活动与人文价值的社会性基础与文化条件，揭示了艺术的权力关系与意识形态因素。它推进了艺术社会学研究，而且颠覆了本质主义、基础主义的文艺、美学观念。因此，艺术制度理论在当代社会学与美学领域中成为思考现代性的一个重要支点。但是，艺术制度理论的合法性也受到人们的挑战与质疑，布达佩斯学派就是其中之一。

二　艺术与制度

要弄清布达佩斯学派对艺术制度理论的批判，首先要把握他们进行批判的基本的理论框架。他们是在清理艺术领域与制度领域的关系即自为对象化领域与自在自为对象化领域的关系中进行批判的。这涉及他们对人类社会的结构性认识。

布达佩斯学派的主要哲学家赫勒的分析最具有代表性。她把韦伯（Max Weber）的文化价值领域理论扩展为人类学—社会领域理论："在所有的人类社会中，始终存在着两个不同的领域，用我的术语说就是

---

① Cf. David Roberts. *Art and Enlightenment*: *Aesthetic theory after Adorno*, Lincoln and London: University of Nebraska press, 1991, p. 139.

② 比格尔认为："作为欧洲先锋派中最激进的运动，达达主义不再批判存在于它之前的流派，而是批判作为制度的艺术，以及它在资产阶级社会中所采用的发展路线。"参见彼得·比格尔《先锋派理论》，高建平译，商务印书馆2002年版，第88页。译文略有改动。

③ 这正如柯里格（Murray Krieger）谈及的美国文学理论的"反建制理论的新建制化"（new institutionalization of anti-institutional theory）。参见柯里格《美国文学理论的建制化》，《中外文学》1992年第21卷，第1期。

'自在对象化'领域与'自为对象化'领域。"① 在某些传统的社会中，领域的分工进一步分化为第三个领域，即非日常的制度领域。不过，所有领域的规范与规则是伦理（Sittlichkeit）的，它们都被认为是道德的或者至少涉及浓厚的道德维度，人类的实践亦屈服于伦理判断，"包含一种共同的民族精神（common ethos）"。② 因此，传统的领域分化不是严格意义上的。唯有在现代，领域方得以广泛地分化，各领域以及亚领域具有相对的独立或者自律，形成各自特有的规范与规则，而又没有一种强大的民族精神维系。赫勒认为："提供意义的领域被分割为两个领域仅仅在我们文明的黎明才出现。一个主要是提供意义，而另一个是把自己分化为制度领域。"③ 她从宏观层面把人类世界区别为三个领域，即日常生活层面的自在对象化领域、意义的与产生意义的世界观的自为对象化领域、制度或者社会结构层面的自在自为对象化领域。第一个领域不能进一步分化，只能消退下去；第二个分化为美学、宗教、科学、哲学等领域；第三个分化为经济、法律、政治等领域。因而，美学领域与制度领域的关系是赫勒整个现代社会人类学的重要维度之一。

基于这种现代人类社会的结构性认知，赫勒展开了对自为对象化制度化的可能性条件的探讨。在前现代，历史意识、社会结构、自为对象化领域是同构的，同一社会结构产生或者修饰的自为对象化表达了历史意识的同一阶段。然而现代不同，虽然制度与自在对象化领域一样也从富有意义的自为对象化领域中获得合法性，但是，"获得合法性"对使这些制度顺利而持续地运转不是必然性的条件。专业化的人不管有没有"文化剩余"都能够被再生产也能够使制度进行再生产。这体现出现代制度领域的独立性或者自律。④ 这样，如果一种自为对象化能够提供制度以意义与合法性，使得制度顺利运行，尤其能够使得制度领域的专业

---

① Agnes Heller. *General Ethics*, Oxford: Basil Blackwell, 1989, p. 148.

② Agnes Heller. *General Ethics*, Oxford: Basil Blackwell, 1989, p. 148.

③ Agnes Heller. *A Philosophy of History in Fragments*, Oxford and Cambridge, MA: Blackwell, 1993, p. 199.

④ 赫勒认为，在现代性中，管理社会的责任仅仅依靠专业化的制度。Cf. W. Howard. "Heller, Agnes, Modernity's pendulum, *Thesis Eleven*, 1992, 31, 1 – 13", in *Sociological Abstracts*, Vol. 40, no. 5 (1992), p. 2265.

化的个体能够进行再生产，也就是这种对象化能够被制度化，就应该具备以下特性。第一，一种特殊的富有意义的世界观不得不被制度化，以便专业化的人被再生产。第二，这种世界观应该提供知识的不断地累积。第三，它应该提供专业化。在赫勒看来，"行动、制作（某物）或者言说的每一种被制度化的形式要求一种专业的教育或者训练，以便发展并激活各种人类能力，包括悬置制度框架内的异质的日常活动能力。专业的教育或者训练不等于专业化（职业化）；（在古代民主的雅典，每一个自由的公民完成了这种教育），然而专业化的倾向确实内在于'自在自为'对象化领域之中"。① 第四，由这种世界观提供的专业化的知识应该被传授。第五，这种被制度化的富有意义的世界观应该合适地胜任社会秩序（统治）的持续的合法化。成功完成这些任务的世界观统治任何既定的历史时代，当然，它们也许具有排他性或者也许被其他有意义的世界观取而代之。

　　从赫勒的概括中，我们认为，只有一种自为对象化具备潜在的制度领域的特征，它才能合格地被制度化。满足这些要求的只有宗教与科学这两种自为对象化领域。当然，这并非说，宗教与科学不得不使统治合法化，因为所有的自为对象化都具有合法化与批评的功能。她指明的是，"只有它们才合适地胜任合法化的制度化，因为只有它们合适地胜任累积知识的制度化"。② 这两种自为对象化不是同时被制度化的，而是体现在不同的历史进程中："在现代性诞生之前，宗教是被制度化的'自为'对象化；自从现代性开始，科学已经随之而来。"③ 在现代社会，科学代替宗教而成为一种支配性的制度，"在现代性中，存在一种单一支配性的想象制度（或者世界说明），这就是科学。技术想象和思维把真理的一致性理论提升到单一支配性的真理概念，因而把科学提升到支配性的世界说明的地位"。④ 虽然赫勒在此没有谈及美学领域或者艺术领域，但是，间接地涉及艺术与制度的关系。既然只有宗教与科学

---

　　① Agnes Heller. *The Power of Shame*: *A Rationalist Perspective*. London: Routledge and Kegan Paul, 1985, pp. 122-123.

　　② Agnes Heller. *The Power of Shame*, London: Routledge and Kegan Paul, 1985, p. 119.

　　③ Agnes Heller. *The Power of Shame*, London: Routledge and Kegan Paul, 1985, p. 125.

　　④ Agnes Heller. *A Theory of modernity*, London: Blackwell Publishers, 1999, p. 70.

能够被制度化，那么自为对象化领域中的其他类型即哲学与艺术就不会被制度化。赫勒这些分析透视出，作为自为对象化的艺术与审美领域不具备制度化的可能性条件。

三 艺术制度化问题

由于审美或者艺术领域不具备制度化的可能性条件，艺术制度理论也因此丧失了合法性的学理基础，因而受到赫勒、费赫尔等布达佩斯学派成员的批判与解构。

在辨析韦伯的领域理论与伯格（Peter Berger）、卢克曼（Thomas Luckmann）的制度理论时，赫勒批判了"美学制度""艺术制度"概念。她认为"制度的美学"是一种空洞的普遍化，因为在审美领域中存在许多制度，但是，这些制度的主要特征绝不是"审美的"。她说："在我看来，即使'制度艺术'这个术语（一个比'制度美学'更加狭窄的术语）也是混乱的。"[①] 如果一种"制度"被理解为一种引导性活动和创造性的对象化，那么"领域"这个概念术语也起这种作用，所以赫勒认为韦伯的领域概念比"制度"术语更有理论上的价值。制度这个概念暗示着我们轻视地称为"制度化"的东西已经破坏了纯粹的生命活动。此外，它暗示了"制度艺术"不是艺术的，而是商业的、官僚的。当然，几种艺术的制度无疑是官僚的、商业的，但这根本不属于"审美领域"。"制度艺术""制度美学"能够让人产生误解，容易把艺术的内在本质等同于制度的内在性特征，也就是把美学领域与制度领域加以抹平。因此，赫勒不认同艺术制度理论的观点。

赫勒与费赫尔对比格尔的艺术制度化理论进行了批判。赫勒认为，虽然人们能够通过指向日益增加的艺术与哲学的制度化来反对艺术与哲学不被制度化的主张，但是，"艺术与哲学在制度数量上的任何增加并不意味着艺术与哲学的制度化"[②]。费赫尔认为："比格尔的理论缺陷在

---

① Agnes Heller. *General Ethics*, London：Blackwell Publishers, 1999, p. 152.

② Agnes Heller. *The Power of Shame*, London：Blackwell Publishers, 1999, p. 126.

于对象化与制度之间不令人满意的区别。"① 艺术作品是一种对象化，纯粹意味着它留下了人类内在性的王国，并且已经呈现为内在认识与情感过程的最终结果，呈现为一种至少与一些主体间的规范与期待相协调的产品，并且以一种可以被主体间体验的方式呈现出来。费赫尔运用黑格尔的绝对精神与客观精神的观念进行了分析。绝对精神属于自为对象化领域，而客观精神属于制度领域。他认为，前者本身不被制度化，艺术对黑格尔来说也不属于客观精神的层面，即不属于制度化的层面。如果绝对精神中最不容易被制度化的是哲学，最能够被制度化并已经被制度化的是宗教，那么，"艺术在两者之间的某个地方"。② 费赫尔与赫勒进一步从艺术生产、接受、传播三个方面分析了艺术与制度的关系。

费赫尔认为，制度除了具有社会功利性的必然因素之外还有三个特征，即制度是根据规则而起作用的一种主体间的结构体，是能够传授的获得性的人类行为，并且它是倾向于非个人的。但是，艺术作品的生产过程很少是严格运用规则的结果。即使人们在建筑，在被自然科学共同决定的艺术中运用普遍的规则，但是，被决定的是艺术作品的技术，而不是形式。音乐的技术与形式大都相互调和。但是，在创造舞蹈或者绘画的过程中，规则作用的程度就日益消解了。就文学创造而言，规则的作用等于零。赫勒认为："创造的文学具有非常少的技巧要求，因此它的生产本身从来不被制度化。"③ 就可传授性而言，费赫尔认为，音乐学校的每个学生都知道能够传授给他们的是过去的音乐，不是未来的音乐，也就是说，不是他们自己可能的音乐生产。所以，"在技术日益减少地发挥作用或者根本不起作用的情况下，制度化的第二种成分在生产艺术作品中日益减少或者丧失其作用"。④ 也就是说，艺术不是一种获

---

① Ferenc Fehér. "What is Beyond Art? On the Theories of Post-Modernity", in Agnes Heller and Ferenc Fehér, eds. *Reconstructing Aesthetics*, Oxford: Basil Blackwell, 1986, p. 63.

② Ferenc Fehér. "What is Beyond Art? On the Theories of Post-Modernity", in Agnes Heller and Ferenc Fehér, eds. *Reconstructing Aesthetics*, Oxford: Basil Blackwell, 1986, p. 64.

③ Agnes Heller. *The Power of Shame*, in Agnes Heller and Ferenc Fehér, eds. *Reconstructing Aesthetics*, Oxford: Basil Blackwell, 1986, p. 126.

④ Ferenc Fehér. "What is Beyond Art? On the Theories of Post-Modernity", in Agnes Heller and Ferenc Fehér, eds. *Reconstructing Aesthetics*, Oxford: Basil Blackwell, 1986, p. 64.

得性的人类行为,"艺术从来不持续地积累知识,或者如果它积累知识,那么这种知识在性质上也是技巧上的,而不是产生作为一种有意义的对象化的艺术作品的那种知识"。① 最后,就非个体性而言,艺术的对象化与它的制度化激进地分道扬镳。虽然根据韦伯的观察,现代制度日益成为非个人的,但是,艺术作品的对象化更加明显地带有个体性特征。我们不难看到,他们对艺术创造方面与制度的论述存在一些矛盾,虽然他们都主张创造不能被制度化,但是,关于艺术创造的分析不能完全充分地支持其论点,如费赫尔对音乐的技术与形式的调和的论述,对音乐的一些可传授性的理解,以及艺术中的技术因素的制度化的认识,都表明了艺术创造中的某些因素能够被制度化,赫勒也认识到这一点:"考虑到技巧的知识被专业化,创造一直被工艺制度调节。成为一个艺术学院的学生在功能上相当于任何一种学徒关系;不同的只是制度的类型。"② 虽然她认识到,文学从来不被制度化,但是,她又认为文学作品的创作能够被扎根于宗教或者政治制度之中。不过,从艺术这种纯粹的自为对象化来理解,杰出艺术创造的核心意义是不能被制度化的。

就接受而言,他们认为,一些接受的前提总是被制度化,接受最容易被制度化的方面是接受发生的场合与接受艺术作品的公众反应。接受能够是公众的或者私人的,公众接受的制度始终是存在的,但是,它们都是为接受而存在的制度,而不是接受的制度。也就是说,这些制度只是接受的前提或者基础,不是接受本身,接受本身没被制度化。因为人们能够对一部艺术品自由地拒绝、批评或者保持冷漠。所以赫勒认为,人们对艺术严格意义上的接受"不能完全被制度化,即使接受在一种制度框架中发生"。③ 那些从特尔斐(Delphi)的神谕中寻求建议的人们不得不相信那种制度并相应地行动,否则仪式根本没有意义。但是,欧里庇特斯的悲剧的观众能够被影响或者不能被影响,观众喜欢或者不喜

---

① Agnes Heller. *The Power of Shame*, in Agnes Heller and Ferenc Fehér, eds. *Reconstructing Aesthetics*, Oxford: Basil Blackwell, 1986, p. 125.

② Agnes Heller. The Power of Shame, in Agnes Heller and Ferenc Fehér, eds. *Reconstructing Aesthetics*, Oxford: Basil Blackwell, 1986, p. 126.

③ Agnes Heller. The Power of Shame, in Agnes Heller and Ferenc Fehér, eds. *Reconstructing Aesthetics*, Oxford: Basil Blackwell, 1986, p. 126.

欢。没有人能够说科学发现的接受是一种有关趣味的事,但是,就艺术品的接受而言,这种说法是完全合法的。在现代,这种非制度化的审美接受的个体性更加突出:"在现代性中,艺术作品的接受已经倾向于更加私人化,而不是日益被制度化。"① 艺术作为一个现代概念与神秘的接受是同时出现的,而"神秘的接受对抗着专业化:神秘的接受者从来不是专业化的思想家或者行动者"。②

然而,艺术传播在现代日益被制度化。费赫尔说:"无可否认,传播是三元素中最容易被制度化的。"③ 豪泽尔认为,在任何社会环境中,艺术作品的自发传播是一种浪漫的神话。从最小的、最同质的部落文化到我们时代的大量而主要是异质的资产阶级文明,始终存在着提供艺术品传播的各种社会渠道或者制度。不过,假定生活在既定的环境中的人能够对这些制度起作用的方式施加某些影响,那么被制度化的传播就存在困境。在赫勒看来,"传播被制度化不能用来作为支持艺术制度化的论点,因为艺术的传播不属于严格意义的艺术,而属于市场的制度"。④

赫勒与费赫尔都主张严格意义的艺术是不能被制度化的,但是,他们又不否认艺术的某些环节或者基础被制度化了。正如费赫尔所说:"我们不论分析艺术的生产、接受,还是传播,我们会发现被制度化的与非被制度化的成分,尽管后者比前者的成分更多。"⑤ 宗教也同样具有被制度化与非被制度化的成分,但是,艺术不像宗教那样产生一种自我—制度化的单个的特征化形式。因此,费赫尔认为,比格尔把艺术制度的破坏视为一种解放行为的激进观念是文化革命一致的然而误导的浪

---

① Agnes Heller. The Power of Shame, in Agnes Heller and Ferenc Fehér, eds. *Reconstructing Aesthetics*, Oxford: Basil Blackwell, 1986, p.126.

② Agnes Heller. The Power of Shame, in Agnes Heller and Ferenc Fehér, eds. *Reconstructing Aesthetics*, Oxford: Basil Blackwell, 1986, p.125.

③ Ferenc Fehér. "What is Beyond Art? On the Theories of Post-Modernity", in Agnes Heller and Ferenc Fehér, eds. *Reconstructing Aesthetics*, Oxford: Basil Blackwell, 1986, p.65.

④ Agnes Heller. The Power of Shame. in Agnes Heller and Ferenc Fehér, eds. *Reconstructing Aesthetics*, Oxford: Basil Blackwell, 1986, pp.126-127.

⑤ Ferenc Fehér. "What is Beyond Art? On the Theories of Post-Modernity", in Agnes Heller and Ferenc Fehér, eds. *Reconstructing Aesthetics*, Oxford: Basil Blackwell, 1986, p.65.

漫主义理论。

　　布达佩斯学派对艺术与制度化的复杂关系的辨析与对艺术制度理论的批判有助于推进艺术社会学的研究与艺术的现代性的理解,尽管有一些论述还没有得以充分地展开。他们的艺术观念带有精英主义的特色,因为只有艺术最神秘的核心意义才不被制度化。他们对艺术制度理论的批判意味着要保持艺术与制度的相对的自律。其之所以在艺术制度理论方兴未艾之际进行批判,首先是因为他们肯定艺术是人类自我意识的对象化①,认同张扬人类主体的创造性、主体性、生命意识以及解异化潜能的人道主义美学观念,这正是卢卡奇开创的西方马克思主义美学的典型范式,也是马克思在《巴黎手稿》中所提出的美学观念的持续。其次,他们对艺术非制度化的坚守也是对费舍尔(Ernst Fischer)所倡导的艺术的必然性观点的认同。如果艺术与制度同一,艺术成为制度的,那么它就失去了存在的根由从而死亡。这也意味着人的终结。赫勒认为,如果"自为对象化"整个领域被制度化或者被制度化领域吞噬,那么制度领域就成为全能的,并且在吞噬"自为对象化"领域之后把主体吞噬,最终驻留于日常生活中的人的条件也会缺乏,而人的条件的缺乏就是"骚乱、世纪末日、(人的)生活的终结"。② 最后,他们对艺术制度理论的批判在于强调个体性价值观念,而制度理论隐含着集体的普遍主义的认识,布尔迪厄关于知识分子的自主的文学场的设想是"一种普遍的法团主义"。③ 如果艺术完全屈服于规则,都是可传授的,绝对非个人的,也就是完全被制度化,那么这就必然是奥威尔在《一九八四年》中描绘的极权社会。有着极权主义体验的布达佩斯学派是不可能认同这种理论的。

---

　　① 赫勒认为:"艺术是人类的自我意识,艺术品总是'自为的'类本质的承担者。"参见[匈]阿格妮丝·赫勒《日常生活》,衣俊卿译,重庆出版社1990年版,第114页。

　　② Agnes Heller. Can Modernity Survive? Cambridge, Berkeley, Los Angeles: Polity Press and University of California Press, 1990, p.46.

　　③ [法]皮埃尔·布迪厄:《艺术的法则:文学场的生成和结构》,刘晖译,中央编译出版社2001年版,第403页。

第四节 艺术概念的重构

布达佩斯学派最重要的哲学家阿格妮丝·赫勒，从 2007 年 6 月 28 日至 7 月 4 日在中国进行了为期一周的学术旅行，作了《现代性与大众传播》《什么是后现代》《艺术自律或者艺术品的尊严》《情感在艺术接受中的地位》《当代马克思主义与美学问题》等一系列演讲。这些演讲凝结了赫勒教授 20 世纪 90 年代后期以来美学与艺术转向的研究成果。她在后现代视角主义哲学基础上消解了现代大写的艺术概念，重新确定了艺术存在的边界，并对后现代艺术现象持以同情的理解，彰显出后马克思主义的美学范式。

一 后现代视角主义哲学

赫勒对艺术概念的重构有着扎实的哲学基础，此基础就是她从利奥塔去总体化思想中提出的视角主义。这种来自莱布尼兹的单子论而又抛弃了其统一性的视角主义，尤其表达了对多元主义、个体性、偶然性范畴的关注。在《什么是后现代》中，赫勒在批判总体化的历史概念、真理概念、生活方式、艺术概念的过程中，清晰地阐释了一种具有反思的后现代性特征的视角主义哲学。

后现代的历史意识来自宏大叙事的衰落与形而上学的瓦解。后现代不是一个新时代的肇始，而是意味着人们看待世界与人类自身的视角发生了嬗变。赫勒提出，以对现代性的后现代阐释取代对现代性的现代主义阐释，不再把现代性理解为一个有机联系的整体，也不把它当作一首以大团圆或者悲剧告终的史诗，而是视之为由一块块异质的彩色玻璃镶嵌的马赛克，这种马赛克消解了现代性的大写历史概念。历史概念总体化的消解意味着对"绝对现在"和"偶然性"的关注，这为人们留下了自我评价与自由行动的多元空间，认可了从不同视点观看世界的视角主义。后现代的历史意识导致了人们对现代真理概念的质疑。真理概念是现代知识学的追求之旨，而后现代哲学瓦解了传统意义上的一致性真理或者大写真理，使之去总体化。真理去总体化并非最近之事，启蒙运动时代就已有之。在 19 世纪，整体论的大写真理概念被真理的区域概念，被某物的"真实知识"概念取而代之。进一步，后现代视角主义使"真实知识"的真理概念多元化。以赫勒之见，真理去总体化历经了三个实质性的阶段：一是库恩所阐述的范式理论，他把视角变化引入对科学理论和真理的理解之中；二是福柯的话题，"真理如何被生产"的谱系学问题取代了"真理是什么"的传统问题；三是德里达所推行的解构，他让文本阐述一个真理后又消解了这个真理。真理概念的去总体化铺设了真理的多元主义之路。就生活方式而言，后现代人不再轻信集体性和总体性的生活方式，而是实践"什么都行"的口号。每个人愉快地打造自己的生活，他不仅可以做令自己感到愉快的事情，而且没有违背或者伤害任何规范或者规则，他也不会因为如此生活而被任何人限制与审查。"什么都行"不必然意味着随心所欲，无所不为，而是意味着每个人能够自由地选择某种生活形式，也能够自由地抛弃这种生活形式。

哲学变了，哲学美学也因此而变。历史概念、真理概念与生活方式的去总体化为艺术概念的去总体化奠定了基础。现代艺术概念是总体化的，也是建立于宏大叙事的历史哲学之上的。在赫勒看来，大写艺术概念与历史主义密切相关。人们对艺术作品的评价通常取决于艺术创造的历史时刻，而不是取决于对艺术作品本身的欣赏。一个现代主义者去欣赏斯德哥尔摩建造奇特的精美的中世纪城堡，当他得知这个城堡修建于19世纪时顿时失去了兴趣。在中世纪，人们没想到在同一个"艺术"概念下包含诸如神圣、教堂、音乐、市场戏剧、抒情诗、城堡等如此迥异的东西。在高级现代主义的艺术世界中，"大写艺术"身居要位。"艺术是什么？"成为现代主义具有决定性意义的问题。印象主义、表现主义、象征主义、超现实主义、达达主义、构成主义、最低限度主义等倾向和流派都委身于"大写艺术"概念的旗帜下。赫勒在《艺术自律或者艺术品的尊严》中，详细地阐发了大写的艺术概念与"艺术自律"的内在联系。大写艺术的自律，指向了马克斯·韦伯所谓的独立领域，这个领域从所有其他领域中分离出来，具有与其他领域相区别的规范和规则。作品之所以能够成为艺术作品，是因为它遵守艺术领域的规范和规则。不管一件作品属于何种样式，不论是一座建筑、一出歌剧、一首歌曲、一部小说或者一首诗歌，倘若要进入艺术的殿堂，它就必须遵守大写艺术的共同规范和规则，否则就不值得被称为艺术品，其创造者也称不上艺术家。在后现代，大写的艺术概念已经失去了阐释的有效性。"艺术的自律"作为一种战斗口号维护了审美判断的规范原则，其价值是为高级现代主义辩护，反对大众文化的冲击，防止高雅艺术被粗俗的趣味、妥协、娱乐所践踏或者捣毁。赫勒认为，这个任务已经完成，现在不再需要了。

在后现代视角主义哲学里，总体化的艺术概念失去了立足之地。大写艺术概念的去总体化开掘了艺术的多元主义的道路，就艺术而言，"什么都行"。既然如此，艺术作为一个概念仍然有存在的必要吗？我们能否赋予它新的内涵以阐释新兴的后现代艺术现象？

二 后现代艺术概念的重构

尽管大写艺术概念在后现代受到普遍质疑，但是，赫勒并没有抛弃艺术概念，而是从不同角度对之进行重构。通过把功能性、个体性、尊严、情感互惠性等范畴引入艺术世界，她提出了与其后现代视角主义哲学相契合的艺术定义。

在《什么是后现代》中，赫勒试图追问后现代"什么都行"的思想与实践原则，如何对艺术概念加以内在地改写。既然什么都行，那么不论什么作品都可能是艺术。是什么东西使某个物成为艺术的呢？赫勒从现代人类条件出发来解答这一问题。现代世界是一个功能世界。人们不再追问事物之"本质"，而是探询它的功能。人们之所以谈及艺术，是因为它独具一种功能。在现代性中，艺术作品的功能是赋予生活经验以意义，照亮生活经验，包括极为痛苦的经验。艺术使我们以一种感观享乐的方式反复思考生活经验，在思考中获得愉快。大多数的生活经验也带来愉快，但是，它们几乎没有提供意义，特别是没有提供痛苦经验的意义。智慧之书或者哲学可以履行提供意义的功能，然而它们不能激起感性的愉快和乐趣。在赫勒看来，高雅艺术和娱乐、糟糕艺术之间的根本区别也在于它们各自的功能。糟糕艺术是由于劣质、故意装作的浅薄、天赋的缺失、创作的失败等原因没有成功地履行艺术的功能。赫勒试图指出，艺术就是感性地提供生活以意义的事物，但是，颇为悖论的是，她这个定义又与"什么都行"发生了冲突。不过，如果我们把赫勒的视角主义理解为她所主张的"有限制的多元主义",并非极端的文化相对主义,那么其定义还是有一定的合理性。

在《艺术自律或者艺术品的尊严》中,赫勒从另一角度对艺术进行了定义,把非功利性的凝神观照、个体性与艺术存在联系起来,主张以艺术的尊严概念代替艺术的自律概念或者大写艺术概念。在她看来,艺术作品区别于非艺术作品在于其个体性。艺术作品是一个人,但不是普遍的大写艺术的规范或者观念来决定它是否为人。一旦抽水马桶成为展览的《喷泉》,它事实上变成了一件艺术品,成为了一个人。艺术作品作为一个人能够向接受者言说,接受者只需观看、阅读、聆听即可。单个艺术品由于是一个人,它就有其内在的精神。因此,为了人的尊严,一个人不应该作为纯粹的手段而应作为目的本身来使用。赫勒认为,艺术品就是一种不能作为纯粹手段而始终作为目的本身被使用的事物。这就是艺术的定义。用来使用的事物不是一件艺术品。然而,使用之物如果不仅是使用之物,而且充满了使之为人的精神,那么它也能够成为艺术品。凝视观照是对物的使用的暂时的悬置。在展览空间中我们全神贯注于视觉画面,在音乐厅里我们全神贯注于声音效果,在阅读文学作品中我们全神贯注于语言。我们自发地敬仰艺术品的尊严,因为只有这样,我们才能从作品中获得康德所谓的非功利的愉悦。这样看来,艺术是一个作为目的本身进行审美观照的具有尊严的个体。

为此,赫勒对艺术的商品化与艺术的机械复制现象进行了具体分析。借助于艺术的尊严概念,人们对艺术商品化的质疑就失去了意义。因为,即使艺术品被购买与出售,但是,其价值不等于花费在它再生产所用的工作时间的数量。艺术作品的交换价值取决于它的内在精神和价值,或者取决于接收者赋予它的内在精神和价值。绘画的确作为投资被出售,然而,很少是纯粹作为投资的。购买者通常具有艺术趣味,购买一幅而不买另一幅画,不仅因为它的市场价值,也因为购买者欣赏它、喜爱它。艺术品作为投资有时也仅仅被作为手段,而不被作为目的本身看待。譬如,购买者把绘画保存到银行储藏室里,没有人得到它甚至看到它。根据赫勒的定义,这个作品不再是艺术作品,至少它作为艺术作品被悬置了,其精神处于沉睡中。直到有人看到它,对之凝神观照,它才是艺术品。自从瓦尔特·本雅明发表《机械复制时代的艺术作品》

以来，机械复制在范围和意义方面超越了预期的影响效果。但是机械复制没有伤害艺术品的尊严，人们能够在无限的复制品中鉴别出原本。在赫勒看来，艺术尊严概念能够有效地阐释当代艺术问题，重新确定艺术和非艺术的边界。这种界定似乎也与"什么都行"相抵牾，但是如果从个体性来理解，它又与赫勒主张的视角主义哲学是一致的。

赫勒关于艺术尊严的阐释把艺术与人格联系了起来，这是在一种理想的交往关系中思考艺术的问题，也是在接受的体验中确定艺术的存在与边界。在《情感在艺术接受中的地位》中，她从互惠性情感出发思考艺术美的生成。一部作品如果没有唤起任何情感，就谈不上艺术作品的接受。没有情感的接受是把一个艺术文本当作一篇科技文章来读，这时就不存在艺术。赫勒如托尔斯泰一样，把情感的唤起作为艺术存在的重要基础，但是，她的思考不同于托尔斯泰的理解。在她看来，从亚里士多德到康德，艺术作品体现的情感只属于接受者。接受者的态度是凝神观照的、虚静的，所有的视听都超越了实用的和实际的目的、行为和选择。正是在纯粹的接受状态中，感性才能够成为引起更高级的精神性情感的契机。在日常生活中，所有的情感与驱动力皆以自我为中心，它们在世界中导引我们的自我，既是判断又是路标。但是，如果人们以一个接受者的态度观照艺术作品，就从日常生活中抽身出来，悬置自己实用的、实际的功利，自我沉醉。自我沉醉是一种性爱的姿态。这种性爱的吸引力在日常生活中绝大多数是以异质的碎片形式出现的。而艺术沉醉是集中的，这种集中是赤裸裸的，没有保留的。这意味着接受者让自己接受艺术作品的刺激，这就是美的东西。当情侣建立起相互的关系时，性爱的接触也就是两极的了。相反，如果不能形成相互的性吸引，一个人几乎不能谈论严格意义上的快乐。因此，艺术中的快乐是互惠的性吸引，艺术作品委身于单一的接受者。艺术作品好像就是一个人，因为只有人的心灵才能互赠我们的爱。当接受者爱上一部艺术作品时，作品也给予接受者以情感，这是一种互惠的关系。当作品对接受者冷酷无情之时，接受者一无所有，也没有艺术可言。也就是说，情感互惠的建立确定了艺术与艺术美的存在，这种互惠认可了接受者与作品的个体性及其非功利性的审美关系。

赫勒一方面将艺术确定为感性的意义提供的对象，另一方面把艺术理解为个体性的尊严与互惠的性爱关系，她从现象学出发把艺术及其价值限定在单个艺术作品的具体存在方式与活动状态之中，这是颇有启发的。但是，她并没有对艺术作品和接受活动的关系加以清楚地阐发，这使得对艺术的界定缺乏内在一致的话语表述。她一方面强调接受者对艺术存在的认可，另一方面又在真迹与复制品的关系中肯定艺术品的决定意义，这导致了其艺术定义的悖论。

三　艺术样式的不可普遍化规约

艺术是个体性的存在，不可普遍化，也不能把一种艺术样式的标准应用于另一种样式。赫勒对文学、艺术（美术）与音乐的情感接受模式，对它们与市场、复制的关系进行了分析，指出了不同艺术样式的个体性，从而奠定了艺术分类的合法根据。

在《情感在艺术接受中的地位》中，赫勒分析了审美情感在不同的艺术样式中体现的个体性。不同的艺术在本质上是不同的，其接受者凝神观照获得的情感与构成方式也是不同的，情感的差异取决于艺术作品的类型和特征。首先，文学、美术和音乐接受的情感具有不同的个体性。既然语言是文学的媒介，那么认知活动在接受活动中不可避免，接受者也重视对作品人物的情境的评价。其次，文学作品的情感处于运动之中，就像在日常生活中一样充满活力。再次，接受者对人物尤其主要人物的认同关系是十分显著的。不论接受者读一本书还是看一出戏剧，都试图从主要人物的角度来看待剧情的发展，觉得自己置身于他们的情境之中。最后，日常生活中以自我为中心的情感在文学接受中完全被消解了。美术接受者的情感不同于叙述文本唤起的情感。赫勒把本雅明的"灵韵"概念引入到艺术概念的重新阐释中。"灵韵"适用于伟大的艺术作品。艺术具有审美情感，也引发宗教情感。宗教感情既不现实也不实用，它融进审美情感，预示着纯粹的沉思，而在文学中很少有灵韵现象。赫勒不赞同本雅明把灵韵归属于前现代以及把现代艺术视为彻底的后灵韵的观点，她认为，前现代、现代和后现代的一切伟大的艺术作品都被灵韵笼罩着。在美术中，感性以非中介的方式给接受者留下印象，柏拉图的思想在此显得最为真实：接受者所爱的就是美，眼中出现的美是所有感官美中最美的。因而，如果把美的概念归为所有的艺术样式，美的概念就被误用了。美术具有相对的不确定性。它不仅表达美，还有具体的美，生命形式之美或生活方式之美。生活方式占据了接受者的情感中心，情感判断是接受者通过画布与生活方式的联结。不仅不同美术作品的情感体验是不同的，就是同一部艺术品的情感效果在不同接受者的阐释立场中也是不同的。

赫勒认为，音乐完全是内容非确定性的艺术样式，纯粹音乐体现了这种特征。这种音乐从18世纪以降通过创造一群强有力的爱好者，在现代情感文化中占据着高雅的地位。正是卢梭等人欢呼着把音乐当作传达情感的工具和媒介。尽管阿多诺等人极力鞭笞音乐的情感性，但是并没有成功。音乐的情感效果能够作为好的也能作为坏的来使用。它能够赋予谎言以力量，强化丑恶之本能，甚至罪恶的本能，然而也有疗效的作用，能够化敌为友。弗洛伊德所说的情感的模糊性是音乐固有的特征。赫勒认为，不论作曲家赞不赞同，当代音乐和传统的旋律或者协奏曲一样，唤起的是不确定的情感。人们对作品的情感的回应主要取决于接受者的文化背景、音乐体验、趣味、人格。赫勒对音乐的接受的把握不是从音乐学家或者作曲家本人出发的，而只是从音乐情人出发来把握音乐的非确定性，这些接受者没有受到固有的核心观念的限制，也没有受到情境、抽象概念的影响。没有人能够肯定贝多芬第七交响乐的第二声部是葬礼进行曲，还是慢调舞曲。一个听众感到痛苦，另一个感到快乐，但是，都作为情人自我沉醉于音乐之中。这形成了情爱关系，就是接受者与音乐艺术品的情爱关系。接受者与音乐作品的不同时间的邂逅是不同的，第一次是情爱的确信，也许第一次是失望的，但是，一个真正的情人会继续渴求新的邂逅，带着很高的期待转向克尔凯郭尔所谓的第一爱的对象。虽然任何艺术接受者都是如此，但这主要是就音乐情人而言的。音乐接受是对重复邂逅的渴求，是一种欲望，但是不是占有的欲望，而是对接受经验、凝神观照的渴求，这是一种纯粹的审美情感。赫勒对文学、艺术和音乐接受的情感个体性与差异性的分析，显示出艺术的单一性与非确定性特征，这也是对各种艺术样式进行重新界定。

赫勒不仅涉及艺术样式在接受情感上的区别，而且在《艺术自律或者艺术品的尊严》中，谈到了各种艺术样式与市场关系的差异性，以及在机械复制方面的独特性。不同艺术与市场的关系不同,绘画紧密地关联市场与金钱,而建筑、音乐或者诗歌等艺术样式并非如此。文学、美术、音乐的机械复制亦按不同的方式进行。就文学而言,机械复制的新方式尚未带来新的美学问题,因为文学作品自古登堡创立印刷业以来,已被机械地复制。真正的问题始于美术,在音乐中最为昭然。就美术而言,作为真迹的"原型"决定着它所有的复制品。真迹被复制得越多,其尊严越被得到重新认可,因为所有的机械复制品依赖于从真迹借来的精神。但是,赫勒认为,一件美术作品的机械复制品不是真正的艺术品。音乐在五线谱上,不过它在演奏时才充满生命,演奏是表演艺术。五线谱是艺术品,是目的本身,表演作为一种阐释不仅是手段,还分享了作品的人格,因而也享有真正的艺术品之名。唱片是对演奏的复制。人们能够听它一千遍而不厌倦,听到的是相同的阐释。人格在五线谱里,由于每一次阐释的演奏分享了五线谱,所以这个演奏的每一个复制品也分享了五线谱,因此,唱片还是属于艺术品。赫勒认为,不同艺术的机械复制发挥了不同的作用,各自提出了不同的问题,不能加以普遍化规约。

立足于后现代视角主义哲学,赫勒重构艺术概念,重新确立艺术的边界以及艺术分支的存在形态和接受情感模式,彰显出对艺术存在的个体性与人格精神的重视。这些理论为后现代多元化的艺术实践提供有效的阐释理据。

四 后现代艺术现象的阐释

赫勒对艺术概念的重构来自于对后现代艺术的现象学观照,重构之后又反过来深化对后现代艺术实践的理解。她在一系列演讲中对后现代艺术倍加关注,为后现代艺术的出场提供合法的身份,从而批判了西方马克思主义"文化批评家"对当代艺术的否定认识。这主要表现在两个方面。

一是对后现代艺术的创作形式进行阐释。在《艺术自律或者艺术品的尊严》中,赫勒不是对当代艺术进行责难,而是充分地肯定其成就与价值。她认为,近几十年来在美术、音乐、建筑、雕塑、绘画等传统艺术类型中,在摄影、装置艺术(installation art)、视像艺术(video art,

又译"录像艺术""电视艺术"等)等新型样式方面出现了无与伦比的繁荣。赫勒在《什么是后现代》中指出,后现代艺术创作总体上呈现出多元主义倾向,人们尝试着诸种可行的艺术样式,过去的创作模式与当下的经验相击相荡,催生了多姿多态的艺术形式,甚至突破了各艺术样式内在的樊篱。在建筑方面,人们能够根据所有的"风格"进行建造,而且每一作品皆是个体化的,具唯一之美。就美术而言,不论形象绘画、抽象绘画,抑或现实主义、自然主义、最低限度主义、重写本创作,都不乏其人。人们能为舞台撰写歌剧,为管弦乐队谱写交响乐、电子音乐,也能以电脑创作乐章。文学家不仅可以写作传统文本,也可写作最低限度主义文本。在舞台上,一切实验均有可能,幻觉自由翱翔。后现代虽然没有先锋派,但仍然有新的艺术形式,如"活生生图片"艺术、影子剧等。后现代艺术现象很难通过传统意义的艺术自律或大写艺术概念加以有效阐释,然而,以其个体尊严获得了艺术的合法性,实践着"什么都行"的理念,在赫勒的后现代视角主义哲学中占据着重要地位。

在《现代性与大众传播》中,赫勒谈到了现代媒体对艺术创作的影响。现代性与大众传播水乳交融,不可分离。大众传播是现代社会结构、功能、发展动力的内在因素之一,它凭其不断的技术更新在全球化过程中扮演了举足轻重的角色。但是,全球化不仅意味着普遍的统一模式的蔓延,也为个体性、差异性、多样性生存带来了契机。为此赫勒提出了一种能够表达个体与社会网络进行理想交往的"个体媒体"(individual media)和"媒体艺术"(media art)概念。个体媒体较少地受控于意识形态与外在压力,可以再现个体之人格,留有为个体自由选择的空间,网络媒体就是如此。电影作为媒体艺术就是一种个体媒体。在《艺术自律或者艺术品的尊严》中,赫勒具体分析了装置艺术、视像艺术这些新媒体艺术的实验。圣经故事、古代神话早就不断对其他媒体的作品进行再阐释,但装置艺术和视像艺术作为后现代样式提出了新的美学问题。这些作品不能立刻甚至永远不能被眼睛所把握,它们失去了"整体论"的特征,失去了传统审美的"总体性",失去了高级现代主义的审美"自指"。它们主张把哲学观念转变为媒介,这些尝试虽然不都是成功的,但是也产生了一些充满智慧的美的艺术作品。瑞士艺术家费斯尔（Fischl）和维斯（Weiss）的作品《事物运行的方式》就是典型之一。在此作品中，有关"因果链"的哲学问题呈现在屏幕上，因果链是纯粹偶然事物的链条，没有最初的原动力，也没有最后的结果。一种东西撞击另一种东西，后者又撞击别的东西，如此不断进行，所发生的一切都被最后决定，最后却是虚无。没有什么东西是特别的，然而这些东西的移动与"命运"使我们心神不宁，并激起纯粹的感性快乐。视像装置艺术大师维奥拉（Bill Viola）的视像—荧屏创作试图表达文艺复兴时期绘画的宗教精神。在他的作品中，宇宙创始、洪水和救赎被突出地重新阐释，在神秘的表现中舞台化。宗教理念成为一种崭新的唯一图像，带来了美的感性娱乐。这些新媒体的实验不再是如音乐的演奏那样是自律—阐释，而是一种他律—阐释，这种他律—阐释打破了单一艺术样式的边界。赫勒还肯定了引述在后现代艺术创作中的价值。引述不是对古老的大师与作品的利用或者剽窃，而是使人们重新认定他们的辉煌，认可他们的自我性（ipseity）。并且，引述的方式体现了个体性与人格。赫勒之所以肯定后现代艺术现象，是因为它们体现了个体性与偶然性，感性地为当下生活提供了意义，履行了艺术的功能。

二是对后现代博物馆关于艺术作品的安排组合给予分析。赫勒把艺术博物馆的当代现象融进了自己的后现代艺术观念的阐释视野。在《当代马克思主义与美学问题》中，她强调，博物馆作为一种艺术制度较好地实现了艺术与制度的契合。艺术是一种复数形式，作为一种价值，它是个人对艺术的理解所表达的结果。这个结果如果要进入公共领域，就必须依靠艺术制度。不过，艺术作品与艺术制度又总是处于矛盾的复杂关系之中。当代艺术制度的作用与以往有所不同，在市场条件下艺术作品越来越成为消费品，艺术家经常悬乎两难之境。博物馆是较好地链接艺术作品与艺术制度的一个公共领域，它对公共审美与记忆起到了难以替代的作用。她在《什么是后现代》中谈及了博物馆作为艺术制度对宏大叙事的艺术观念的习惯性维护，但更注重把博物馆的排列组合方式的新变化加以后现代阐释，把当代博物馆观念的嬗变与艺术内在观念的变化结合起来，以揭示艺术新制度的形成。博物馆中最重要的革新是当代艺术博物馆的出场。博物馆的概念和当代性的概念似乎彼此矛盾。因为，倘若按照传统的宏大叙事的精神设想博物馆，那么只有死了的大师才能在博物馆里占据一席之地。传统博物馆的任务是要让死者复活，使之永垂不朽。这种博物馆是记忆的神庙，无论谁跨入这神庙的大门，都将像在神庙中那般"重复"着相同的礼拜仪式。相反，当代艺术博物馆收集仍然活着的艺术家的精神，艺术作品在博物馆里自己暴露、自己显示、自己介绍。它提出了艺术产生意义的功能的权利，甚至把自己呈现为无意义的权利，它不主张"永恒的有效性"而是注重当下在场的意义。毋庸置疑，博物馆和当代性概念联袂出台，不再彼此抵牾。并且，一种新的重要观念正普遍在新建立的艺术博物馆的安排组合中露出端倪，这就是关注单个的艺术作品，不再重视作品的语境。正是语境的淡漠，人们能够在同一房间里展览不同时间或者空间创造的作品。这是博物馆安排组合的无政府主义，但这是有目的的无政府主义：观众应该全神贯注于一个对象，而不依赖于其他的对象。博物馆处理作品的后现代方式就是对作品的个体性尊严的关注。赫勒在此的阐释正是其后现代视角主义哲学思想与艺术概念的延伸。

综上所述，赫勒不再迷恋于乌托邦的宏大叙事与西方马克思主义者的文化批判模式，而是关注绝对现在，对当代艺术现象作出肯定性阐释并为其确立合法的理论根基，体现出后马克思主义的美学范式。不过，这种直面现实、关注当下人类存在与艺术表达的现实主义精神在某种程度上又是经典马克思主义所崇尚的。

第二章 文艺审美意识形态论

第一节 美学与意识形态

美学即 Aesthetics，意为研究人类的全部知觉和感觉领域的科学。由于其是情感、想象、愉悦等感性情状的理性表述，故常为研究者视之为一块独特的精神领域而对之赋予类似宗教的终极体验之价值。基于此，对美学话语的建构或阐发大多就固守其自律性、精神自由性、非功利性之特征。然而，美学作为一种理论话语，并非从空而降，总是特定时代与文化语境下的特定个体或群体的理论设定，不可能脱离特定的社会生产方式和政治意识形态的关联。英国马克思主义文学与文化批评家伊格尔顿1990年推出的《美学意识形态》[①]（*The Ideology of the Aesthetic*）正是以辩证的眼光，从历史与意识形态的独特视角来重新阐释美学的自律性与他律性，美学建构与资产阶级领导权的争夺、政治意识形态的形成与新型主体的塑造的多重复杂关系。这实质上是以美学为中介来考察身体与政治的微妙关系。

伊格尔顿认为，美学是18世纪资本主义启蒙时期的必然产物。它并非可有可无，并非一种由于男人或女人突然领悟到诗或画的终极价值而神秘问世的，而是启蒙理性的结晶，是资产阶级必然拥有的一种理论话语。随着资产阶级的崛起，资本主义生产方式日益扩大，理性精神日益成为政治意识形态与社会生产的激励器。但是，如何把理性移入感性领域，如何把自身的政治意识形态的合法性扩散于整个社会，如何把权力普遍化并扎根于肉体，这实质是涉及新型的资产阶级如何获得领导权

[①] Terry Eagleton, *The Ideology of the Aesthetic*. New York: John Wiley & Sons, 1990.

的问题。这些问题的完美答案并不仅仅由抽象的认识领域或道德伦理领域提供，还必须依托联结理性与感性的审美领域。这样，审美成为一个必需的中介，一个政治意识形态植入身体的中介。因此，对感性的审美领域进行理性反思与理论建构（这形成美学），就不仅仅是一个纯学术纯科学的追求，也不首先是满足艺术的需求，而是一个理性使感性殖民化，一个关系资产阶级领导权的问题。从鲍姆嘉登到胡塞尔现象学，都是一个有关理性如何偏离又返回自身，如何通过感觉、体验、天真来迂回的问题，而这种感觉的迂回在伊格尔顿看来恰是一种政治的需要。伊格尔顿力图表明：美学话语的建构与"现代阶级社会的占统治地位的意识形态的各种形式的建构、与适合那种社会秩序的人类主体性的新形式都是密不可分的"。也就是说，每一身体话语的美学乃是有关感性身体的政治学。

当然，伊格尔顿不注重美学与政治意识形态的单一或显在关系简单而直接的分析，而是多着墨于两者复杂的矛盾性或两重性。美学既有利于夺取与维护资产阶级政治领导权，又会对后者构成威胁。

一方面，美学通过感性的审美来建构一种带有自我约束的、理性与感性的、自由与必然的自律性科学，这是把理性统治法则或政治意识形态通过审美愉悦的无意识机制置入人们身体，内化一种稳固的有秩序的领导权的有效方式之一。这样，伊格尔顿不再停留于以往关于审美与意识形态之间的关系的众多争论，诸如反映、生产、超越、陌生化，而在对审美加以历史的还原，使人们看到这样一个事实：从某个角度来看，"审美等于意识形态"。① 审美与意识形态的同一性也就是美学建构与政治统治建构的同一性。先进的资产阶级通过审美为中介的愉悦统治或"软性"策略不仅可以对封建专制统治构成威胁甚至使后者颠覆，还能担负起建构其政治领导权的功能。并且，通过审美塑造适合于统治的新型主体来维护和扩张其政治领导权，而不是直接以强制性手段来实施统治的意志。因为审美是一种扎根于肉体的一种身体文化，通过审美进行统治，是把权力植于人们生活的无意识结构，从而使人们从根本上无法

---

① [英]特里·伊格尔顿：《美学意识形态》，王杰等译，广西师范大学出版社1997年版，第88页。

摆脱政治权威的控制,以至于一旦触犯权威,即或没有外在强制与管束,也会使个体产生一种犯罪式的内疚感。可以看到,伊格尔顿真正触到了审美的内在的神经,快乐的行为实质上是成功的领导权的真正标志,审美的背后实质上就是一个触目惊心的权力。因而关于审美话语建构的美学透视出中产阶级对政治领导权的构想。

另一方面,美学话语又对既定的政治权力构成了潜在的威胁。对伊格尔顿来说,美学是一个矛盾体,一个自我解构的东西。如果说,美学使资产阶级有效建构与实施占统治地位的政治权力,它同样在解构或削弱其自身的权力统治。权力规定审美又限制肉体,但肉体同时也存在反抗权力的东西。美学作为感性身体的话语体系,这种话语是对人的审美活动,诸如感观的创造性的发展前景,人类存在的动物性方面,快感,自然以及自娱的能力等的理论假设,它具有个体性、特殊性、自由性、自律性而成为所有支配性思想或工具主义思想的死敌,这也是自私自利的资产阶级的死敌。因此,把意识形态更深入地植入主体中的行动终以意识形态的瓦解而告终。

因此,在伊格尔顿眼里,英国经验主义美学注重身体感性,政治、道德通过审美达到不证自明的现实领域,结果审美起到润滑政治领导权之作用,但这种注重感性而忽视理性的美学建构又有失去统治力量之危险,因为它被迫为了直觉而牺牲了理性的总体性,使得在政治总体性表述中困难重重。而以康德、席勒、黑格尔为代表的德国古典美学注重理性,把感性纳入其必不可少的理论视野,以实现专制理性向领导权的转变,但是这种感性并非建构于现实大众真正的身体上,而是建构于一种形式化的感觉领域,过于注重总体性而排斥经验的感性、直觉性。这样他们通过美学来达到主体与客体、自我与他人的亲和,但这只是一种形而上的虚构。要真正地实现美学所允诺的感性存在,实现身体的现实的存活,就必须从唯物主义出发,从身体的生理性的结构出发来建构美学理论。于是,马克思从劳动的身体,尼采从权力的身体,弗洛伊德从欲望的身体出发来重新建构美学理论,成为现代最伟大的三位美学家。他们的理论不是对纯粹的自由的非功利的言说,而是显示出在美学话语建构中实现身体的政治学这一核心命题。马克思从劳动开始来发掘生产力的源泉,通过交换价值与使用价值,劳动与商品的辨析,力图揭露劳动的身体在资产阶级社会中的异化状态。最终只有通过革命的手段推翻资本主义体制，利用后者高度发展的生产力，来实现身体真正的全面解放，这是一种劳动实践美学的建构，也是一种身体的政治学、革命人类学。这种美学既对资产阶级政治领导权构成了威胁，而又充分利用资产阶级美学资源。另外，海德格尔的存在的政治学、本雅明的"星座化"观念与阿多诺的否定性美学都对身体进行不同角度的美学话语建构，同时又在建构有关身体的政治学，均有着深层的政治意识形态的背景。当然，伊格尔顿并非对身体盲从，而是予以辩证的考察，避免幼稚的分析。

透过伊格尔顿的理论视野，作为对身体的独特话语的美学，并非处于一片自律性的飞地，而是一种政治意识形态的策略，一种无意识把权力植根于肉体的领导权方式。在全球化语境下，这种对美学理论作意识形态分析拓展了美学研究的领域，具有重要的学术价值与现实意义。这对当今名目繁多的审美文化理论与文化现象中权力的辨认，对后殖民主义理论与现象的剖析提供了重要的启示。他以现实中个体生命的存活的身体为核心来阐发美学范畴，既是一个马克思唯物主义的基本命题，又是一个后现代的关键问题。从这个核心概念来重读美学理论，既是一种美学理论的重新表述，又是一个左派政治的言说，也在试图提出一种新的文化理论。他发掘出审美理论建构中的政治权力要素并不断解构资产阶级美学与政治领导权，在阐释过程中又在对之进行扬弃，以重建一种真正满足于实现所有个体的身体存活与茁壮发展的审美文化理论与政治学，这关涉身体的劳动、性与政治权力，也涉及审美快感、学术理性与政治领导权。尽管伊格尔顿的理论还有待于进一步讨论，不过其思路为我们深入反思 20 世纪 80 年代以来的纯美学、生命美学、超越美学等理论与思潮，为更全面地把握美学的实质与丰富性以及对建构我国的马克思主义文艺美学都提供了一定的参照。

第二节 崇高的意识形态

第一个赋予崇高（sublime）以系统的文字表达的郎加纳斯说：崇高横扫千军、不可抗拒，操纵着一切读者，"以闪电般的光采照切整个问题，而在刹那之间显出雄辩家的全部威力"，从而达到人生最高的真理境界。① 自1674年布瓦洛对《论崇高》的翻译与阐释之后，崇高以其独特的震撼人心的力量在现代与后现代美学中扮演着重要的角色。崇高进入美学领域，赋予了现代美学较之古代美学的特有的感性形态与话语形态。然而，这种美学形态为现当代人与美学家所倍加青睐，不是一个纯粹的美学问题，而是连接幽微而复杂的文化政治学。布瓦洛、博克、康德、席勒、黑格尔等现代美学家都把崇高纳入自己的美学框架之中，成为其意识形态的审美表达。后现代美学家诸如南希、利奥塔、詹姆逊、伊格尔顿、齐泽克等也在诊断崇高美学与差异政治学、极权主义、消费意识形态之间的意味深长的关系。如果说美学话语与文化话语是意识形态的角逐场，那么崇高便是最引人注目的景观。

一 现代崇高美学与意识形态建构

崇高在现代社会成为美学的重要研究对象，在18世纪成为美学研究的热点。惠勒（Kathleen M. Wheeler）认为，1750—1800年，"崇高概念逐步移动到艺术意识的中心"。② 根据德勒汉提的研究，在17世纪末到18世纪初，崇高成为布瓦洛那个时代的文学批评界共同的用语，崇高的观念为那时几个文学论战提供了依据，而且超越了文学领域，牵涉重要的道德领域。③ 布瓦洛对崇高进行了重新界定，尤其重视从道德角度进行，认为就艺术家而言，崇高是有意识的理性行为和道德品性所创造的，从而奠定了好感与好诗的联系的基础，他在《诗的艺术》中说："不管写什么主题，或愉快或崇高，好感和音韵都要永远互相配合……一切文章永远只凭着理性获得价值和光芒。"④ 17世纪后期，研

---

① [古罗马]郎加纳斯：《论崇高》，钱学熙译，《文艺理论译丛》第2期，人民文学出版社1958年版。德勒汉提（Ann T. Delehanty）认为，郎加纳斯对崇高的界定具有二重性，"既使观众狂喜又展示了演说者的威力"。Ann T. Delehanty. "From Judgment to Sentiment: Changing Theories of the Sublime, 1674-1710", *Modern Language Quarterly*, 66: 2 (June 2005): 151-72.

② Kathleen M. Wheeler. "Classicism, Romanticism, and Pragmatism: The Sublime Irony of Oppositions", parallax, 1998, vol. 4, no. 4, 5-20.

③ Ann T. Delehanty. "From Judgment to Sentiment: Changing Theories of the Sublime, 1674—1710", Modern Language Quarterly, 66: 2 (June 2005): 151-72.

④ 此处的翻译来自德勒汉提对《布瓦洛全集》的英文引述，并参照了任典的中文译本。

究崇高的法国文学理论家拉宾（Rapin）也在构建崇高与德性的关系，认为诗就是道德的经验。现代文化中的崇高热无疑是有诸多因素促成的，其中不容忽视的一个重要因素是，崇高作为有关身体的话语，是一种意识形态的表达，它融入了现代政治权力的建构或者解构。我们可以在从博克到康德的崇高话语中触摸到这种文化政治学的脉搏。正如墨菲（William P. Murrphy）所指出，"博克和康德都认同崇高的辩证观点，即权力是借助于唤起敬畏效果和这些效果的隐秘的神秘权力包括神圣的或者超自然的力量的关系来建构的"。[①] 为了把人类学的权力意义发展成为审美价值与工具手段，18世纪对崇高的反思的起点产生了两个彼此相关的分析转向。第一个转向是把焦点从自然的巨大力量转移到社会世界中的惊人力量，从而强调了崇高与惊人权力的政治文化的关系，也就是强调了魅力的意识形态。第二个转向是从认识论问题转向了关于惊人的权力的政治问题。墨菲概括的这两种转向都表明了崇高在18世纪与政治权力是联系在一起的。但是，同时挪用崇高美学范畴与话语，不同的美学家进行了不同的阐述，连接着不同的意识形态的内蕴。

博克的《关于崇高与美的观念的根源的哲学探讨》在现代早期崇高美学中是具有代表性的。他既注重对崇高客体的属性的思考，也从心理学和生理学的角度审视了崇高对接受者产生的效果。崇高的对象在体积方面是巨大的，或者是凸凹不平和奔放不羁的，或者喜欢用直线，偏离直线时也往往作强烈的偏离，或者是阴暗朦胧的，或者是坚实而笨重的，或者是无限的。在讨论这些属性之后，博克用"黑"和"白"来类比崇高与美，崇高表现出"黑"的意象。崇高对象产生的效果就是痛感与恐怖："任何适合唤起痛苦与危险的观念的东西，即任何产生可怕的东西，或者涉及可怕对象的东西，或者以类似于恐怖的方式运作的东西，都是崇高的源泉；也就是说，它只产生最强烈的情感，这是心理能够感受到的。"[②] 当危险与痛苦逼得太近时就不能唤起任何的兴奋，

[①] William P. Murphy. "The Sublime Dance of Mende Politics: an African Aesthetic of Charismatic Power", *American Ethnologist*, Vol. 25, Num. 4, 1998, pp. 563-582.

[②] Edmund Burk. *A Philosophical Enquiry into the Origin of Our Ideas of the Sublime and Beautiful*, Ed. T. Boulton, London: Routledge and Kegan Paul, 1958, p. 39.

纯粹是可怕的。但是，如果隔着一定距离，并进行某些修正，它们也许就能够令人兴奋。痛感就转化为兴奋之感，从而使接受者充满一种力量。博克对崇高的美学分析联系着道德与权力，当然这是复杂而矛盾的。崇高对象具有魅力特征，引起人们敬仰，譬如刚毅、正义、智慧等。道德的崇高具有重要作用："伟大的美德主要是用来对付危险、惩罚和困难的，它们与其说是讨人喜爱，倒不如说是为了防止最坏的灾难。"① 博克对比了萨鲁斯特作品中的恺撒与卡托两个性格，前者宽宏大量，是可怜人的庇护者，而后者是铁面无情，是对罪恶的惩罚者，他有很多东西值得我们钦佩与崇敬，也有东西使我们惧怕，父亲的权威也是如此，使我们产生尊敬，对我们的幸福是有益的。在弗洛伊德看来，父亲的权威是超我的表征，是社会权力的同一话语。这表明，博克对崇高的论述表达了对权力的与传统的遵从，这是一种服从，是对魅力之服从，也是对神性之敬仰。虽然我们纯粹思考上帝只是把他作为理解的对象，他形成了权力、智慧、正义、善等复杂的观念，虽然他超出了我们理解的范围，但是，他使我们通过感性的图像提升到这些理智的观念，从而感受到他的权力，"我们萎缩成为我们自己本质的渺小，在某种意义上我们在他面前被淹没了"。② 所以，当上帝无论在哪儿言说或者呈现时，自然中的可怕之物就来增强神圣出现的敬畏与庄严。

博克试图在崇高美学中连接道德情感，而道德感在当时是一个政治问题。③ 博克在字里行间表明了崇高与权力的同构机制。他通过崇高的阐发来论证了权威的合法性，并把权力无意识地通过崇高的心灵状态植入民众身体之中。崇高从恐怖到兴奋的情感力量事实上是使社会权力与秩序保持生机勃勃的重要动力，不愉快的感觉有着最强烈的推动力，以

---

① ［英］柏克：《关于崇高与美的观念的根源的哲学探讨》，孟纪青、汝信译，载《古典文艺理论译丛》第 5 册，人民文学出版社 1963 年版，第 53 页。

② Edmund Burk. *A Philosophical Enquiry into the Origin of Our Ideas of the Sublime and Beautiful*, Ed. T. Boulton, London: Routledge and Kegan Paul, 1958, p. 68.

③ 事实上，在现代社会，道德问题一直是政治的问题。正如莫斯（Susan Buck-Morss）对霍克海默的解释，"在现代，道德实践必然是政治实践"。Susan Buck-Morss. *The Origin of Negative Dialectics: Theodor W. Adorno, Walter Benjamin, and the Frankfurt Institute*, New York: The Free Press, 1977, p. 67.

弥补由美所形成的永恒的宁静,这是以进步的方式弥补社会秩序的停滞。伊格尔顿对博克的崇高的意识形态进行了深入分析,博克在男性的狂热中发掘了推动社会的崇高力量:"崇高是对骚动的上流社会的暴力行经的想象性补偿,亦是被当作戏剧来重复的悲剧。崇高是美的含义的内部分裂,是对既定秩序的否定,如果没有这种否定,任何秩序都将失去生气而后消亡。"① 这既是对被历史超越的野蛮状态的追忆,又是资产阶级商人的进取精神对太爱交际的贵族化惰性的挑战,这对伊格尔顿来说正是博克在孩提时代曾在科克郡的露天学校上过学的政治思想的表达。伊格尔顿的分析表明,博克的崇高美学是为上升的资产阶级寻求合法的情感基础,这种情感基础也是其权力巩固与维持的合法基础。

不过,博克的崇高还意味着"同情的崇高",意味着对理性抽象的反驳,这对他来说也不纯粹是一个生理学与心理学的知识问题,而是有着自己的意识形态选择,这就是对启蒙运动与欧洲中心主义的批判。吉本斯(Luke Gibbons)对博克的崇高美学与被殖民的爱尔兰、印度的政治关系,与美国革命和法国革命的关系进行了切实的分析。他说:"处于博克美学核心的崇高概念主要表达了惧怕与恐怖的经验,正是这种恐怖意象在他整个职业生涯笼罩了他的政治想象。"他关注政治恐怖,在《关于崇高与美的观念的根源的哲学探讨》中勾勒的暴力、同情与痛苦的理论"为他提供了一系列探究启蒙运动黑暗面的诊断工具,尤其是启蒙运动用来确证殖民扩张、宗教偏见或者政治压迫的合法性的时候"。② 启蒙运动试图以西方的价值观念来形成抽象的人类的普遍性,尤其是上演了一系列开拓殖民地的残酷的恐怖剧。博克对沃伦·黑斯廷斯(Warren Hastings)在印度的掠夺的关注已经预先在他的崇高美学著作中形成。而且,他早期形成的爱尔兰经验也预示了他后来对殖民主义和现代性之暴力的关注。他的直系亲属关联着爱尔兰 18 世纪早期与中期最痛苦而难忘记的一些国家处决,关联着在 18 世纪 60 年代白衣会

---

① [英]特里·伊格尔顿:《美学意识形态》,王杰等译,广西师范大学出版社 1997 年版,第 44 页。

② Luke Gibbons. *Edmund Burke and Ireland: Aesthetics, Politics, and the Colonial Sublime*, Cambridge: Cambridge University Press, 2003, p. xi.

运动中农村恐怖巨浪的首次爆发。在博克看来，受伤的身体不仅是他个人的经验，而且成为爱尔兰民族的寓言。在同情崇高中，压迫的认可不需要导致自我理解，而事实上可以强化认同他者的苦境的能力。事实上，博克的崇高美学预设了三个维度，一是制造崇高的权力主体，就是制造暴力与恐怖的殖民者。二是暴力的接受者，受害者。三是接受崇高场景的观众，就是唤起崇高感的主体。观众在崇高活动中获得痛苦之感，产生对受难者的同情，这是一股可能颠覆崇高权力主体的力量："崇高政治学最终的表达，即公开处决的展示，在民众中能够灌输对'可怕君权'的敬畏与尊敬，但是如果这些恐怖的展示就法律本身而言由于过度和杀戮欲而处置不当，这些展示可以成功地激发起试图制服的愤怒与大众的残暴。"[①] 国家处决政策产生了相反的效果，因为它唤起了对受害者的同情，并把公众的憎恨引向政府，而不是指向违法之人。这种文化逻辑直接导致了在18世纪90年代联合爱尔兰人的政治方案。所以吉本斯认为，博克对在爱尔兰与印度的殖民主义批判的伟大成果之一，就是要赋予真正同情的政治表达，"暴露殖民崇高展现的真正的恐怖"。[②] 博克的崇高理论事实上认可了文化的差异性与现代性的可选择性，否定了启蒙的欧洲中心主义文化政治，它是一种革命的力量，可以打破现有的秩序，正如弗格森（Frances Ferguson）所阐释的，美联系着习俗与法律："崇高摆脱了习俗，因为它联系着新颖与惊讶，它纯粹地超越了合法性的主张。"[③] 但是，博克不是一个革命者，崇高的力量获取的是对权力的维护，是中产阶级保持生机活力的意识形态表达，尤其是他通过美为崇高的暴力提供了安慰，以维护社会权力关系的再生产，其对反殖民主义的情绪也可以说是对英国当权者的警告，以使政府找到更为有效的权力手段，就是要把权力融入情感之中，把法则植入心灵与身体之中。

---

① Luke Gibbons. *Edmund Burke and Ireland: Aesthetics, Politics, and the Colonial Sublime*, Cambridge: Cambridge University Press, 2003, p. 28.

② Luke Gibbons. *Edmund Burke and Ireland: Aesthetics, Politics, and the Colonial Sublime*, Cambridge: Cambridge University Press, 2003, p. 111.

③ Frances Ferguson. "Legislating the Sublime", in Ralph Cohen ed. *Studies in Eighteen-Century British Art and Aesthetics*, Berkeley: University of California Press, 1995, p. 129.

第二章 文艺审美意识形态论

康德吸取了博克的崇高话语，但是，对其进行了新的阐发与建构，不再是英国文化政治背景的崇高问题，而是在德国文化中建构了意识形态的合法性。康德建构了族群、性别崇高美学与个体性崇高美学两种形态，两者都赋予了鲜明的意识形态性。第一种形态主要在他1763年写成的《论优美感和崇高感》中表现得颇为突出，这种崇高美学主要集中在崇高与道德意识形态的建构，正如巴特斯比（Christine Battersby）所说，康德这篇论文的"焦点是论德性和崇高性的关系"。[1] 虽然在博克那里崇高是一个恐怖与兴奋的转换过程，产生了一种力量，而康德重点不是分析崇高的客体属性与心理机制，而是思考崇高与道德、男女性别、族群文化等的关系问题，是在文化背景中思考崇高问题，把博克的恐怖的崇高美学转化为道德的崇高美学，从而对崇高进行了新内涵与意识形态功能的规定。康德对崇高的对象与崇高感都进行了积极的肯定，就是因为它们联系着道德的表现："在道德品质上，惟有真正的德行才是崇高的。"[2] 虽然自然对象诸如一顶峰积雪、高耸入云的崇山景象能使人充满畏惧与欢愉，但是，要欣赏这些，我们首先就必须有崇高的感情。主体的崇高感才决定了对崇高的欣赏，主体的崇高感是涉及本真性、正直性的，是对道德虚伪、时尚性的超越，所以康德说："一个虚荣而轻浮的人永远不会有强烈的崇高感。"[3] 康德在崇高对象与崇高主体的论述中都赋予了道德的特有的规定。崇高的对象是多样的，有令人畏惧的崇高、高贵的崇高、华丽的崇高、深沉而孤独的崇高，它们伟大而纯朴，如埃及金字塔，一座武库等。由于道德的普遍基础，康德在论述中不断在区别崇高的不同变体，并在价值观念上追求符合欧洲道德观念的崇高，因为"哪怕是罪恶和道德的缺陷，也往往会同样地自行导致崇高和优美的发泄"。[4] 既有人类崇高的优点，也有弱点，所以，对康德来说，可怖的崇高不自然，充满了冒险性，这是怪诞的。为了自己的、祖国的或我们朋友的权力而勇敢地承担起困难，这是崇高的，而十

---

[1] Christine Battersby. "Terror, terrorism and the sublime: rethinking the sublime after 1789 and 2001", *Postcolonial Studies*, Vol. 6, No. 1, 2003, pp. 67–89.

[2] [德] 康德：《论优美感和崇高感》，何兆武译，商务印书馆2003年版，第10页。

[3] [德] 康德：《论优美感和崇高感》，何兆武译，商务印书馆2003年版，第58页。

[4] [德] 康德：《论优美感和崇高感》，何兆武译，商务印书馆2003年版，第7—8页。

字军、古代的骑士团是冒险的,决斗是怪诞的。用原则来束缚自己的激情,乃是崇高的,苦行、发誓与修士的道德是怪诞的。可以看出,康德对崇高范围进行了限制,不是说凡是使人恐怖的就是崇高之源,而是要符合道德的普遍性原则,符合康德自己的道德观念的东西才被列入真正的崇高领域:"当对全人类的普遍的友善成为了你的原则,而你又总是以自己的行为遵从着它的话,那时候,对困苦者的爱始终都存在着,可是它却被置于对自己的全盘义务的真正关系这一更高的立场之上的。普遍的友善乃是同情别人不幸的基础,但同时也是正义的基础。正是根据它的教诲,你就必须放弃现在的这一行为。一旦这种感觉上升到它所应有的普遍性,那么它就是崇高的,但也是更冷酷的。"①"真正的德行只能根植于原则之上,这些原则越普遍,则它们也就越崇高和越高贵。"② 康德事实上把崇高与普遍的道德性原则联系起来,也是和理性原则联系起来,这种联系表明了崇高与道德法律、超越个体的权力的联系,按照康德的表述,权力就是普遍的冷酷,表明了理性的合法性的情感基础。博克赋予崇高反启蒙的意识形态选择,而康德通过区分赋予了崇高的启蒙理性的价值选择,他的崇高美学促进了现代个体的道德观念与现代社会契约关系的形成,作为普遍性的崇高成为社会契约的情感纽带。

基于此,康德进一步赋予崇高的性别身份与族群身份的意义。男性是有崇高感的,而女性是有优美感的:"在男性的品质中,则崇高就突出显著地成为了他那个类别的标志。"③ 这意味着崇高的道德品质,诸如普遍性、本真性、理性与男性相关,奋斗与克服困难属于男性的,康德建议女性就不要去学几何学,不要学过多的充足理由率或者单子论,也不要去关注残酷的战争场面:"她们在历史学方面将不必把自己的头脑装满了各场战役,在地理学上将不必装满了各个要塞。"④ 康德显然不是在讨论一个纯粹的美学问题,而是建构了男性的权力话语,他那命令式

---

① [德]康德:《论优美感和崇高感》,何兆武译,商务印书馆2003年版,第13页。
② [德]康德:《论优美感和崇高感》,何兆武译,商务印书馆2003年版,第14页。
③ [德]康德:《论优美感和崇高感》,何兆武译,商务印书馆2003年版,第29页。
④ [德]康德:《论优美感和崇高感》,何兆武译,商务印书馆2003年版,第31页。

第二章 文艺审美意识形态论

的语调试图把女性排斥在社会权力中心之外，这是男权中心主义的建构。因此，他认为，女性们懂不懂欧洲大陆的具体划分、产业、实力与统治权，都无关紧要。康德不是固执地赋予男性的崇高权力的，而是建立在性别的自然基础，建立在男女身体的自然基础之上的，这种建构事实上建立了崇高、男性、权力合谋的合法性基础。如果说康德的崇高男性权力美学立足于自然身体属性之上，那么他对崇高感的族群身份建构就是建基于文化的主观的设定之上的。西欧人具有优美感与崇高感，德意志人、英格兰人和西班牙人具有崇高感，西班牙人属于惊恐型的崇高，往往是粗暴而残酷的，迷恋于冒险，譬如斗牛；英格兰人是高贵感的崇高，他们是理智而坚定的，其艺术是内容深刻的思想、悲剧、史诗；德意志人是属于壮丽感的崇高，这是辉煌的崇高，他们充满机智与谦逊，感性冷静，看重家庭、头衔、地位、恋爱大事。而非西方族群就不具备这些崇高感的品质，东方阿拉伯人虽然健康而真诚，但具有退化并成为了冒险的感情，存在不自然和歪曲了的东西；日本人的坚决性已经退化成为极端的顽固性；印度人迷醉于怪诞的冒险，其宗教也是怪诞的；中国人的繁文缛节包含愚昧的怪诞；非洲的黑人也没有超出愚昧之上的感情。通过一系列的经验考察，康德建构了文明与野蛮的二元对立，这种区隔是道德原则的基础上进行的，而道德原则又是西欧的，尤其是康德的启蒙道德观念之上的，这是他欧洲中心主义的崇高美学的建构。所以有学者指出，康德关于崇高的观念"流露出欧洲中心主义和男性的偏爱"。[①]

如果说康德在此书中主要是群体的崇高美学建构，那么《判断力批判》则是关注主体的个体性的崇高美学建构，这是对主体心理能力的阐释。康德描述了崇高感的产生，"（崇高的情绪）是一种仅能间接产生的愉快；那就是这样的，它经历着一个瞬间的生命力阻滞，而立刻继之以生命力的因而更加强烈的喷射，崇高的感觉产生了"。[②] 如果说美是悟性概念的，那么崇高却是一个理性概念的表现，所以不能够称客观对象为崇高，这些对象只是适合于表达一个我们心意里能够具有的崇高

---

① Drucilla Cornell. "The Sublime in Feminist Politics and Ethics", *Peace Review*, 14：2 (2002) pp. 141-147.

② ［德］康德：《判断力批判》上卷，宗白华译，商务印书馆2000年版，第84页。

性。被风暴激怒的海洋不能称作崇高，它的景象只是可怕的。如果人们的心意要想通过这个景象达到一种崇高感，他们就必须把心意预先装满着一些观念，"心意离开了感性，让自己被鼓动着和那含有更高合目的的观念相交涉着"。只要自然的崇高的现象让我们见到伟大和力量，它们就以其大混乱、狂野、无秩序和荒芜激起崇高的观念。称为崇高的不是对象，而是精神情调。崇高标明了主体的理性能力，标明了无限的精神追求。它是无限大的，数量上的崇高是"一切和它较量的东西都是比它小的东西"。① 力学的崇高联系着博克所谓的恐怖的对象，但康德强调的是主体的能力，闪电、雷鸣、怒涛等自然现象充满恐怖的力量，人类较之显得太渺小了。但是，如果人类在安全地带观赏，对象越可怕，就越具吸引力，因为它们提高了我们的精神力量，在内心发现另一种类的抵抗力，"心情能够使自己感觉到它的使命的自身的崇高性超越了自然"。② 这是主体的力量对自然力的征服，是对恐怖的征服。康德在此同样是把崇高与道德联系了起来，"若是没有道德诸观念的演进发展，那么，我们受过文化陶冶的人所称为崇高的对象，对于粗陋的人只显得可怖"。③ 主体的无限性和力量是现代自由个体的追求，是追求不断地运动与冒险，追求在世俗化的社会中获得上帝的神性，这正是现代资产阶级个体的神化的表现，"他自觉到他的真诚的意图是合乎上帝的意思的，这是那自然威力的作用才在他内心唤醒对于那对方的本质的崇高性的观念，他认识到一种与这对方的意志相配合的崇高性在他自身内"。④ 这也是为资产阶级个体的权力奠定合法性基础。崇高的时刻是主体性构建的时刻，同时也是文化奠基的时刻，主体性与共同体都联系了起来，这为暴力与统治确立了合法性基础，"暴力成为必要的，因而它作为动力是合法的，根据这种动力，自然被出现为可怕的，目的是唤起主体性，主体性的暴力可以对抗自然的暴力"。⑤ 这也为资产阶级战

---

① [德] 康德：《判断力批判》上卷，宗白华译，商务印书馆2000年版，第89页。
② [德] 康德：《判断力批判》上卷，宗白华译，商务印书馆2000年版，第102页。
③ [德] 康德：《判断力批判》上卷，宗白华译，商务印书馆2000年版，第105页。
④ [德] 康德：《判断力批判》上卷，宗白华译，商务印书馆2000年版，第104页。
⑤ Thomas Huhn. "The Kantian Sublime and the Nostalgia for Violence", *The Journal of Aesthetics and Art Criticism*, 53: 3, Summer 1995, pp. 269-275.

争确立了合法性基础，战争是恐怖的，但是，只要具有道德性，那么就是合法的，所以，在最文明最进步的社会里，只要战士保持和平时期的德行，仍然被人们所崇敬。只要战争用秩序和尊敬公民权利的神圣性进行，那么其自身就具有崇高性。对康德来说，这些精神性的崇高仍然植根于身体之中，"归于人类天性里的思想样式的根基里"。① 康德事实上把崇高、道德法则、权力融合了起来，把"自由与强制结合了起来"，② 伊格尔顿以精神分析的话语解释说："道德法则是一个应该受到谴责的法则或父亲之名，是权威之纯化过的本质：它不告诉我们做什么，只告诉我们'你必须做'。"③ 只是在崇高的审美中，我们获得的是对特殊对象的反思判断，而不是现实政治的直接性与暴力性。可以说，康德的崇高美学是他对民族政治的一种共同体的理想设定，也是对资产阶级个体的意识形态表达，"预示了中产阶级的自由主义理想"④。如果没有令人痛苦的暴力，我们就永远不能受到刺激而走出自我，永远不可能被激发出进取心和成就感来，以导致最后的毁灭，所以"康德把崇高和男性、军人、对抗宁静的各种有益手段联系起来"。⑤ 康德通过崇高、理性、道德法则的阐释透视出，崇高美学不是一个心理学、美学问题，而是联系着更深广的社会意识形态问题，表征着现代中产阶级主体⑥与

---

① [德] 康德：《判断力批判》上卷，宗白华译，商务印书馆2000年版，第122页。
② [德] 康德：《判断力批判》上卷，宗白华译，商务印书馆2000年版，第204页。
③ [英] 特里·伊格尔顿：《美学意识形态》，王杰等译，广西师范大学出版社1997年版，第73页。
④ [英] 特里·伊格尔顿：《美学意识形态》，王杰等译，广西师范大学出版社1997年版，第66页。
⑤ [英] 特里·伊格尔顿：《美学意识形态》，王杰等译，广西师范大学出版社1997年版，第80页。
⑥ 康德对崇高主体的建构也是建立在神学基础上的，这与康德的家庭的虔诚教派（Pietismus）的信仰相关，这个教派接近于清教派，是对宗教改革的深化，主张抛弃一切的教条和说教，而专重内心的严肃与虔敬。参见何兆武 [德] 康德《论优美感和崇高感》《译序》，商务印书馆2003年版。克洛克特（Clayton Crockett）阐释了康德崇高的神学，认为崇高是现代性的核心，同时来自于神学，"康德的批判哲学应该被解读为神学"。Clayton Crockett. *A Theology of the Sublime*, New York: Routledge, 2001, p.3. 但是康德的崇高神学不应被解读为传统意义的神学，因为对传统宗教的虔诚不会产生崇高感，而是适合资产阶级个体建构的内在信仰神学，甚至如克洛克特所说，上帝是无意识的。在上帝无意识的他者中，主体确证了自己的力量与合法性。

统治权的合法性建构，也是立足于现代商品社会结构之上的，因为商品以其无限性与抽象性成为崇高的客体。

可见，现代崇高美学不是一个纯粹的美学问题，而是有着深厚的文化政治背景，在文本形态中透视出意识形态的选择性，它既可以成为反启蒙理性、反殖民主义的表达，也可以成为现代个体身份建构的术语，也可以成为现代政治的无意识代码。

二　后现代崇高美学的文化政治学

在后现代，崇高再次成为美学的关键词，这同样不是纯粹的美学问题，而是有着不同于现代崇高美学的文化政治意蕴。里丁斯（Bill Readings）指出，"在目前对文化政治学的描述中，崇高倾向于提供审美与政治学的纽带"。① 如果说文化在后现代成为政治的战场，崇高也就融入了后现代的政治意识形态的批判之中。罗蒂认为，20 世纪一直存在崇高与美的论战，这联系着不同的政治，崇高要求革命地改变现实社会，而美要求改革现实社会。② 罗蒂的认识具有一定的合理性，但是，后现代崇高美学的意识形态问题比他理解的更为复杂。南希（Nancy）、利奥塔、詹姆逊、齐泽克等人的崇高美学透视出意识形态选择的复杂性。

南希与利奥塔在法国文化语境中赋予了崇高以后现代性的差异性意义，确立了后现代美学的基本范式。他们对现代理性主体进行批判，确立了崇高在批判现代宏大叙事中的重要位置，因为崇高超越了主体的形而上学，走向了本体论的差异。南希的崇高美学试图对抗再现、类比与神学，他按照海德格尔区别存在与存在物的方式区别了美与崇高，认为崇高联系着存在的无限性，但是，这种无限性不是理性的观念，而是每一种限制的无限，所有形式的消解。崇高不能还原为再现，只是对后者的超越，超越了所有美与类比："在崇高中，不是无限的再现或非再现处于有限的再现的旁边，也不是根据类比模式得以实现。它涉及无限的

---

① Bill Readings. "Sublime Politics: the End of the Party Line", pp. 409–425.

② Cf. Roberts, David, "Between Home and World: Agnes Heller's the Concept of the Beautiful", in *Thesis Eleven*, no. 59 (1999), pp. 95–101.

运动——这完全是不同的事——更准确的说，涉及'无束缚'，是在限制的边缘，因而是在再现的边缘产生。"① 这种崇高不是附在有限之上的无限，也不是所有有限之物的善与美共同参与的决定性的无限，它实现了"从认识论到本体论的转变，从作为理性的主体向虚无的非客体的转变"②。

在利奥塔的20世纪80年代和90年代的文本中，崇高是一个核心的概念，"是艺术、历史与政治学分析的钥匙"。③ 利奥塔也是从虚无的方面界定崇高，黑暗、孤独、沉寂、死亡的临近是可怕的，因为它们宣告目光、他人、言语和生命都将缺失，人们感到可能什么都再不会到来，"所谓崇高，是指在这种虚无的胁迫中，仍然有某事物会到来，发生，宣告并非一切皆尽"，④ 如鲁迅所说从绝望中见出希望。尽管利奥塔的崇高美学来自于博克、康德的崇高文本，但是已经如南希那样融合海德格尔的存在主义哲学，是后现代文化语境中的崇高美学。他对崇高的关注与先锋派艺术追求不可分离，并且是从审美现代性的时间观念来进行阐释的，如果审美现代性意味着波德莱尔的"过渡、短暂、偶然⑤"，那么从19世纪后期到20世纪的先锋派艺术都表现着崇高的美学形态。利奥塔在《后现代状况》中说："正是在崇高美学中，现代艺术（包括文学）找到了动力，先锋派的逻辑找到了其原理。"⑥ 在1984年初次发表的《崇高与先锋派》一文中，他首先从纽曼50年代创作的作品《此地1》《此地2》等及其1948年的论文《崇高是现在》开始，从时间性角度重新清理崇高范畴，以此来阐释崇高与不确定性的内在联

---

① Jean-Luc Nancy. "The Sublime Offering" in *Of the Sublime: Presence in Question*, trans. Jeffrey S. Librett. Albany, NY: State University of New York Press, 1993, p. 35.

② John R. Betz. "Beyond the Sublime: the aesthetics of the Analogy of Being (Part One)", *Modern Theology* 21: 3 July 2005, pp. 367-411.

③ Simon Malpas. "Sublime Ascesis: Lyotard, Art and Event", *Journal of the theoretical humanities*, vol. 7, num. 1 Apr. 2002, pp. 199-211.

④ [法]利奥塔：《非人》，罗国祥译，商务印书馆2001年版，第94页。

⑤ [法]波德莱尔《现代生活的画家》，载《1846年的沙龙：波德莱尔美学论文选》，郭宏安译，广西师范大学出版社2002年版，第424页。

⑥ Jean-François Lyotard. *The Postmodern Condition: A Report on Knowledge*, trans. Geoff Bennington and Brian Massumi. Minneapolis, MN: University of Minnesota Press, 1993, p. 77.

系。他认为:"先锋派艺术不致力于在'主题'中的东西,而致力于'在吗?'和致力于贫乏。它就是以这种方式归属于崇高美学的。"① 利奥塔的崇高美学的最佳艺术范本就是纽曼的作品,他多次讨论崇高都与纽曼的作品与美学原则联系在一起。纽曼的作品不是展示绵延超越意识,而是使画成为际遇本身,即到达的那一瞬间,这与杜尚的追求不同,其主题属于圣示和圣显,"纽曼的一幅画是一位天使;它不宣告任何东西,它就是宣示本身"。② 这种瞬间的美学就是崇高:"现在,这就是崇高。崇高不是在别处,不在彼岸,不在那儿,不在此前,不在此后,不在过去。"③ 利奥塔的瞬间的崇高美学是联系着他所坚持的后现代之差异观念。不同的瞬间意味着不同的特性与偶然性,没有多样性的统一,只有不可还原的差异性。这种差异美学连接着复杂的意识形态意义,一是神学的意识形态背景,利奥塔在阐释纽曼的作品时反复提到瞬间与宗教显圣的关联。譬如,他涉及黑塞解释纽曼1963年的犹太教堂模型,在这座犹太教堂中,每一个人都坐着,沉静在自己的"独木舟"中等待召唤,不是为登一个台子,而是为爬上那个小岗,在那里,光和宇宙在神的圣灵的压力下产生。所以贝茨(Johnr R. Betz)在探讨南希、利奥塔等崇高美学时认为:"尽管后现代崇高有其新颖性,它与康德的崇高一样是纯粹内在性的话语。"唯一的区别是"从理性主体的内在性转移到存在本身的内在性"。④ 二是利奥塔的崇高美学联系着对极权主义的政治神话的批判,这就是在20世纪30年代到50年代先锋派的命运,瞬间美学被转变为对"传奇"主题的期待:"纯种的民族在吗?""元首在吗?"这表明,崇高美学"被中性化和改变成神话政治"。⑤ 先锋派的反现代与反文化的崇高美学被恐怖的极权主义所挪用,成为政治

---

① [法]利奥塔:《非人》,罗国祥译,商务印书馆2001年版,第115页。
② [法]利奥塔:《非人》,罗国祥译,商务印书馆2001年版,第88页。
③ [法]利奥塔:《非人》,罗国祥译,商务印书馆2001年版,第104页。
④ John R. Betz. "Beyond the Sublime: the aesthetics of the Analogy of Being (Part One), *Modern Theology* 21: 3 July 2005, pp. 367-411.
⑤ [法]利奥塔:《非人》,罗国祥译,商务印书馆2001年版,第116页。有学者还具体分析了美国"9.11"事件与利奥塔的差异的崇高美学的内在关系。Hugh J. Silverman ed., *Lyotard: Philosophy, Politics, and the Sublime*, New York and London: Routledge, 2002, pp. 1-2.

审美化的器具，利奥塔的崇高美学试图澄清这种乱用，以重新明确先锋派的任务，突破其脆弱的困境。三是利奥塔在当代资本主义全球化的语境中思考崇高美学，探讨崇高与资本主义的复杂关系。"在资本与先锋派艺术之间存在着一种默契。"① 马克思曾不断地分析和确认，资本主义的怀疑力和破坏力量鼓励艺术家拒绝信赖陈规，不断实验新的表达方式、风格和材料，所以，利奥塔认为，在资本主义经济中也有崇高。在某种意义上说，它是靠无限的财富或权力这种理念来进行调节的经济。这是先锋派的意识形态的困境或者悖论。正如比格尔所悲观地看到的，以突破资产阶级审美自律的意识形态，却又回归于制度之中。尽管利奥塔赋予了崇高不同的意识形态的含义，但是，他仍然强调差异的崇高，这种时间性的崇高意味着"什么都行"，每一个个体有其存在的合法性，进行着不同的叙事，"叙述功能失去了自己的功能装置：伟大的英雄、伟大的冒险、伟大的航程以及伟大的目标。它分解为叙述性语言元素的云团……每个云团都带着自己独特的语用化合价"。② 这不是牛顿的人类学，而是元素异质性。这直接导向了利奥塔对后现代政治学的建构，"追求一种不受共识束缚的正义观念和正义实践"。③ 含有恐怖的信息化打造了瞬间的契约，为偶然个体之间的偶然连接提供了基础，这样，"一种政治出现了，在这种政治中，对正义的向往和对未知的向往都受到同样的尊重"。④ 利奥塔与哈贝马斯的著名论战也是在美学与政治领域中同时展开的，后者试图通过美的理念架起交往共同体的文化之纽带，以实现自由政治学，⑤ 而前者试图在崇高的范畴中找到新型政治

---

① ［法］利奥塔：《非人》，罗国祥译，商务印书馆2001年版，第117页。
② ［法］让-弗朗索瓦·利奥塔尔：《后现代状况》，车槿山译，生活·读书·新知三联书店1997年版，第2页。
③ ［法］让-弗朗索瓦·利奥塔尔：《后现代状况》，车槿山译，生活·读书·新知三联书店1997年版，第138页。
④ ［法］让-弗朗索瓦·利奥塔尔：《后现代状况》，车槿山译，生活·读书·新知三联书店1997年版，第140页。
⑤ Richard Rorty. "Habermas and Lyotard on Postmodernity", in Richard J. Bernstein, Ed. *Habermas and Modernit*, Cambridge, Massachusetts: The MIT Press, 1985, p. 162.

学的原型,"多样性之正义"①,不同的美学问题联系着不同的政治建构。利奥塔对自己的美学政治学有着十分清晰的认识,他说:在西方传统中,美学一直是政治的,因为政治也一直是美学的。他的崇高美学来自于康德的《判断力批判》,但是,他认为,康德还有一件事情没有完成,这就是第三判断的第三部分,"政治社会的王国",因为反思判断不仅仅是审美的,也有政治的特征,"反思判断意味着对帝国主义,对任何单一性统治的试验的抵制"。②虽然利奥塔不主张把美学等同于政治学,但他的崇高美学却与其差异政治学是一致的:"政治学兼容了完全异质的话语样式。"③可以说,崇高美学为后现代"差异政治学"提供了内在的基础,但是,这无疑会使利奥塔陷入相对主义的意识形态领域之中。并且,他的崇高美学虽然可以挑战启蒙现代性的宏大叙事,但诚如罗蒂所说,利奥塔对崇高美学的追求可以被视为一束资产阶级文化的自愿的忧伤之花。④利奥塔的崇高美学抛弃了现代解放的宏大叙事的政治意识形态,而转向非共性的微观政治学,认为阶级斗争已经朦胧得失去了任何激进性,"批判模式终于面临失去理论根据的危险,它可能沦为一种'乌托邦'"。⑤但在哈贝马斯看来,利奥塔等法国学者恰是青年保守主义者。⑥

詹姆逊(又译詹明信)也从博克与康德那里挪用了"崇高"范畴来阐释后现代文化现象,延伸到对全球化的资本主义的意识形态批判。他把后现代主义艺术归属于崇高之中,后现代主义的基本元素缺乏深度

---

① Fred Evans. "Lyotard, Bakhtin, and radical Heterogeneity", in Hugh J. Silverman ed., *Lyotard: Philosophy, Politics, and the Sublime*, New York and London: Routledge, 2002, p. 61.

② Serge Trottein. "Lyotard: before and after the Sublime", in Hugh J. Silverman ed., *Lyotard: Philosophy, Politics, and the Sublime*, New York and London: Routledge, 2002, p. 193.

③ Jean-François Lyotard. "psychological, aesthetics and the politics of difference", in Michael Drolet ed. *The postmodern reader*, London and New York: Routledge, 2004, p. 265.

④ Richard Rorty. "Habermas and Lyotard on Postmodernity", in Richard J. Bernstein, Ed. *Habermas and Modernity*. Cambridge, Massachusetts: The MIT Press, 1985, p. 174.

⑤ [法] 让-弗朗索瓦·利奥塔尔:《后现代状况》,车槿山译,生活·读书·新知三联书店1997年版,第25页。

⑥ Jürger. Habermas, "Modernity versus postmodernity", in Cluvre Cazeaux, ed. *The Continental AestheticsReader*, London and New York: Routledge, 2000.

与历史感,文化语言是拉康所谓的"精神分裂"式的,出现新的语法结构及句型关系,正是这些特征,"后现代主义文化带给我们一种全新的情感状态——我称之为情感的'强度'(intensities);而要探索这种特有的'强度',我认为可以追溯到'崇高'的美学观的论述里去"。① 詹姆逊分析了后现代都市文化的时空结构较之于现代的新特征。摄影现实主义取代了何柏的荒凉感或者施勒式的极为严谨的中西部风格。在全新的都市里,最残旧的房子、最破烂的车子,都被盖上一层梦幻般的异彩。我们目睹都市的贫民窟通过商品化形式传达于外,效果光芒耀眼,日常生活的疏离感被拓展到全新的境界,我们的感官世界诡谲奇异又富有梦幻。身体的形态也发生了变化,跟"拟人"的形式背道而驰,只是一种非真实的"摹拟体",博物馆的人体不知道有没有气息,有没有体温,有没有血肉。所以,詹姆逊说:"在博物馆里的这一刹那,容许你把四周的活人转化成为没有生命、只有肤色的'摹拟体'。"② 面对这些震人心弦或者骇人听闻的对象的文化经验,詹姆逊没有使用桑塔(Susan Sontag)的"忸怩作态"(camp)来描述,而是用了后现代流行的术语"崇高"来阐释,与博克、康德的崇高论述不同,他赋予了"忸怩作态的崇高"或"歇斯底里式崇高"的意义,是一种"异常的欣快的恐惧"。③ 在他看来,崇高是处理人与自然、社会的神秘关系,海德格尔也是在探索人与社会、大自然的神奇幽幻的关系,人跟世界之间的关系仿佛一直停留在从前乡间农民生活的境地,这种关系无疑是崇高美学的领域。但是,在后现代,超级公路开进了昔日的农田空地,社会的他者不再是大自然,而是资本主义形成的科技。最活跃的后现代作品涉及了社会整体的再生产过程,从而让观众一睹后现代式"崇

---

① [美]詹明信:《晚期资本主义的文化逻辑》,陈清侨等译,生活·读书·新知三联书店1997年版,第433页。
② [美]詹明信:《晚期资本主义的文化逻辑》,陈清侨等译,生活·读书·新知三联书店1997年版,第481页。
③ [美]詹明信:《晚期资本主义的文化逻辑》,陈清侨等译,生活·读书·新知三联书店1997年版,第289页。在詹姆逊看来,后现代语境中的崇高是经过修正的,与它在现代主义中所起的作用不同,被认为是它自身的一种新的"后现代"的复活。参见弗雷德里克·詹姆逊《文化转向》,胡亚敏等译,中国社会科学出版社2000年版,第109页。

高"或者科技式"崇高"的各种形态,这在建筑艺术里表现得最为突出,"后现代文化正以体现生产模式和过程为重心之时,建筑艺术刚好成为后现代美感典范的最佳表现"。① 后现代建筑以科技的崇高力量打造了七歪八斜、支离破碎的世界,现实的存在只有在介乎一块玻璃幕墙与另一块玻璃幕墙之间找到印证。詹姆逊没有停留在后现代崇高美学与科技的权威力量的探讨之上,不认为科技是文化生产和社会现实的"最终决定因素",而是进一步挖掘与后现代跨国资本主义的新形态的关系:"尽管当前社会的科学技术有惊人的发展,尽管尖端科技是充满魔力的,但事实上技术本身并无稀奇之处,其魅力来自一种似乎总是广为人所接受的再现手段(速写),使大众更能感受到社会权力及社会控制的总体网络——一个我们的脑系统、想象系统皆无法捕捉的网络,使我们更能掌握'资本'发展第三个历史阶段所带来的全新的、去中心的世界网络。""整个活动过程浸淫在一个偌大的阴谋网络之中,其复杂处实非一般读者所能轻易把握。"② 所以詹姆逊主张从科技的隐喻来思考当前世界的整体性,也只有透过骇人听闻的、欲盖弥彰的社会经济体系这种现实的"他物性",我们才能对后现代主义中"崇高"的意义充分地在理论层面阐释清楚。可以看出,詹姆逊的崇高美学融入了对跨国资本主义的文化政治分析,他提出的"认知绘图"美学也是在挑战这种个体无法知晓的城市空间,挑战全球化的令人恐怖的崇高美学形态,以把积极奋斗的能力重新挽回,履行整体性的文化政治使命。

齐泽克以拉康的精神分析理论来阐释崇高美学及其与意识形态的复杂关系,确立了后现代语境中意识形态的崇高客体的分析,探讨崇高与宏大叙事、极权主义、种族主义的内在关联。他的分析不是现代美学研究范式,而是在精神分析的话语范畴中来思考意识形态的崇高客体的建构。他认为,意识形态建构就是崇高的建构,从根本上说,就是大写他者之幻象的建构,其根本的运作机制是欲望对象的缺失。齐泽克与通常

---

① [美] 詹明信:《晚期资本主义的文化逻辑》,陈清侨等译,生活·读书·新知三联书店1997年版,第487页。

② [美] 詹明信:《晚期资本主义的文化逻辑》,陈清侨等译,生活·读书·新知三联书店1997年版,第488页。

的"意识形态批判"不同,后者"试图从有效的社会关系的联合中,推导出某一社会的意识形态形式。与此截然不同,精神分析的方法首先着眼于在社会现实中发挥作用的意识形态幻象"。① 如果说在马克思主义视野之中,意识形态凝视是忽略了社会关系整体性的局部凝视,那么在拉康的视野之中,意识形态指的是试图抹掉其不可能之踪迹的整体性,真理来自于误认,"所谓的历史必然性是通过误认形成的"。② 崇高客体也是建立在误认基础之上的,类似于意识形态的机制,是一个被抬到不可能之原质(impossible thing)这样的高度的、实证性的物质客体。也就是说,崇高建立在幻象之上,幻象后面一无所有,其功能就是隐藏这一无所有,即隐藏他者中的缺失。人类社会存在两种死亡,自然死亡和绝对死亡,前者是创生与腐烂的自然循环的一部分,后者是循环自身的毁灭和根除,这就是萨德作品中的不可毁灭的受难者,也是卡通《猫和老鼠》中的那只可以拥有一个不可毁灭的身体的猫,好像"在她的自然死亡之上或之外,她还拥有另外一个躯体,一个由其他实体构成的躯体,它被排除在了生命循环之外——一个崇高的躯体"。③ 革命与第二次死亡即绝对死亡息息相关,革命者好像拥有超越普通生理躯体的崇高躯体,能够忍受世界上最残酷的折磨,所以,齐泽克认为,崇高客体位于两种死亡之间。极权主义领袖也是运用这种机制,他使其权力合法化的话语是:"我是你们的主人,因为你们待我就像待你们的主人一样;是你,以及你的行为,使我成了你的主人!"这说明,领袖的所指以及论证其合法性的实例并不存在,只通过拜物教的代表而存在。齐泽克揭露了极权主义政治意识形态的崇高客体的特征:在崇高客体中,"本质上不存在任何崇高的事物——根据拉康的见解,一个崇高的客体只是一个普通的、日常的客体,它相当偶然地发现自己占据了拉康所谓的原质的位置,即欲望的不可能的实在客体的位置。崇高的客体只是'被提升

---

① [斯洛文尼亚] 斯拉沃热·齐泽克:《意识形态的崇高客体》,季广茂译,中央编译出版社2002年版,第49页。

② [斯洛文尼亚] 斯拉沃热·齐泽克:《意识形态的崇高客体》,季广茂译,中央编译出版社2002年版,第85页。

③ [斯洛文尼亚] 斯拉沃热·齐泽克:《意识形态的崇高客体》,季广茂译,中央编译出版社2002年版,第185页。

到原质层面的客体'。将崇高授予客体的，是它所处的结构位置"，它占据了"快感的神圣/禁止位置，而不是它固有的质素"。① 在齐泽克看来，康德的崇高定义预示拉康对崇高客体的界定，崇高在康德那里意味着内部世界的、经验的、感性客体与超现象、难以企及的自在之物的关系，经验客体的任何再现都无法充分地呈现原质这个超感觉的理念，但"崇高是一个客体，在那里，我们可以体验到这种不可能性，这种在苦苦地追求原质的再现时遭遇的恒久失败。因为借助于再现的失败，我们对原质的真实维度有了预感"。② 这个自在之物具有决定性的意义，但是，它根本不存在，本质不过是表象对于自身的不适当性而已，所以崇高客体的地位被移花接木，"崇高是这样的客体，其实证性躯体只是乌有的化身"。③ 齐泽克不是把崇高还原到博克的客观属性，而是挖掘崇高形成的意识形态机制，一个普通的事物只要成为不可能实现的东西就可能成为欲望的崇高客体，就如布努埃尔的电影《资产阶级隐秘的魅力》中一对夫妇联想在一起吃饭就不可能实现的愿望一样，所以客体不是以其实证性而是"大他者的短缺"成为崇高对象的，"空洞姿势"设置大他者并使其存在，这实际上是把前符号的实在界向符号化现实的转化，向能指网的实在界的转化。

虽然齐泽克有意地避开意识形态批判话语及操作模式，而着眼于宗教、哲学、政治的宏大叙事的崇高幻象之机制的探究，但是他这种阐释实质上是一种细致入微的意识形态批判。他通过崇高的话语对斯大林主义与法西斯主义的极权主义意识形态进行了精神分析阐释，进而揭示了其意识形态建构的幻象性质与符号秩序的空无，极权主义的悖论在于它无所不在但什么也不存在，但是它却建构着现实，并成为现实，决定着主体的思想与行为。齐泽克的分析不仅是探讨极权主义意识形态的崇高问题，而且切入了后现代文化之间，一个符号化的能指世界可以说是崇

---

① ［斯洛文尼亚］斯拉沃热·齐泽克：《意识形态的崇高客体》，季广茂译，中央编译出版社2002年版，第266页。

② ［斯洛文尼亚］斯拉沃热·齐泽克：《意识形态的崇高客体》，季广茂译，中央编译出版社2002年版，第278页。

③ ［斯洛文尼亚］斯拉沃热·齐泽克：《意识形态的崇高客体》，季广茂译，中央编译出版社2002年版，第283页。

高的世界，也是令人恐怖的世界。齐泽克作为一位左翼思想家通过拉康的视野与法国列菲伏尔、罗兰·巴特、博德里亚尔等人的批判理论达成了共识。①

可见，后现代语境的崇高不纯是美学问题，它或者成为差异政治学的情感基础，或者成为反极权主义的中介，或者成为诊断跨国资本运作机制的钥匙。不过，它们都从现代崇高话语中找到通向后现代主义思想的路径，与现代崇高美学一样成为当代思想家意识形态的某种建构或者表达，只是现代和后现代人挪用了不同的知识学话语，进行了不同的话语表达。话语本身是建立在文化政治学之差异之上的，崇高话语所意指的意识形态充满复杂、矛盾、歧义。充满痛苦与快感的崇高体验的悖论预示了崇高美学的复杂性，预示了它可以被坚信不同的观念的人，被现代思想家也被后现代主义者，被主人也被臣民，被激进主义者也被保守主义者，被极权主义者也被波希米亚人所迷醉，这样，崇高话语成为不同的文化政治学的战场。

第三节　形式的意识形态论

文学审美意识形态论是中国马克思主义文艺理论家探究文艺核心问题的重要成果之一，它在中国当代文艺理论建构、文学批评实践中已经

---

① 在列菲伏尔看来，流行、年轻、性欲成为消费的对象，成为符号化的元语言。这些元语言构成了强制性的符号系统，渗透到日常生活的各个维度，这导致了空间的纯粹形式化，导致了"符号的暴力"："一种纯粹的（形式的）空间界定了恐怖的世界。如果颠倒这种观点，那么它仍然保持其意义：恐惧界定一个纯粹形式的空间，它自己的权力空间。"（Henri Lefebvre. *Everyday Life in the Modern World*, trans. Sacha Kabinovitch, New Brunswick, U.S.A and London: Transaction Publishers, 1984, p.179.）依巴特之见，在流行体系中，符号是相对武断的，每年它都精心修饰，这不是靠使用者群体，而是取决于绝对的权威，取决于时装集团、书写服装或者杂志的编辑。所以流行时装符号处于独一无二的寡头概念与集体意象的结合点上："流行符号的习惯制度是一种专制行为。"（[法]罗兰·巴特：《流行体系——符号学与服饰符码》，敖军译，上海人民出版社2000年版，第243页。）鲍德里亚揭示了世界的符号幻象与恐怖的关系，"事物本身并不真在。这些事物有其形而无其实，一切都在己的表象后面退隐，因此，从来不与自身一致，这就是世界上具体的幻觉。而此幻觉实际上仍是一大谜，它使我们陷于恐惧之中，而我们则以对实情表象产生的幻觉来避免自己恐惧。"（[法]让-博德里亚尔：《完美的罪行》，王为民译，商务印书馆2000年版，第2页。）

产生了深刻的影响，并得到了国内文学研究者的基本认同。这是不争之事实。近年来，关于文学审美意识形态的争论在新的知识文化语境中深入展开，又促进了这一理论的深化。在争论中，文学审美意识形态论获得了新的活力与生机，呈现出从多种视角加以丰富与发展的趋向。① 本书试图从西方马克思主义者关于"形式的意识形态"（ideology of form）的理论阐释审视中国文学审美意识形态理论的合法性建构，通过揭示审美意识形态的内在逻辑、形式的意识形态论的可能性以及审美—形式—意识形态的结构关系，对文艺审美意识形态论的学理性基础展开论证，从而推进这一理论的语言论转型。

一 审美意识形态的内在逻辑

要探究文学审美意识形态论的合法性，首先就要弄清楚审美意识形态究竟是什么？它是审美与意识形态相加，是审美与意识形态的融合，还是审美与意识形态结构机制的构建？它的逻辑思路是综合的方式，还是结构性阐释的模式？"审美意识形态"最初是国外马克思主义文艺理论家提出的，其中最主要的理论阐释者为伊格尔顿。他在 1990 年出版的《审美意识形态》（The Ideology of the Aesthetic，初版中文版译为《美学意识形态》）一书中，对"审美意识形态"进行了多方面的深入阐释，对长期未妥善解决的审美与意识形态以及审美意识形态和其他意识形态结合的可能性机制问题提供了新的理解，可以说揭示了审美意识形态的内在逻辑。

第一，"审美"和"意识形态"两个范畴形成一个"审美意识形态"范畴，有着内在合理的机制。这就在于意识形态的审美化，审美的意识形态化。伊格尔顿一方面承续了正统的马克思关于意识形态的理论，强调体系性与观念性；另一方面受到了法国结构马克思主义者阿尔都塞的意识形态理论的重要影响，注重形象性和无意识性、实践性。阿尔都塞认为："意识形态是具有独特逻辑和独特结构的表象（形象、神

---

① 参见北京师范大学文艺学研究中心编《文学审美意识形态论》，中国社会科学出版社 2008 年版。

话、观念或概念)体系。"① "即使意识形态以一种深思熟虑的形式出现,它也是十分无意识的……它们在多数情况下是形象,有时是概念。它们作为结构而强加于绝大多数人,因而不通过人们的'意识',它们作为被感知、被接受和被忍受而作用于人。"② 伊格尔顿在1976年出版的《批评与意识形态》中把"一般意识形态"(general ideology)界定为:"占支配地位的意识形态是由一套内在联系的价值观念、表象和信仰的'话语'构成的,这些话语由于通过某些物质手段加以现实化,并与物质生产结构相联系,因而如此地反映了个体与社会条件的经验关系,以至于能确保对'真实'的误识。这些误识促进了占支配地位的社会关系的再生产。"③ 在《审美意识形态》中,伊格尔顿对意识形态的特征加以深入阐释,愈来愈把意识形态审美化。他认为意识形态具有情感性,在其"所指的形式中隐藏着必要的情感内容",它"关涉着诅咒、恐惧、尊敬、欲望、诋毁等等的问题"。④ 意识形态无意识地作用于主体,不知不觉地支配人的思想与行为,一旦植根于身体,很难涤除。它一方面是一种"众所周知"的东西,是一堆陈腐的、毫无吸引力的格言;另一方面,这些陈词滥调却是强有力的,足以迫使主体去杀人或自杀,因而牢固地保证了独特的同一性。它既是深刻为之奋斗而牺牲的主体深层结构,主体无意识认可的信念,又是一种普遍的法则,不证自明地铭刻于物质现象之中,铭刻于肉体之中。意识形态如拉康所说的处于"镜像阶段"的婴儿把镜中的图像视为真正的自我一样,是一种虚假的幻象,像艺术品或审美一样是"想象性的虚构"。意识形态这些审美化的特征,使它与审美的结合、交融成为了可能。

另外,审美具有意识形态特征。康德意义上的审美虽是自由的、愉悦的、主观的,但其中包孕着不是普遍性的普遍,不是法则性的法则,

---

① [法]阿尔都塞:《保卫马克思》,载陈学明主编《西方马克思主义卷》,复旦大学出版社1999年版,第640页。
② [法]阿尔都塞:《保卫马克思》,载陈学明主编《西方马克思主义卷》,复旦大学出版社1999年版,第641页。
③ Terry Eagleton. *Criticism and Ideology*, London: NLB, 1976, p. 54.
④ [英]特里·伊格尔顿:《美学意识形态》,王杰等译,广西师范大学出版社1997年版,第84页。

从而具有权威性和约束力,以领导权的非专制方式在特定的感觉肉体上打上普遍法则的烙印。主观审美判断必然会引发出普遍内容,因为这些判断起源于人类共有能力的纯粹形式的活动中。对伊格尔顿来说,审美中主观的反应必然会被赋予普遍的约束力,这就是意识形态的领域。审美提供了一个绝对自我决定的自律现象,无情的必然性奇迹般地再现为绝对的自治。在审美表象的社会,每个个体有目的地存在,却又在无意识中符合总体法则。因此,审美为个体与社会秩序提供了一个意识形态范式。在某种意义上,"审美就是意识形态"。① 由于审美的主体性、普遍性、自发的一致性、亲和性、和谐性和目的性,审美极好地迎合了社会意识形态的需要。正是伊格尔顿赋予意识形态的审美化和审美的意识形态化,使二者的类似的结构机制特征得以澄清,从而使审美与意识形态的结合以及"审美意识形态"这一概念成为可能。意识形态—审美(ideologico_aesthetic)就是这样一个不确定的领域,"处于经验和理论之间,在此领域内,抽象似乎充满着被提升为虚假认识的、不可还原的、偶然的特殊性"。②

第二,审美是资产阶级必不可少的意识形态幻象。现代意义的审美是属于资产阶级的,而不是亘古就系统地存在的。资产阶级高扬科学与理性之功利性,注重物质生产与竞争,追求对剩余价值的无止境的占有,随着社会分工愈来愈精细化、专业化,人的感性愉悦亦愈来愈单一。而作为涉及感性、身体愉悦、自由自在的审美无疑就补偿了资产阶级个体的人格结构的缺失。艺术表达和具体存在之间的关系,向人们提供了巴不得的休息机会,为紧张的个体提供了另一个残存的共同世界。如对崇高的观赏实际上是对骚动的上流社会的暴力行径的想象性补偿。如果按照弗洛伊德的意思来表达,资产阶级个体患有神经官能症。他们把注意力集中于商品生产的永恒重复,始终处于超我的强制性法则中,负荷累累,难以恢复自我,而审美却能将这分裂的人格重新加以整合。因为审美是一种心理防御机制,受到过多的痛苦威胁的心灵借此机制把痛苦的原因转化成无意识的幻觉。在康德看来,资产阶级主体不断征服

---

① Terry Eagleton. *The Ideology of the Aesthetic*, Basil Blackwell Ltd, 1991, p. 99.

② Terry Eagleton. *The Ideology of the Aesthetic*, Basil Blackwell Ltd, 1991, p. 95.

客体，既使主体难以确证，又造成主体与客体的深深隔膜，主体与主体之间也难以交流，但是，在审美活动中，我们就能一致地认为某种现象是崇高的或优美的，就能运用主体间性的宝贵形式，确认我们自己是由共同能力联系起来的、富于感情的主体构成的统一体。在以阶级分化和市场竞争为标志的社会秩序里，最终在审美也只有在审美中，人类才能共同建立起亲密的社会关系，才能恢复现实社会异化的人格。因此，伊格尔顿认为，审美为资产阶级提供了它的物质性需要的主体性的意识形态模式。从这种意义上说，审美是资产阶级的"社会契约"或意识形态："美学著作的现代观念的建构与现代阶级社会的占统治地位的意识形态的各种形式的建构，与适合于那种社会秩序的人类主体性的新形式都是密不可分的。"①

　　第三，审美意识形态具有二重性或矛盾性特征，即对占统治地位的意识形态的维护与颠覆功能。现代审美本身具有不可克服的矛盾性，审美是自律的、自我决定、自我控制的自由活动，但是又与资产阶级生产化、商品化的运作模式是同构的，复制了现实社会的逻辑形式。在审美活动的平等无私利的活动中，鉴赏者排除了一切感觉偏爱的动机，这不过是抽象的、序列化的市场主体的精神化变体，彻底地消除了自己与他人之间的具体差别，就如类同的商品消除了具体差别一样，审美如同剥夺了丰富使用价值的抽象的交换价值的资产阶级社会。审美意识形态的矛盾性与审美的矛盾性是一致的。

　　一方面，审美维护着巩固着资产阶级统治及其意识形态。现代人谈论美学和艺术时，实际也在谈中产阶级争夺领导权这一中心问题。审美是整个统治方案的概述，表达了通过感性的生活来对艺术家进行理性的融合，见证了从内部改造人类主体的进程，以及传达主体的细腻感情的过程和传达肉体对法律的最微妙反应的过程，所以，最辉煌的艺术品是英国宪法，它虽不完善却是必然的。审美实际上维护和建构了统治阶级的意识形态。在审美中，法则潜移默化地进入肉体，进入市民社会以及家庭的每个细胞中。对下层被统治者来说，"审美"标志着感性肉体的

---

① ［英］特里·伊格尔顿：《美学意识形态》《导言》，王杰等译，广西师范大学出版社1997年版，第3页。

创造性转移，也标志着以细腻的强制性法则来雕塑肉体，在一种和谐的乌托邦形象世界中，使爱欲得到升华，攻击性本能得到释放或压抑，这就会阻碍他们真正实现美好生活的政治运动。对统治阶级来说，审美被有意识用来实施其统治以及加固统治权力的重要手段。尤其在晚期资产阶级社会，统治阶级不但通过政治运动力量和意识形态的机器，而且通过审美消除人们死亡内驱力的根源，消除俄狄浦斯情结和原始攻击性本能的方式来维护统治，通过无意识的压抑本能的替代性满足，如以大众文化、民主管理等形式，从而使统治更为巩固。

另一方面，审美对抗资产阶级统治及其意识形态。在审美活动中，欣赏主体是自律的，自我决定的，自我表现的，这种主体性的培养对统治阶级来说是极为不利的。审美是利他主义的，是非功利的功利性，无目的的目的性，对一个对象来说，不是把它占为己有，而是获得审美愉悦，但回到现实世界，却又处处为利己主义所笼罩，充满铜臭血腥味。对被统治阶层来说，审美自由的主体与现实的不自由的饥饿的主体极不和谐，这也威胁着统治阶级的意识形态。对资产阶级来说，审美也似乎是埋藏于其内部的一个定时炸弹。在叔本华看来，美学化的生活成为摆脱痛苦的有效手段，充满欲望的主体在审美过程中将达到纯粹无功利性的境地，最终这种非功利性导致了主体的自我抛弃，即主体的自我毁灭。无疑，这是资产阶级主体的自我消解。因此，审美在肯定感性经验、肯定愉快的生存的同时，也表现出对自我快乐的个体的信仰，表现出对统治阶级的理性主义的必然反抗。尼采所崇尚的充满刚烈的酒神精神横扫一切陈旧的价值观念与认识论，激进的个人主义推翻了稳固的政治秩序的一切可能性。审美中存在反抗权力的事物，它是"资产阶级利己主义的天敌：进行审美判断就意味着以全人类的共同名义尽可能地排除个人狭隘偏见"。[①] 因而，在马克思那里，审美就被用来以真正感性身体的名义，作为现实唯物主义的革命力量，成为颠覆资产阶级的一个重要工具。

不难看出，现代意义的审美并非一块远离尘世的飞地，而是充满维

---

① [英] 特里·伊格尔顿：《美学意识形态》，王杰等译，广西师范大学出版社1997年版，第28页。

护权力和消解权力的独特形式，体现出鲜明的意识形态性。也就是说，审美本身就是一种话语权力或权力镜像，就是一种意识形态话语，而不仅仅是反映了或者体现了某个利益集团的意识形态观念、方针、路线。中国学者提出的文学审美意识形态论的"审美意识形态"与伊格尔顿的理解所有差异，前者主要从康德的人类共性与集团性，非功利性和功利性等方面加以宽泛的把握，后者主要从审美愉悦和资产阶级政治权力的角度进行历史的结构性的批判的阐释。在1976年的《批评与意识形态》中，伊格尔顿提出了更具普遍意义的"审美意识形态"概念，其英文表述不是"ideology of the aesthetic"，而是"Aesthetic Ideology"（AI）："我把审美意识形态（AI）的含义视为一般意识形态的特殊的审美领域，和其他领域如伦理的、宗教的领域等相联系"，"审美意识形态（AI）是一种内在复杂的结构，包括许多分支，文学审美意识形态就是其一。文学分支本身是内在复杂的，由许多'层次'构成：文学理论、批评实践、文学传统、文学样式、文学惯例、技巧和话语。审美意识形态（AI）也包括可以名之为'审美意识形态'（ideology of the aesthetic）——审美本身在特定的社会结构中的功能、意义和价值的意指系统，它反过来成为一般意识形态之内的'文化意识形态'的一部分。"[1] 这个概念可以说是阿·布罗夫关于人类社会普遍存在的"审美意识形态"概念的具体化和结构化延伸。事实上，伊格尔顿关于审美意识形态的两种概念都与包括他在内的西方马克思主义者提出的"形式的意识形态"命题息息相关。

二 "形式的意识形态"的理论阐释

"形式的意识形态"理论是西方马克思主义文艺理论的一个重要命题，也是马克思主义文艺理论在转型中所遭遇的难题，与20世纪人文学科的语言论转向相应和。卢卡契从早期到晚年均未离开对形式与总体性的思考，他认为："艺术中意识形态的真正承担者是作品的形式，而

---

[1] Terry Eagleton. *Criticism and Ideology*, London：NLB, 1976, p. 60.

不是可以抽象的内容。"① 巴赫金以及法兰克福学派的文艺美学家亦关注文艺的形式或话语的意识形态问题，在批判俄国形式主义、新批评、结构主义的基础上汲取了语言学和文本理论。在当代英美马克思主义文艺美学中，语言学转向亦成为有意识的学术选择。伊格尔顿概括了马克思主义文学批评的四种主要模式，即人类学的、政治的、意识形态的和经济的模式。其中，意识形态模式主要关注"形式的意识形态"。他说："如果马克思主义批评的第三次浪潮最好称为意识形态的批评，那是因为它的理论着力点是探索什么可以称为形式的意识形态，这样既避开了关于文学作品的单纯形式主义，又避开了庸俗社会学。"② 传统文学意识形态批评者，主要在于挖掘文本所指的思想内容，考察创作主体的思想倾向，把文学形式视为内容的载体或外在的能指符号，这就易于流入简单化批评之泥潭。一些苏联与国内学者所坚持的文学是一种社会意识形态、文艺为阶级斗争服务等观念，都不同程度地带有庸俗社会学的性质，这实际上把文艺非文艺化了。随着语言学的转向，以俄国形式主义、英美新批评、法国结构主义为代表的文本批评家，则注目于文学作品本身的组织形式、语言结构，把作品作为一个封闭自足的系统，从而把文艺悬置于真空中，视之为一块独特的飞地，结果就把文艺的意识形态本质给忽视了。形式的意识形态论对这两种批评倾向都加以解构，对之给予历史与审美的还原，从而超越了内容与形式截然对立的批评模式。它从常常被意识形态分析者所忽视的形式层面加以意识形态阐发，从审美形式方面来把握文艺的意识形态本质，这就把形式主义文学理论纳入了马克思主义文学理论的视域。

在西方马克思主义者中，伊格尔顿与詹姆逊几乎同时集中思考"形式的意识形态"这一命题。詹姆逊对俄国形式主义与结构主义进行了系统研究，从语言学的角度清理了马克思主义思想，这促进了对"形式的意识形态"理论的构建。在1970年的著作《马克思主义与形式》中，

---

① ［英］特里·伊格尔顿：《马克思主义与文学批评》，文宝译，人民文学出版社1980年版，第28页。
② ［英］特里·伊格尔顿：《历史中的政治、哲学、爱欲》，中国社会科学出版社1999年版，第114页。

詹姆逊提出了马克思主义批评的任务,即"应该在形式本身之中证实它的机制"①。因为"一部艺术作品的内容,归根结底要从它的形式来判断,正是作品实现了的形式,才为作品于中产生的那个决定性的社会阶级中种种有力的可能性提供了最可靠的钥匙"。②他在1972年的《语言的牢笼》一书中说:"以意识形态理由把结构主义'拒之门外'就等于拒绝当今语言学中的新发现结合到我们的哲学体系中去这项任务。我个人认为,对结构主义的真正的批评需要我们钻进去对它进行深入透彻的研究,以便从另一头钻出来的时候,得出一种全然不同的、在理论上较为令人满意的哲学观点。"③1975年左右,詹姆逊撰写了文章《文本的意识形态》(*The Ideology of the Text*),认为占据主导地位的语言学模型涉及思维模式的嬗变,他在巴特的文本性理论基础上提出的元批评就是通过辩证思维的运作"试图把诸如作品的形式理解为作品具体内容的更深层的逻辑"④,文本形式是意识形态自然化的过程的载体。詹姆逊在1978年的文章《意识形态和象征行动》中认为,文学的诗性风格作为语言的特殊的实践,"以自己独有的方式构建了一种象征性行为,这种象征性行为能够被意识形态地表达"。⑤在1981年的《政治无意识》中,他明确提出了"形式的意识形态"概念,并进行了具体的分析论述。在他看来,"对形式的意识形态的研究无疑是以狭义的技巧和形式主义分析为基础的,即便与大多数的形式分析不同,它寻求揭示文本内部一些断续的和异质的形式程序的能动存在"。⑥他把文学视为社会的

---

① [美]弗雷德里克·詹姆逊:《马克思主义与形式——20世纪文学辩证理论》,李自修译,百花文艺出版社1997年版,第7页。
② [美]弗雷德里克·詹姆逊:《马克思主义与形式——20世纪文学辩证理论》,李自修译,百花文艺出版社1997年版,第43—44页。
③ [美]弗雷德里克·詹姆逊:《语言的牢笼》,钱佼汝译,百花文艺出版社1997年版,第3页。
④ [美]詹明信:《文本的意识形态》,张旭东编《晚期资本主义的文化逻辑》,陈清侨等译,生活·读书·新知三联书店1997年版,第100页。
⑤ Fredric Jameson. "Ideology and Symbolic Action", *Critical Inquiry*, Vol. 5. No. 2 (Win. 1978), pp. 417–422.
⑥ [美]弗雷德里克·詹姆逊:《政治无意识》,王逢振、陈永国译,中国社会科学出版社1999年版,第86页。

象征性行为，文本或形式是政治无意识的流露，是社会矛盾的一种想象的解决。正是"在查找那未受干扰的叙事的踪迹的过程中，把这个基本历史的被压抑和被淹没的现实重现于文本表面的过程中，一种政治无意识的学说才找到了它的功能和必然性"。① 形式的意识形态意味着形式就是内容，形式是自身独立的积淀内容、带有它们自己的意识形态信息，并区别于作品的表面或明显的内容，政治无意识不是一个新的内容，而是一种叙事范畴，就是阿尔都塞追随斯宾诺莎所称的"缺场的原因"的形式结构，文本以形式构建了意识形态、历史、社会的复杂结构关系。

伊格尔顿对形式的意识形态的阐释也是很深入的。他在1976年出版的《批评与意识形态》第三章详细地分析了"文本和意识形态的关系"，第四章有意识地命名为"意识形态和文学形式"。② 他对形式的意识形态理论的建构主要表现在两个方面。一是对语言学与意识形态内在性研究，在沃罗斯诺夫（V. N. Voloshinov）等关于语言与意识形态的关联的认识基础上进一步阐发了意识形态与话语的关系。"意识形态"这个术语是一种把我们用符号处置的众多不同事物进行归类的便利方式。譬如，"资产阶级意识形态"纯粹是散布在时间与空间之中的大量话语的浓缩。传统的意识形态讨论仅仅关注"意识"与"观念"，尽管有其优势，但是倾向于把我们推向唯心主义。伊格尔顿认为，"拥有一个概念"是指以不同的方式使用词语的能力，因而意识形态被视为一种"符号现象"。③ 这是作为语言的文学形式的意识形态的理论基础。二是伊格尔顿从审美意识形态生产方面对文本的意识形态的探讨。他把马克思主义文学理论的主要构成分为六个范畴：一般生产方式、文学生产方式、一般意识形态、作者意识形态、审美意识形态和文本。文学文本不是与意识形态无关的纯粹形式的载体，而本身就负载着意识形态的意义，这就是"文本的意识形态"。但是，文本的意识形态不是一般意识

---

① ［美］弗雷德里克·詹姆逊：《政治无意识》，王逢振、陈永国译，中国社会科学出版社1999年版，第11页。
② Terry Eagleton. *Criticism and Ideology*, London: NLB, 1976, p. 102.
③ ［英］特里·伊格尔顿：《马克思主义与文学批评》，文宝译，人民文学出版社1980年版，第194页。

形态的表现，也不是作者意识形态的表现，而是"对'一般'意识形态进行审美加工的产品"①，是对审美的意识形态的生产，文学文本就是以上这些范畴因素的多元决定的独特的产品。从话语层面看，文本处于一般意识形态范畴、一般意识形态话语、审美意识形态范畴与审美意识形态话语的复杂过程之中，它是通过"形式与意识形态建立联系，但这是奠基于文本起作用的意识形态的特征之上的"②。

西方马克思主义的形式意识形态论从宏观与微观角度具体探讨了文学形式与意识形态的内在相关性。从宏观角度看，具有自律性的文学形式与意识形态息息相关，是审美意识形态与统治阶级意识形态的结合点。从微观角度看，意识形态不仅体现在整体的文学形式或文类中，而且也展露于"风格、韵律、形象、质量以及形式中"③。作品的肌质和结构、句子的样式或叙事角度、韵律的选择或修辞手法、文本的断裂与歧义、延宕与省略等，与物质的生产方式、意识形态存在着千丝万缕的关联。既然"权力无处不在，它是一种流动的、易变的力量，渗透到社会的各个角落"，④扎根于人们最亲密的家庭关系之中，消融于个体最深层的无意识领域，那么在文本世界中，它不仅渗入主题思想、内容题材，更无意识地渗透于文本形式、结构、句子、词语以及象征形象之中。因此，形式的意识形态理论主张运用弗洛伊德、拉康的精神分析学说、英美新批评的文本细读策略与符号学理论，去探寻"书页上的词语"与意识形态的复杂关系，在文本形式的细读分析中让"政治无意识"显现在场。

三 文学审美意识形态论的合法性与语言论转型

西方马克思主义提出的"审美意识形态"和"形式的意识形态"范畴似乎相去甚远，一个是美学问题，一个为文学艺术问题，"审美意

---

① Terry Eagleton. *Criticism and Ideology*, London: NLB, 1976, p.59.
② Terry Eagleton. *Criticism and Ideology*, London: NLB, 1976, p.85.
③ [英] 特里·伊格尔顿：《马克思主义与文学批评》，文宝译，人民文学出版社1980年版，第10页。
④ [英] 特里·伊格尔顿：《当代西方文学理论》，王逢振译，中国社会科学出版社1988年版，第207页。

识形态"涉及的是主体性的身体、情感与权力问题，可以归属于主体性哲学或者意识哲学的框架内，"形式的意识形态"关注文艺的客观形式结构和意识形态，可以归属于语言哲学框架之内。事实上，远非如此。

在詹姆逊看来，文本的特殊形式"通过审美生产的作用而达到意识形态的客观化"。① 意识形态不是传达意义或用来进行象征性生产的东西，相反，"审美行为本身就是意识形态，而审美或叙事形式的生产将被看作是自身独立的意识形态行为，其功能就是为不可解决的社会矛盾发明想象的或形式的'解决办法'"。② 审美意识形态就是作者"构造自己独特形式的努力"。③ 伊格尔顿认为，在实践的基础上，文学文本通过审美的生产和意识形态相联系，即"审美生产了意识形态"。④ 就文学艺术而言，形式就是审美自律的纯粹性的对象化，是审美的赋形。文学艺术活动以文本形式为基础，形成审美的相对自律性，凝聚了审美经验，积淀康德意义上的审美价值，不仅再现或者反映了社会的意识形态，而且本身就是一种意识形态，从另一个角度说，意识形态是以活生生的生活或者生活经验的直接性、具体性的审美形式而不是以概念进入文学文本的，"审美和意识形态融入完美的直觉中"。⑤ 审美与历史、意识形态的关系不是文本中的层次间的关系，也不是作为审美事实的作品和作品周围的历史条件的关系，而是说"历史条件以意识形态的形式成为文本自我生产过程的决定性结构，而这种自我生产过程完全是'审美的'"。⑥ 形式的意识形态凝聚了审美意识形态之维度，它是审美意识形态在文学艺术活动中最突出最纯粹的表达。"形式的意识形态"理论不论就文学艺术生产、阅读阐释而言，还是就文学文本的存在形态而言都是有效的，它以文本为核心奠定了审美—形式—意识形态的可能性，

---

① ［美］弗雷德里克·詹姆逊：《政治无意识》，王逢振、陈永国译，中国社会科学出版社1999年版，第45页。

② ［美］弗雷德里克·詹姆逊：《政治无意识》，王逢振、陈永国译，中国社会科学出版社1999年版，第68页。

③ ［美］詹明信：《文本的意识形态》，张旭东编《晚期资本主义的文化逻辑》，陈清侨等译，生活·读书·新知三联书店1997年版，第95页。

④ Terry Eagleton. *Criticism and Ideology*, London: NLB, 1976, pp. 100-101.

⑤ Terry Eagleton. *Criticism and Ideology*, London: NLB, 1976, p. 171.

⑥ Terry Eagleton. *Criticism and Ideology*, London: NLB, 1976, p. 177.

建构了文学活动的审美意识形态的内在基础,"文学实践主要是文学生产方式/一般意识形态/审美意识形态的复杂结合的产物"。① 由此可见,形式的意识形态理论在逻辑上可以得出或者认可文学是形式化的审美意识形态这一结论,也就是说,文学艺术是以形式为中介的审美意识形态。中国学者提出的文学审美意识形态论从文艺审美之立场审视意识形态,重视语言形式的问题,"'审美意识形态'从一开始就没有忽视文学的语言问题"。② 通过形式的意识形态理论的分析可以认为,中国文学意识形态论具有合法性的理论根据。

中西两种模式均涉及审美和意识形态这对核心的关系问题,通过解读马克思主义文艺理论经典关于"艺术掌握世界"和艺术意识形态命题,立足于世界各国文艺实践,进行深入的理论反思,避免庸俗社会学的文学理论与实践,注重审美自律与他律的融合,促进了马克思主义文艺理论的当代发展。但是,二者的差异在于:第一,中国学者明确从文艺本质的角度③,从 20 世纪 80 年代以来的文艺自律实践的历史语境中,在文艺学学科自律的进程中,在多角度思考文艺的本质与基本规律语境中,在经典马克思主义文艺理论框架中整合审美反映的理论,提出了文学审美意识形态理论这一重要问题,促进了中国文艺学学科基本理论建设。这样,审美意识形态性就成为文艺的首要之本质,如钱中文"把文

---

① Terry Eagleton. *Criticism and Ideology*, London:NLB,1976,p. 62.
② 童庆炳:《怎样理解文学是"审美意识形态"?》,北京师范大学文艺学研究中心编:《文学审美意识形态论》,中国社会科学出版社 2008 年版,第 113 页。2009 年 6 月 6 日在北京师范大学文艺学中心召开的"文学与审美意识形态"的学术会议上,童庆炳谈及了王一川最初拟《文学理论教程》提纲的几个维度,其中之一就是语言文本话语和意识形态,那时王一川刚从英国牛津大学做博士后回国。王一川美学的语言论转向是较早的,他说:"从大约 1989 年起,我总算找到并开步走上了由体验美学通向本文之路。本文,英文原作 text,或译文本、篇章或话语。"(王一川:《通向本文之路》《自序》,四川人民出版社 1997 年版,第 4 页)。在 1990 年发表的论文《茫然失措中的生存竞争——〈红高粱〉与中国意识形态氛围》中,王一川分析了电影《红高粱》文本结构的意识形态:"《红高粱》在与观众的对话中已经潜藏着一种法西斯主义强权逻辑,它运用话语的暴力,在客观上促进了当今意识形态的再生产。"(王一川:《通向本文之路》,四川人民出版社 1997 年版,第 295 页。)
③ 参见冯宪光《意识形态与审美意识形态》,北京师范大学文艺学研究中心编:《文学审美意识形态论》,中国社会科学出版社 2008 年版,第 194—195 页。

学的第一层的本质特性界定为审美意识形态性",① 童庆炳视 "审美意识形态论" 为 "文艺学的第一原理"。② 这是中国马克思主义文艺理论的重要贡献。西方马克思主义文艺理论家没有明确或者系统地建构这一范畴体系,也不热衷于文学的本质的探究③,而是关注艺术形式、审美与意识形态的复杂机制问题的阐释分析,剖析文学理论、批判实践、文学形式话语等具体的文学审美意识形态。第二,文学审美意识形态论是从文学本质的认识论、反映论④的追问中得出的结果,这一结果成为中国当代文学理论主导观点之一,并形成了一个认同的知识群体,有制度化的趋势。由于奠基于认识论与反映论哲学,审美意识形态论颇为重视文艺形式与审美意识的实践基础与历史生成的分析。在思维模式上,主要承继中西方传统和近代知识论模式,体现为认识论、有机论、综合论、融合论模式,其概念话语主要是启蒙哲学和中国文艺美学话语。形式的意识形态论虽仍受反映论的影响,但突破了卢卡奇的马克思主义美学传统的 "怀旧的有机论",⑤ 而注重现象学、阐释论、结构机制论、语言论的知识学模式,充分吸纳了 20 世纪现代西方知识学形态和话语,所以伊格尔顿反复强调 "文本本身不是对意识形态的'解决方式'的反映"⑥,詹姆逊 "也不想提出传统的哲学美学问题,即艺术的本质和功能,诗歌语言和审美体验的特性,美的理论等等"⑦,其文学阐释论主要不是立足于黑格尔的表现性因果律而是阿尔都塞的结构性因果律。阿尔都塞虽然关注认识论问题,但是,不注重认识的反映而转向了认识的生产结构机制分析,探讨马克思所说的艺术即审美掌握世界的产生机

---

① 钱中文:《文学是审美意识形态》,《文艺研究》1987 年第 6 期。
② 童庆炳:《审美意识形态论作为文艺学的第一原理》,《学术研究》2000 年第 1 期。
③ 伊格尔顿认为 "文学" 是形式的,是一种空洞的定义,没有确定什么是实质的东西,它是功能性的而不是本体论性的。Terry Eagleton. *Literary Theory: An Introduction*, Minnesota: The University of Minnesota Press, 2008, p. 8.
④ 王元骧:《文学意识形态性质的再认识》,北京师范大学文艺学研究中心编:《文学审美意识形态论》,中国社会科学出版社 2008 年版,第 133 页。
⑤ Terry Eagleton. *Criticism and Ideology*, London: NLB, 1976, p. 161.
⑥ Terry Eagleton. *Criticism and Ideology*, London: NLB, 1976, p. 89.
⑦ [美] 弗雷德里克·詹姆逊:《政治无意识》,王逢振、陈永国译,中国社会科学出版社 1999 年版,第 5 页。

制：美学实践掌握提出了美学特殊作用方式的"产生机制问题"。① 因此，西方马克思主义者提出的"形式的意识形态"理论侧重考察形式与意识形态、审美与意识形态的内在机制，虽然有认识论的因素，但是已经逐步超越，转向中介机制和运作模式的把握，充分吸收了语言与意义的复杂机制研究，实现了"审美意识形态的文本分析"，体现了语言论转型。按照伊格尔顿所说，文学文本的形成过程是想象地解决社会问题的过程，是意识形态和审美之间相互的复杂的联结，体现了意识形态和审美关系的亲密性。文学文本的解决问题的过程不是纯粹涉及外在的已有的意识形态，"而是涉及以审美的形式呈现出的'意识形态'自身"，不仅仅是说意识形态为文本的形式的审美运作提供物质材料或者内容，"而是说文本化的过程是二者的复杂的相互的连接，有了这个连接审美模式可以确定和决定意识形态问题，以至于能够继续再生产审美模式自身"。② 如此理解，文本过程就是意识形态生产的过程，文本审美化的过程就是意识形态的结构性生成的过程，文本的存在就是审美意识形态的存在。第三，两种模式面临不同的文学现象，呈现不同的分析维度。文学审美意识形态论主要建基于现实主义文学、浪漫主义文学，尤其注重中国传统文艺审美经验的阐释，民族特色颇为鲜明。而形式的意识形态理论虽然也面临西方传统文学现象，但是也关注西方现代主义、后现代主义文艺实践，主要局限于资本主义社会的文学意识形态实践。文艺审美意识形态论重点分析作者以审美方式体现或反映的意识形态选择，意识形态成为一个集团利益的体现而融入作品之中，它在作品中是确定的、清楚的，作者的意识形态和作品的意识形态趋于一致性。而形式的意识形态理论则分析文本的意识形态，这种阐释"不能还原为'普遍'的意识形态也不能还原为'作者'的意识形态"，因此，每一个作者的每一个文本产生出"不同的意识形态"③，意识形态的审美生产的言语行为成为一个重要的分析对象，故事如何讲述不是反映意识形

---

① [法]路易·阿尔都塞、艾蒂安·巴里巴尔：《读〈资本论〉》，李其庆、冯文光译，中央编译出版社2001年版，第69页。

② Terry Eagleton. *Criticism and Ideology*, London：NLB, 1976. p. 88.

③ Terry Eagleton. *Criticism and Ideology*, London：NLB, 1976, p. 99.

态而是生产意识形态。另外，中国模式强调文学与意识形态的显在关系理解，而西方马克思主义模式借助精神分析理论注重对文本形式与意识形态的潜在的、间接的、隐喻式的细察；前者的话语特征更具中性、开放性和建设性，认为文学既有意识形态性，也有超越集团利益的人类普遍的审美性，而后者的话语更为激进，更具批判性，因为文学审美本身也是意识形态。

由此可见，文学审美意识形态理论与形式的意识形态理论的内在相关性与差异性使二者形成了张力，同时使二者具有深度对话和渗透的可能。尤其对推进中国文学审美意识形态理论而言，注入西方马克思主义的形式的意识形态的基本观点与思维方式，可以为自身奠定更为扎实的合理性基础，也使自身获得新的发展与生机，从而推进文学审美意识形态理论的语言论转型。语言论转型的文学审美意识形态理论具有重要意义。一是认识到文艺的形式与意识形态的关联，把形式的语言、组合、叙述方式与民族政治、文化身份、意识形态等结合起来研究，这使我们看到文本形式蕴含着丰富的意识形态内涵，甚至更真实地透视出意识形态的选择。语言、形式、结构虽然有其抽象性、自律性与稳定性，但也是历史积淀而成的，尤其是人们审美意识形态的积淀。并且，在不同意识形态语境与个体审美趣味的影响下，具体文本又体现出独特的话语选择和结构组合。因此，对这些文本形式加以细读，无疑会挖掘出丰富的意识形态意蕴。正如威廉斯说："词语是浓缩了的社会实践，是历史斗争的场所，是政治智慧或政治统治的储存器。"① 威廉斯力图把文化形式从形式主义那里拯救出来，以之来发现社会关系结构、技术可能性的历史和社会决定的整个看待事物方式的突然变化。"他能从舞台技术的变迁中追溯到意识形态感觉的变化，在维多利亚时代的小说句法中探察出城市化的节奏。"② 二是有助于探讨文本形式无意识散播的意识形态，不注重作品显在的意识形态的简单提取。这就要求批评者对文本反复细

---

① ［英］特里·伊格尔顿：《历史中的政治、哲学、爱欲》，中国社会科学出版社1999年版，第264页。

② ［英］特里·伊格尔顿：《历史中的政治、哲学、爱欲》，中国社会科学出版社1999年版，第265页。

读，耐心玩味，对文本的空白、沉默、歧义、结构、张力等加以深入辨析。这种类似于阿尔都塞倡导的"征候读法"，为意识形态批评的丰富性与多元化打开了空间。譬如，在解读叶芝的诗《1916年复活节》时，伊格尔顿竭力去挖掘诗中的意象与意识形态的隐晦关系，这突出地体现在他对诗中的石头意象的细读中。通过辨析"石头"与"溪水"之间的复杂关系以及各种意义的张力，伊格尔顿发现，"政治"纳入了"自然"的整体。一块石头扰乱了流水，这在一种意义上说是"自然的"，这是风景的一部分，但在另一种意义上说又是对自然的干涉；石头在诗中既有不顾溪水的冷硬性，又似乎受到了溪水的软化。这些意象内在的歧义与张力揭示出诗人叶芝对1916年起义革命者的矛盾态度。诗歌中"心"变成"石头"的意象既表现出诗人对革命造反者"异想天开"的举措的批评，又显示出诗人对被处死的起义者的同情。这样，通过对诗中石头、心与溪水的多重复杂的隐秘关系的解读，伊格尔顿揭示出诗人矛盾的意识形态选择。传统意识形态批评难以获得对现代主义文艺作品的细致而确切的理解。三是这一理论转型不仅涉及研究者思想观念与审美趣味，更涉及对社会学、文化学、精神心理学、符号学的深入研究。毋庸置疑，这种整合多种知识话语的深度阐释对文学研究者提出了严峻的挑战。在日益技术化、抽象化的当今社会，随着文本形式愈来愈复杂化，意识形态愈来愈审美化，文学审美意识形态理论的语言论转型将更加显示出其独特的锋芒，这也是文学研究切入文化批评的一个重要维度。但是西方马克思主义的形式的意识形态分析还不能深入地理解中国传统文艺审美经验，这是中国文艺审美意识形态论的突出贡献。

语言论转向实现了历时性与共时性的融合，实践性和结构性并重，这不仅促进文学审美意识形态理论的深化，而且有可能超越西方马克思主义的形式的意识形态的理论模式，推进从现实主义形态向现代主义形态转型，打开中国马克思主义文学理论更为广阔的发展空间，"所谓的'语言论转向'没有'摧垮'文学审美意识形态论，而是使两者结合起来，更准确地界定了文学"。[①] 当然，任何理论都有其阐释的限度。尤

---

① 童庆炳：《怎样理解文学是"审美意识形态"？》，北京师范大学文艺学研究中心编：《文学审美意识形态论》，中国社会科学出版社2008年版，第113页。

其是丹托（Danto，又译为丹图）所提出的后历史时代的艺术已经脱离了康德审美艺术批评,① 我们面对两个完全相同的客观对象，一个被认为是艺术，而另一个被否认为艺术，诸如此类的当代艺术现象构成了文学审美意识形态论的严峻挑战。

---

① 丹图认为，美学似乎越来越不能适应20世纪60年代后的艺术，艺术不再具备审美品质，面对刀砍过的毛毡、碎玻璃、肮脏的线条等艺术作品，"康德主义艺术批评家将无言以对或语无伦次"。[美] 阿瑟.C. 丹托：《艺术的终结之后》，王春辰译，江苏人民出版社2007年版，第100页。

第三章 文艺符号学的合法性问题

第一节 文艺符号学阐释

中国马克思主义文学理论在国内、国外面临着失语的危机。原因复杂多样，其中之一是文学阐释的合法性问题。这既意味着理论本身的话语力量，也意味着理论抓取文学现实的效力。可以说，文学理论的阐释力关乎中国马克思主义文学理论未来的命运。从世界视野来看，马克思主义文学理论虽然危机不断，但是，在与现象学、精神分析理论、语言符号学的现代遭遇中以新的形态与强有力的阐释力量奠定了合法性地位，已经成为世界文学理论话语空间的重要维度，在当代文学实践活动中仍然熠熠生辉。这种发展的、创造的、对话的理论姿态为马克思主义文学理论本土化的合法性危机的解决提供了诸多启示。本节仅从较为宽泛的符号学①（语言、形式、叙述、结构等符号学元素）视角来探寻马克思主义文学理论的合法性与阐释效力的问题，从俄苏马克思主义与符号学的复杂纠结、西方马克思主义符号学模式来思考中国马克思主义文艺理论的缺失，并试图寻找建构马克思主义符号学的三条本土化路径。

---

① 根据索绪尔的观点，"语言学不过是符号学这门总的科学的一部分"。见费迪南·德·索绪尔《普通语言学教程》，高明凯译，商务印书馆1982年版，第38页。而罗兰·巴特（又译巴尔特）反其道之，认为："符号学乃是语言学的一部分，是具体负责话语中大的意义单位的那部分。"见罗兰·巴尔特《符号学原理》，王东亮等译，生活·读书·新知三联书店1999年版，第3页。尽管对符号学有不同的界定，但是较为宽泛的符号学包括语言、形式、符号形态、符号结构、叙述等问题，参见 Paul Cobley ed., *The Routledge Companion to Semiotics*. Routledge, 2010.

一 俄苏马克思主义与符号学的纠结

中国马克思主义文学理论是马克思主义与中国现实文学实践相结合的话语，在中国文学阐释中发挥过重要的作用，在一段时期内是文学阐释的合法性的重要基础。但是，随着社会经验转型、知识话语的推进与文学实践的变迁，已有的话语体系的阐释力日益枯竭。这不独是理论不关注实践的问题，而且是理论本身的阐释力的问题，是理论的真正对话性的丧失的问题，是理论本土化的缺陷问题。我们在实践俄苏马克思主义文学理论的时候忽视了后者与符号学的复杂纠结，而这种纠结不断推动俄苏马克思主义文论的发展与转型。俄苏马克思主义文论与符号学的关系类似于猫和老鼠的关系，两者看似各自独立，彼此不相往来，一个以历史唯物主义为根基，强调物质实在与社会存在的基础性，一个以符号体系为要旨，注重符号意义的规则阐发。不过，两者实则生死纠缠，相见恨晚又彼此敌视，彼此纠结在一起。不论是敌视，还是批判与吸收，皆具有对话性。列宁、托洛茨基、巴赫金、赫拉普钦科等俄苏马克思主义文艺理论家在马克思主义与符号学的纠结中形成了不同形态的文艺理论。

列宁与符号学发生过激烈的对话，他在批判符号论唯心主义的基础上阐发了唯物主义认识论哲学体系，确立了反映论和实践论文艺思想。奥地利学者马赫的作为感觉复合的物体理论以及与之相关的法国数学家和物理学家彭加勒（Henri Poincaré）的思想和俄国数学家尤什凯维奇的观点都倾向于实证论和符号学。列宁认为，马赫把"恒定的核心"对身体的中介作用视为感觉的形成机制，由此物质成为贝莱特所谓的"赤裸裸的抽象符号"。[1] 彭加勒的符号学思想认为，自然规律是人为了"方便"而创造的符号、约定，"彭加勒把具有普遍意义的、大多数人或所有人都承认的东西叫做客观的东西"。[2] 尤什凯维奇则提出了"经验符号论"，发表了《从经验符号论观点看现代唯能论》一文。这些马

---

[1] 列宁：《唯物主义和经验批判主义》，载《列宁专题文集·论辩证唯物主义和历史唯物主义》，人民出版社2009年版，第7页。

[2] 列宁：《唯物主义和经验批判主义》，载《列宁专题文集·论辩证唯物主义和历史唯物主义》，人民出版社2009年版，第70页。

赫主义者追求经验实在论，重视符号形式与规律，强调"逻辑的先验"，追求数学的函数关系表达，寻觅因果论的"一切形式"，事实上是符号学研究的重要问题。但是，列宁对之进行尖锐的批判，认为这些观点"幼稚得惊人"，"纯粹是无稽之谈"，否定了唯物主义的客观真理，转向了唯心主义，"我们的尤什凯维奇之流天真到了什么程度。他们把一种什么'符号论'当做真正的新货色，可是稍微有点学识的哲学家们却直截了当地说：这是转到批判唯心主义的观点上去了！因为这种观点的实质并不一定在于重复康德的说法，而是在于承认康德和休谟共同的基本思想：否认自然界的客观规律性，从主体、从人的意识中而不是从自然界中引出某些'经验的条件'，引出某些原则、公设、前提"。① 因此，列宁以物质第一性、精神第二性的唯物主义认识论彻底否定了具有符号学特征的马赫经验主义思想，甚至否定了后者的基本概念，"恩格斯并没有说感觉或者表象是物的'符号'，因为彻底的唯物主义在这里应该用'映像'、画像或者反映来代替'符号'"。② 列宁所设立的反映论与符号论的基本界限是唯物主义和唯心主义的界限，可以说形成了马克思主义与符号学的基本哲学立场与政治立场，影响到俄苏的马克思主义文学理论与符号学、形式论的长期论战。

在激烈的复杂的论战中，俄苏马克思主义文学理论获得了发展，产生一批重要的具有世界影响力的马克思主义论著，较为典型的是托洛茨基的《文学与革命》、巴赫金的《马克思主义与语言哲学》等。托洛茨基1923年出版的杰作《文学与革命》的第五章即是"诗歌的形式主义学派与马克思主义"，较为鲜明地在文学理论层面对待马克思主义与形式符号学的问题。他延续列宁的思路，认为形式主义学派是唯心主义艺术理论，"对于他们来说，'太初为词。而对于我们来说，太初为事。语词出现在事件之后，有如它的有声的影子'"。③ 但是，托洛茨基与

---

① 列宁：《唯物主义和经验批判主义》，载《列宁专题文集·论辩证唯物主义和历史唯物主义》，人民出版社2009年版，第71页。

② 列宁：《唯物主义和经验批判主义》，载《列宁专题文集·论辩证唯物主义和历史唯物主义》，人民出版社2009年版，第6页。

③ [苏联] 托洛茨基：《文学与革命》，刘文飞、王景生、季耶译，外国文学出版社1992年版，第170页。

列宁断然拒绝的姿态不同,充分地认识到形式主义学派的重要性,认为形式主义者的一些探索工作是完全有益的,"在宣布形式是诗的实质之后,这一学派将自己的任务归结为对诗歌作品的词源与句法特征的分析(实质上是描述性的、半统计性的条件),归结为对重复出现的元音与辅音、音节、修饰语的计数。这次被形式主义者'不按规矩地'称之为诗的科学或者诗学的局部工作,无疑是必要的、有益的"。① 可以说,托洛茨基的文学观整合了形式主义符号理论的积极元素,形成了具有形式与社会的辩证法的马克思主义文学理论。巴赫金的《文艺学中的形式主义方法》《马克思主义和语言哲学》等著述仍然持续对形式主义进行深入批判,展开"正面交锋",指出其唯心主义错误,但是,他充分认识到形式主义的贡献,所以,巴赫金认为,"马克思主义科学也应该感谢形式主义者,感谢他们的理论能够成为严肃批判的对象,而马克思主义文艺学的基础能在批判过程中得到阐明,变得更加坚实"。② 他在批判西方各种类型的形式主义语言学时候,尤其关注以索绪尔为代表的注重符号内在联系与逻辑规则的符号学观点。他在彼此的交锋中融合了语言哲学,重建了形式符号与意识形态的关系,创造性地建构了马克思主义符号学,从而奠定了马克思主义文学意识形态论的符号学基础。如果说任何话语都具有对话性,那么语言的意指产生过程始终联系着特有的社会群体的价值观,这种价值观完全由经济基础所决定。话语内含着意识形态,而意识形态也具有符号性:"一切意识形态的东西都有意义:它代表、表现、替代着在它之外存在着的某个东西,也就是说,它是一个符号。哪里没有符号,哪里就没有意识形态。"③ 文学的意识形态使"物体转换成了符号"。由此,文学作品、话语、符号意指与意识形态融为一体。巴赫金的马克思主义文艺理论由于具有与语言符号学对话的因素,使得其理论获得了创新性和深刻的阐释力,甚至获得了符号学领域的高度认同。法国结构主义符号学家托多罗夫在评价巴赫金时认为,

---

① [苏联]托洛茨基:《文学与革命》,刘文飞、王景生、季耶译,外国文学出版社1992年版,第151页。
② 钱中文主编《巴赫金全集》第二卷,河北教育出版社1998年版,第343页。
③ 钱中文主编《巴赫金全集》第二卷,河北教育出版社1998年版,第349页。

"米哈伊尔·巴赫金无疑是二十世纪人文科学领域里最重要的苏联思想家，文学界最伟大的理论家"，[1] 他超越关注人的文体学和强调抽象语法形式的结构语言学，注重语言与历史的相互影响，超越了"形式与内容这个僵死的二分法，建立了意识形态里明确的分析方法"。[2] 钱中文在《巴赫金全集》中文版的长篇序言《理论是常青的——论巴赫金的意义》中揭示了巴赫金符号学的重要地位，他在伊凡诺夫的论断的基础上总结说："巴赫金的符号学观点提出于二十年代，而我们知道，符号学作为一个热门话题则是五十年代至六十年代。"[3]

20世纪60年代以后，俄苏的马克思主义文艺理论在改革的浪潮中不断切入符号学领域，逐渐改变马克思主义与符号学之间的敌对关系，不仅涌现出颇具影响力的符号学流派塔尔图学派，而且促进了马克思主义文艺理论与符号学的融合。赫拉普琴科的探索具有代表性，他提出的"综合艺术形象"的概念充分地整合了符号学的思想。他沿着列宁反映论的思路，对符号学本体论进行批判，但是，认识到符号和符号系统在人的社会生活中的重大作用，因而认为，"艺术形象和审美符号的相互关系，是文学和艺术符号学的最重要的理论问题"。[4] 综合艺术形象强调现实的基础性、独一无二的创造性以及强有力的概括性，而审美符号强调约定俗成的规则、意义结构的恒定性、符号与对象的替代性，因而两者具有本质的区别。但是，在赫拉普琴科看来，两者有密切的联系："审美符号的产生，有赖于艺术概括的需要，而在艺术的进一步发展中，这些符号一方面在某种程度上与现实的、典型的东西的体现保持着特殊的联系，另一方面作为超感性的和非现实的东西的固定观念的标志而出现，作为那些用来替代生活的真正图景的条条和框框而出现。这两个过程相互之间

---

[1] 托多罗夫：《巴赫金、对话理论及其他》，蒋子华、张萍译，百花文艺出版社2001年版，第171页。

[2] 托多罗夫：《巴赫金、对话理论及其他》，蒋子华、张萍译，百花文艺出版社2001年版，第172页。

[3] 钱中文：《理论是常青的——论巴赫金的意义》，载钱中文主编《巴赫金全集》第一卷，河北教育出版社1998年版，第30—31页。

[4] 赫拉普琴科：《审美符号的本性》，载《赫拉普琴科文学论文集》，张捷、刘逢祺译，人民文学出版社1997年版，第244页。

经常互相交织和发生碰撞。"① 正是在历史结构与符号学的严肃的对话性中形成发展的"历史诗学",使赫拉普琴科成为"苏联语文学科公认的带头人和国际学术界马克思主义文艺学的当之无愧的全权代表"。②

可以看到,俄苏马克思主义文艺理论长期与符号学保持着迷漫硝烟的交锋,这种严肃的对话性既促进了苏联符号学的繁荣,又迎来了马克思主义文艺理论的生机和力量。

二 西方马克思主义与符号学的融合

与俄苏马克思主义文艺理论不同,西方马克思主义并没有激烈地敌视符号学,而是积极地介入符号学话语、思维机制与学科意识之中,出现了所谓的语言学转向。詹姆逊的态度具有代表性,"以意识形态为理由把结构主义'拒之门外'就等于拒绝把当今语言学中的新发现结合到我们的哲学体系中去这项任务。我个人认为,对结构主义的真正的批评需要我们钻进去对它进行深入透彻的研究,以便从另一头钻出来的时候,得出一种全然不同的、在理论上较为令人满意的哲学观点"。③ 这种严肃的"拿来主义"形成了具有活力的西方马克思主义文艺理论,在世界马克思主义文艺理论中占据着核心的地位,成为影响马克思主义疆域之外的文学阐释力量,既促进马克思主义文艺理论的发展与转型,又带来了阐释文化现实的深刻性、敏锐性、有效性。西方马克思主义者以开放的对话姿态积极介入符号学,获得了马克思主义文艺理论阐释力,不仅对文学文本的符号体系进行了更为细致的把握,洞悉文学的内在特征,更触摸到复杂的符号体系与社会历史的辩证关系,在某种意义上形成了社会符号学、历史符号学、政治符号学等核心领域,促进了符号学本身的发展。

西方马克思主义与符号学的融合而产生的关键词语、话语体系、文学批评实践丰富复杂,既独特,又新颖;既有结构主义符号学介入下的阿尔都塞学派形态,也有与语义学融合的沃尔佩模式;既有哈贝马斯基

---

① 赫拉普琴科:《审美符号的本性》,载《赫拉普琴科文学论文集》,张捷、刘逢祺译,人民文学出版社1997年版,第250页。
② 斯捷潘诺夫、尼古拉耶夫:《编辑说明》,载《赫拉普琴科文学论文集》,张捷、刘逢祺译,人民文学出版社1997年版,第1页。
③ 詹姆逊:《语言的牢笼》,钱佼汝、李自修译,百花洲文艺出版社2010年版,第3页。

于普通语用学、言语行为理论基础的交往理论、克里斯蒂瓦的女性主义符号学,又有索绪尔、叶尔姆斯列夫等视野下的列菲伏尔、罗兰·巴特、鲍德里亚的消费文化符号学、符号政治经济学、大众文化符号学;既有威廉斯的符号体系的意义生产理论、伊格尔顿的文本生产理论,又有詹姆逊的作为"社会的象征(符号)行为"的文学观念。可以说,西方马克思主义与符号学对话性的融合促进了马克思主义文学理论新形态的形成,带来了马克思主义文艺理论的当代生机。这里以詹姆逊为例来审视马克思主义与符号学的融合所带来的创造性。詹姆逊在20世纪70年代初以《马克思主义与形式》和《语言的牢笼》两本著作奠定了美国马克思主义与语言符号学对话的基础。《马克思主义与形式》梳理了阿多诺、本雅明、马尔库塞、布洛赫、卢卡奇、萨特等马克思主义文学理论家对于形式的关注与辩证的阐释,这为詹姆逊确立新型的马克思主义阐释学奠定了基础。詹姆逊挪用了歌德和洪堡从普罗提诺那里发展而来的"内部形式"概念,确立了具有形式符号学的马克思主义诠释学,"内部形式"的概念"犹如在辩证过程中由此一时刻向彼一时刻运动一样,它在时间中从外部形式向内部形式运动,因而它所强调的是解释本身的运作机制。这样,批评家就被召回到自己过程中来,这种过程是在时间中展开的形式,也是反映批评家自己的具体社会和历史情景的形式"。① 基于形式符号辩证理解的马克思主义文学理论为解读当代文化作品获得了有效性,因为这些文化作品不再是过去的现实主义类型,而是"一种几乎被忘记的代码中的符号,甚至是本身不可识别的疾病的征兆,是我们久已失去感官来察看的一个总体的碎片"。② 因而这种文化作品呼唤着符号学的破译与诊断。詹姆逊在《语言的牢笼》中通过对索绪尔、俄国形式主义和法国结构主义语言符号学的清理既看到语言符号模式的困境,也充分认识到其阐释效力。他在格雷马斯的符号意义理论中寻找到具有意味的概念"转码"来建构形式结构与历史、意识形态的复杂机制,"真实就是转码,就是一种代码调换为一种代码——我本人却更倾向于说(根据格雷马斯一个类似的说法)真实—效果包

---

① Fredric Jameson, *Marxism and Form*. Princeton University Press, 1974.. P. 401.
② Fredric Jameson, *Marxism and Form*. Princeton University Press, 1974.. P. 416.

括、或者说来自这样一种概念变换",①这样就从永恒的结构框架中解放了出来,既解救了结构主义符号学的困境,也显示了马克思主义符号学的话语力量。詹姆逊的马克思主义文艺理论包含着鲜明的符号学维度,其对政治无意识的洞察,对现实主义、现代主义、后现代主义的批评,对晚期资本主义文化逻辑的揭示,对电影的地缘政治美学分析,无疑展示出阐释的犀利性与创造性。

西方马克思主义符号学不仅批判索绪尔模式的符号学和皮尔斯模式的符号学,而且也吸收了这两种经典符号学的成果,并对更为多样化的符号学做出独立的思考,这不仅使马克思主义获得了新的阐释力量,而且成为世界符号学体系中的重要组成部分。波兰马克思主义者沙夫的符号学思想成为世界符号学领域的重要成果,得到国际符号学界的关注。在2004年由米克·巴尔(Mieke Bal)主编的四卷本《叙述理论》中,西方马克思主义叙述学、符号学模式是不可缺少的一个领域,被称之为"政治叙述学",因为"叙述理论本身是政治的"②。政治叙述学占据了整整一卷,涉及对关涉/修辞、政治、意识形态、欲望、时间等方面的叙述学、符号学的思考。从某种意义上说,20世纪90年代兴起的后经典叙述学与"批判符号学"(critical semiotcis)③ 正是西方马克思主义早已在经典叙述学最具生产力的时期所做的探索。西方马克思主义不仅创造性地阐释马克思主义经典文本,随时保持着与新兴的文学理论、哲学社会文化思潮的对话,这为马克思主义未来发展提供了可资借鉴的理论态度和方法论机制,在很大程度上较为有效地构建了马克思主义文学理论本土化的多维形态。

三 中国马克思主义文学理论的符号学失语

事实上,俄苏马克思主义文学理论和西方马克思主义文学理论是马

---

① 詹姆逊:《语言的牢笼》,钱佼汝、李自修译,百花洲文艺出版社2010年版,第195页。

② Mieke Bal, "Introduction to Volume III", in Mieke Bal ed., *Narrative Theory*. Vol. III. *Political Narratology*. Routledge, 2004. P. 2.

③ Scott Simpkins, *Literary Semiotics: An Critical Approach*. Lanham: Lexington Books, 2001. P. 5.

克思主义在西方各国本土化的创造性成果，体现了马克思主义与符号学的对立、对话与吸纳，也体现了与本土经验包括语言表述经验融合的复杂性。这些异质元素的交流彰显了马克思主义文学理论的当代阐释力量。这些马克思主义本土化形态对于反思中国马克思主义文艺理论本土化问题，无疑提供了一个重要的参照。在这种视野下不难看到，中国马克思主义文学理论缺失了马克思主义与符号学的交锋、交流、融合，这导致了它阐释能力的限度，也导致了中国马克思主义文学理论在世界马克思主义文学理论话语空间中的"失声"。笔者曾在一篇文章中认为，"苏联学者卡冈所编撰的《马克思主义美学史》一书居然没有中国的马克思主义文论和美学的一点声音，而诸如罗马尼亚、波兰、捷克等小国的马克思主义美学却熠熠生辉。"① 1992年马尔赫恩主编的《当代马克思主义文学批评》选取的是法国、英国、美国、德国、澳大利亚五个国家的马克思主义文学理论。伊格尔顿和米尔恩1996年主编的《马克思主义文学理论读本》涉及的范围较广，不仅选取马克思、恩格斯、列宁、托洛茨基等经典马克思主义者的文学理论文本，还选取了卢卡奇、阿多诺、本雅明、巴特、布莱希特、詹姆逊等西方马克思主义者的文献，甚至涉及印度的阿迈德（Aijaz Ahmad）、非洲的阿穆塔（Chidi Amuta）的马克思主义文学理论，但是，没有中国马克思主义文学理论的声音。② 可以说，中国马克思主义文学理论在世界马克思主义文艺理论体系中体现出"集体的失语"状态③，这不能不引起中国马克思主义

---

① 傅其林、冯春天：《中国马克思主义文论的全球化和本土化问题》，《学术交流》2014年第12期。

② C. F. Terry Eagleton & Drew Milne eds. *Marxist Literary Theory: A Reader*. Oxford: Blackwell Publishers Ltd., 1996.

③ 不过，一些汉学家对中国马克思主义文学理论是比较关注的，如皮克维兹（Paul Pickowicz）的瞿秋白的马克思主义文艺理论的研究，麦克道戈（Bonnie McDougall）对毛泽东的《在延安文艺座谈会上的讲话》的翻译与文本阐释，等等。C. F. Fu Qilin, "The Reception of Mao Zedong's Yan'an Talks in the English Scholarship", *Comparative Literature and Culture*, Volume 17 Issue 1（March 2015）. 更为可贵的是，汉学家和文学理论家佛克马和易布思1977年在伦敦出版的著作《二十世纪文学理论》把中国马克思主义文艺理论尤其是毛泽东的《在延安文艺座谈会上的讲话》视为20世纪马克思主义文学理论的重要组成部分，进而作为20世纪世界文学理论的组成部分。参见佛克马、易布思《二十世纪文学理论》，林书武等译，生活·读书·新知三联书店1988年版。

文艺理论界的深思。

其中缘由是复杂的，但是，从学理来看，中国马克思主义文学理论在本土化方面存在着致命的缺陷，在本土化过程中尤其缺乏马克思主义与符号学的对话与融合，缺少符号学维度的思考。中国马克思主义文论的本土化主要关注革命实践层面，忽视甚至反对理论阐释与学理思考。正如毛泽东所提出的反对本本主义、反对抽象理论的思考，更多地投入文化战斗之中，主张"从实际出发，不是从定义出发。如果我们按照教科书，找到什么是文学、什么是艺术的定义，然后按照它们来规定今天文艺运动的方针，来评判今天所发生的各种见解和争论，这种方法是不正确的"①，"我们说的马克思主义，是要在群众生活群众斗争里实际发生作用的活的马克思主义，不是口头上的马克思主义。把口头上的马克思主义变成实际生活的马克思主义，就不会有宗派主义了"。② 中国马克思主义文艺理论本土化强调实践性、本土现实经验，形成了具有革命功利性的文艺理论形态，成绩是巨大的，也是有独特意义的。不过，在这种本土化的过程中缺失了与世界文学理论的深度对话，它受到俄苏马克思主义文艺理论影响，但是，没有深入吸收俄苏马克思主义文艺理论与符号学的激烈交锋，甚至没有充分地吸收俄苏马克思主义文艺理论提出的符号学思想，按照佛克马和易布思的观点，"毛泽东文艺思想的排他性和措辞的不可辩驳性，阻碍了中国作家探索符号与概念或语词与现实的关系"③，"结构整体的概念使文本具有不可侵犯性，这对于马克思主义文艺理论来说是一种叛逆"。④ 中国马克思主义文艺理论激烈地敌对"形式主义"但又缺乏对形式主义理论深入研究，它以获得俄苏的意识形态基本走向的认同而忽视了马克思主义与符号学复杂而深刻的思

---

① 毛泽东：《在延安座文艺谈会上的讲话》，《毛泽东选集》第三卷，人民出版社1991年版，第853页。

② 毛泽东：《在延安座文艺谈会上的讲话》，《毛泽东选集》第三卷，人民出版社1991年版，第858页。

③ 佛克马、易布思：《二十世纪文学理论》，林书武等译，生活·读书·新知三联书店1988年版，第123页。

④ 佛克马、易布思：《二十世纪文学理论》，林书武等译，生活·读书·新知三联书店1988年版，第126页。

想撞击，也就在理论形态上丧失了符号学的维度，而形成了具有鲜明的马克思主义意识形态特征的文学观念。因而普遍认为，只要坚持从实践和党性出发，就能走向一条正确的马克思主义文艺理论道路。令人反讽的是，西方符号学家也思考了马克思主义问题，如列维-施特劳斯对上层建筑的结构符号学的阐释，罗兰·巴特对资本主义的符号神话批判，格雷马斯的"话语社会符号学"，艾柯对《巴黎手稿》的异化理论的符号学理解、普拉特（Mary Louise Pratt）的意识形态的言语行为研究等，而且皮尔斯、莫里斯的符号学也包含唯物主义元素，但是，20世纪80年代以来，符号学进入中国学术领域之后几乎成为纯粹形式结构的符号学，无视了马克思主义维度，这无疑延缓了中国马克思主义符号学的思考。

事实上，中国学界对现代符号学学科的思考是比较早的，语言学家兼数学家、音乐家赵元任在1926年的《科学》杂志上就发表了文章《符号学大纲》，在西方符号学研究的视野下提出"普通的符号学"思路，即研究符号的性质、调查与分析各门学术里所用的一些符号系统、研究符号好坏的原则、改良不好的符号、创造缺乏的符号。① 这里既有理论符号学也有应用符号学。后来，他还提出了具有中国特色的汉语符号系统的问题，有《中国话的文法》《语言与符号系统》《谈谈汉语这个符号系统》等著述，其与西方符号学对话而形成的汉语符号学在国内外产生了重要影响。虽然他没有深入研究马克思主义，但是，在皮尔斯、罗素、莫里斯等英美符号学家的影响下形成的汉语符号学思想已经具有了一些马克思主义因素。其符号学思想涉及语言符号教育，强调符号与现实生活的联系，关注符号的价值、政治问题。他指出，"人们能够在语言和政治-地理的意义上谈及中国语言"。② 20世纪20年代，新批评学派、罗素的符号学思想也在中国有着本土化的基础。但是这些新兴的符号学思想并没有引起中国马克思主义文艺理论的关注，更不用说

---

① 赵元任：《符号学大纲》，见《赵元任语言学论文集》，商务印书馆2002年版，第178页。

② Yuan Ren Chao, *Language and symbolic system*，载《赵元任全集》第三卷，商务印书馆2004年版，第965页。

有对峙、交锋与融合的严肃思考。因而与国外马克思主义文学理论的本土化形态相比，中国的本土化形态是实践的、行动的，也是相对单一的话语形态，缺乏与符号学尤其是新兴的符号学进行对话的机遇，这事实上直接影响中国马克思主义文艺理论的阐释力问题。

随着中国模式在世界的崛起与认可，中国马克思主义文艺理论也应该弥补本土化的缺失，在多元本土化的实践中突出马克思主义与符号学的对话，充分借鉴国外马克思主义符号学思想，以形成具有中国特色的马克思主义符号学形态，在新的文化语境中显示中国马克思主义文艺理论阐释的合法性与生命力。虽然一些马克思主义文艺理论家已经开始有所注意，譬如对文学审美意识形态理论的语言符号维度的深化[1]，但是，仍然需要在全球知识视野下深入展开交锋与交流。这可以有多条路径，其中三条是值得注意的。一是对国外马克思主义与符号学的交锋与融合的深入研究，从学理层面深入把握马克思主义与符号学的对话的可能性及其对话的有效性，这既包括俄苏马克思主义与符号学的纠结，也包括西方马克思主义与符号学的对话，还包括斯特劳斯、托多罗夫等结构主义符号学家对马克思主义的阐释，这是属于中国马克思主义文艺理论与国外马克思主义文艺理论的深入对话与融合的问题，也是国外马克思主义文艺理论本土化的重要维度。二是中国马克思主义文艺理论对国外代表性符号学成果的研究与吸纳。国外符号学从流派与关键概念到理论实践出现了众多著述，思想新颖，观点深刻，阐释有力，既有欧洲结

---

[1] 钱中文、冯宪光的研究具有代表性。钱中文从20世纪80年代开始在巴赫金的对话理论以及法国、苏联符号学的研究中深化中国马克思主义文艺理论研究，尤其推进文学审美意识形态论的符号维度建构，他认为："审美意识在长期发展中积淀了人的生存感受与感悟。先在口头语言的形式中获得表现，成为一种审美意识形式；其后融入了具有符号象征意义的文字，融入了具有独特的节奏、韵律的诗性语言的文字结构，使得审美意识获得了书写、物化的形式，特别在话语、文字多种结构的样式中，显示了与生俱来的诗意的审美与社会价值、意义、功能的复式构成的基本特性，以及它们之间高度的张力与平衡，最后历史地生成而为现代意义上的审美意识形态，试图找回文学本质特性探讨和文学观念形成中的历史感。"参见钱中文《文学意识形态与不是意识形态论引起的论争——兼论文学审美意识形态的逻辑起点及其历史生成》，《中外文化与文论》2007年第14辑。冯宪光深入研究西方马克思主义文艺理论的语言符号学思想，不断推进从认识论到语言符号论的转型，结合汉语结构特征，力图"建构当代中国马克思主义文学理论的审美意识形态的文本分析理论"。参见冯宪光、马睿《审美意识形态的文本分析》，四川大学出版社2001年版，第35页。

构主义语言符号学，又有英美逻辑实证主义符号学、实用主义符号学。这些符号学思想在中国已经进行了较为深入的研究，而中国马克思主义文艺理论没有认真地对待，这无疑影响到中国马克思主义文学理论的深度与阐释力。国外符号学在文本分析、意义阐释、结构机制方面的研究成绩斐然，中国马克思主义文艺理论与之深入对话，无疑会产生新的理论思维与话语形态，提升中国马克思主义阐释文学实践的能力。三是中国马克思主义文艺理论与中国符号学思想的对话。中国传统思想中不乏中国特色的丰富的汉语符号学思想，"言意之辩"、名实之论、"道可道，非常道"、《说文解字》《中原音韵》《集韵》《佩文韵府》等，不胜枚举，既有中国汉语音韵符号系统也有文字符号系统、语义语法符号系统。中国学者如何从马克思主义视野进入这些符号学思想，仍然是亟待研究的课题。沈约所言："欲使宫徵相变，低昂舛节，若前有浮声，则后须切响。一简之内，音韵尽殊；两句之中，轻重悉异。妙达此旨，始可言文。"（见遍照金刚《文镜秘府论》）这包含着汉语符号学的思想。按照赵元任所阐释，汉语符号学具有符号学的普遍性，也是独特的。汉语符号系统"更加微妙的是韵律，诗人可以用它来象征（symbolize）某种言外之意"。① 譬如岑参的诗句"北风卷地白草折，胡天八月即飞雪。忽如一夜春风来，千树万树梨花开"。用官话来念押韵的字"折""雪""来""开"，没有什么特别的地方，可是用常州方言来念，头两句收迫促的入声，后两句收流畅的平声，这种变化暗示着冰天雪地到春暖花开两个世界，"这是韵律象征着内容"。② 可以说，中国马克思主义文艺理论如何融入汉语语言符号以及中国符号思维，如何与赵元任的汉语符号学进行对话，关乎中国文学批评的发展，更关乎中国马克思主义文艺理论的阐释力的问题。

综上所述，中国马克思主义文学理论是马克思主义本土化结合的产物，已经形成了中国文学经验的有机部分。但是，这种本土化是有缺失

---

① 赵元任：《谈谈汉语这个符号系统》，见《赵元任语言学论文集》，商务印书馆2002年版，第877页。
② 赵元任：《谈谈汉语这个符号系统》，见《赵元任语言学论文集》，商务印书馆2002年版，第878页。

的，尤其缺失符号学的维度，在一定程度上影响了马克思主义文学理论阐释中国当代文学经验的有效性。虽然中国马克思主义实践经验包括文学实践是很多国外马克思主义文艺理论所缺失的，中国制度有着得天独厚的现实合法性，但是，其文学理论话语远远落后于国外马克思主义文学理论的对话性、创造性、有效性。这事实上表明，当中国取得现实实践的合法性权力基础之后，话语合法性的建构也理应展开，而中国马克思主义文艺理论却推迟了很久，虽然很早接纳了列宁的马克思主义，但是，没有充分吸收列宁与世界最新思想激烈碰撞的姿态。

第二节 消费文化的符号学批判

20世纪的法国符号学获得了世界性的声誉，这已成为不争之事实。在法国，不仅仅涌现了一大批的符号学理论著作，诞生了一批颇具影响的符号学家，而且还出现了一些很有影响的符号学的应用研究，尤其是形成了以罗兰·巴特（Roland Barthes）、让·波德里亚（Jean Baudrillard）等为代表的当代文化的符号学研究的态势。但是人们对列菲伏尔（Henri Lefebvre）的类似研究并没有引起重视。事实上，列菲伏尔从语言学、符号学的角度切入了当代文化的核心层面，从符号学层面探讨了消费、权力等意识形态。其既受到了巴特的研究模式的影响，又有意识地借鉴了20世纪自索绪尔以来的符号学理论，这既是对马克思主义对社会文化批判的持续，又体现出当代语言学、符号学转向的姿态。我们试图从符号学维度来清理列菲伏尔的文化批评的思路，探讨其对当代消费文化结构及其文化革命可能性的思想。

一 当代社会的符号学形态特征

列菲伏尔的兴趣不在于探讨严格意义上的符号学理论，而是在索绪尔（Saussure）、叶姆斯列夫（Hjelmslev）、格雷马斯（A. J. Greimas）、巴特、雅各布森（R. Jakobson）等的符号学理论的基础上展开应用性研究，从符号学角度来展示当代社会的符号学的形态特征，这些特征主要表现在元语言、能指与所指的关系、符合系统的演变方面。

在列菲伏尔看来，当代社会是一个语言现象或者符号的时代。20

世纪以来,语言符号成为唯一的参照物(referential)。词语游戏成为文学创作、社会实践、日常生活的重要的媒介。符号成为当代世界的表征,正如有学者看到的,"我们这个世界充满了符号,数量如此之多,以至于有时失去了意义"。① 在当代社会,符号到处蔓延,到处漂浮。这是一个充满元语言的时代,列菲伏尔对这种现象进行了揭示。按照巴特的理解,"元语言是这样一个系统,它的内容层面本身由一个意指系统组成,甚至还可以这么讲:它是研究符号学的符号学"。② 列菲伏尔认为,元语言理论建立于逻辑的、哲学的与语言学的研究的基础之上,"它被定义为:一种控制相同的或者另外的信息的符码的信息(符号群)"。③ 当一个人吐露他一部分符码,定义一个词语或者概括来解释一个意义时,他正在使用元语言。列菲伏尔十分重视雅各布森的元语言理论,认为元语言的运作是言语的正常的、当前的、本质的运作,"元语言,关于词语的词语,隔了一定距离的言语,出现于普遍的言语之中,其程度如此,以至于如果言语没有这种符码的最初的传送或者没有言语经验的成分的元语言,那么言语就是不可思议的。借用一个形而上学的隐喻,语言被包括在元语言的壳里。语言学的功能就是解释、解码并组织上述的运作"。④ 在列菲伏尔看来,元语言与参照物功能之间有一种矛盾,元语言功能腐蚀着参照物功能并取代它,参照物愈模糊,元语言就变得愈清晰愈重要。在 20 世纪,参照物日益萎缩,元语言却日益突出。以前,处于社会语境的词语与句子建立于可靠的参照物的基础之上,这些参照物彼此连接在一起,如果逻辑上不连贯那么也是黏在一起的,没有构成表达的单一的系统。并且,这些参照物具有一种来自物质知觉的逻辑的或者共同感的统一体。但是,20 世纪以来,"参照物在

---

① [法] 路易-让·卡尔韦:《结构与符号——罗兰·巴尔特传》,车槿山译,北京大学出版社 1997 年版,第 269 页。

② [法] 罗兰·巴特:《符号学原理》,王东亮等译,生活·读书·新知三联书店 1999 年版,第 84 页。

③ Henri Lefebvre. *Everyday Life in the Modern World*, trans. Sacha Kabinovitch (New Brunswick, U.S.A and London: Transaction Publishers, 1984), p.127.

④ Henri Lefebvre. *Everyday Life in the Modern World*, trans. Sacha Kabinovitch (New Brunswick, U.S.A and London: Transaction Publishers, 1984), p.128.

多种压力（科学、技术与社会变化）之下一个接一个地崩溃了。共同感与理性失去了它们的统一体，最终消解"。① 在这种情况下，元语言就日益彰显，符号变成主导的世界图像，并组织社会生活，甚至建构起日常生活。列菲伏尔看到，"对象实际上变成了符号，符号变成了对象；'第二自然'取代了第一自然，取代了可感知现实的最初层面"。② 参照物的萎缩使得语言与言语成为新的参照物，每一次参照物的消失就预示了向元语言的一次延伸，结果元语言取代了语言。所以，列菲伏尔认为："如果语言的沉醉统治着当今的场景，那么这是因为我们已经无意识地从语言过渡到元语言。"③ 如果符号学本身就是一种元语言④，那么列菲伏尔所言及的这种转变表明：当代社会是一个符号学的时代。

元语言的盛行也关涉能指与所指关系的变化。列菲伏尔认为，每一次参照物的消失就解放了一个能指，并使能指成为可以获得的，而元语言就迅速地对之进行了挪用。而且，随着可感知的现实的参照物的消失，能指与所指的统一被分割，表达就过渡到意指过程。这些现象在20世纪的艺术中得到了明显的表现。一个中欧的画派赋予所指第一重要性，观众尽可能地贡献能指，而一个巴黎的画派强调能指，允许观众来填充所指，这就是毕加索、布拉克（Braque）的立体主义。由于能指与所指的断裂，艺术作品可以指向更为精妙的能指，这无疑促进了对能指本身的重视，艺术作品的创作就成为不断发现与组织新奇能指的过程。列菲伏尔在乔伊斯的意识流小说中认识到能指与所指的辩证关系。他认为，对别人能指与所指是纯粹形式的地方，对乔伊斯却是辩证的，"能指变成所指，反之亦然。"⑤ 在乔伊斯的作品中，女性由流动性、河

---

① Henri Lefebvre. *Everyday Life in the Modern World*, trans. Sacha Kabinovitch (New Brunswick, U.S.A and London: Transaction Publishers, 1984), p. 112.

② Henri Lefebvre. *Everyday Life in the Modern World*, trans. Sacha Kabinovitch (New Brunswick, U.S.A and London: Transaction Publishers, 1984), p. 113.

③ Henri Lefebvre. *Everyday Life in the Modern World*, trans. Sacha Kabinovitch (New Brunswick, U.S.A and London: Transaction Publishers, 1984), p. 130.

④ [法] 罗兰·巴特：《符号学原理》，王东亮等译，生活·读书·新知三联书店1999年版，第86页。

⑤ Henri Lefebvre. *Everyday Life in the Modern World*, trans. Sacha Kabinovitch (New Brunswick, U.S.A and London: Transaction Publishers, 1984), p. 5.

流、水来意指，但是，当两个洗衣女工在黄昏唤起河流的传说时，它们就脱离了能指，变成所指。而在法国的新小说中，词语是冷酷的。这种客观的零度的写作成为无调的声音，正如有着固定音高的音乐间奏曲一样，意义成为精致的纯粹的形式，取代了以往的表达。词语符号的意义，不管是比喻的、专有的、类比的还是解释的意义在写作过程中消失了。结果，"符号在差异中区别，这种差异在意指过程中得到完全地揭示"。① 对此，波德里亚几乎同时认识到，他说："我们便从以所指为中心的信息——过渡性信息——过渡到了一种以能指为中心的信息。"②列菲伏尔看到，能指与所指的断裂导致的是能指的泛滥，所指的空乏，"在这个世界上，你恰恰不知道站住何处；当你把一个能指与一个所指联系起来时，你被海市蜃楼迷失了方向。"③ 因而，当参照物缺失时，人们不能再像以往那样从能指推出所指，从所指推出能指，不确定性就成为当代文化核心的范畴。

  当代社会的符号学形态特征也在符号学系统内部的演变中得到表征。列菲伏尔认识到整体的语义学发生了引人注目的变化。这主要体现在由象征（symbol）到符号（sign），再到信号（signal）的转变。对这三个概念的辨析是符号学的重要内容之一，巴特根据瓦隆、皮尔士、黑格尔、荣格的区分认为，信号是不具有心理再现的相关物，而在与之相对的象征与符号那里，心理再现是存在的，并认为，信号是直接并具实在性的，而象征所表现的关系是类比性及互不相符，而在与之相对的符号中，这种关系是无理解的、相符的。④ 事实上，与列菲伏尔同样研究日常生活的哲学家阿格妮丝·赫勒（Agnes Heller）也对这三者进行了区别，她认为，"符号是在社会活动中所发挥的功能的承担者，即是说，

---

① Henri Lefebvre. *Everyday Life in the Modern World*, trans. Sacha Kabinovitch (New Brunswick, U.S.A and London: Transaction Publishers, 1984), p. 10.

② [法]让·波德里亚：《消费社会》，刘成富、全志钢译，南京大学出版社2001年版，第133页。

③ Henri Lefebvre. *Everyday Life in the Modern World*, trans. Sacha Kabinovitch (New Brunswick, U.S.A and London: Transaction Publishers, 1984), p. 25.

④ 参见罗兰·巴特《符号学原理》，王东亮等译，生活·读书·新知三联书店1999年版，第27—28页。

它拥有意义"。① 而象征不仅仅与意义相关,而且总与价值和价值复合体相关,它是这些价值复合体的语言的或实质的表现,所以,符号是呈现(present),而象征是再现(represent)。赫勒认为,信号是约定的,它可以独立。列菲伏尔对三者的认识与巴特、赫勒的区分有类似之处,尤其是与赫勒极为相同,但是,他更注重符号学这三者的转变的历史性的考察。在他看来,在许多世纪,象征在语义学领域占据突出地位,它来自自然,包含着确定的社会意义。在我们文明的早期,随着书面语的权威性与日俱增,尤其是在发明了出版业之后,象征就向符号过渡。而在当代社会,正在发生着从符号到信号的转移。列菲伏尔颇为看重这第二次转移,他说:"虽然信号在语义学领域与象征和符号一起形成,但是它不同于那些,这在于它的唯一的意义是约定的,由相互的认同来赋予它。"② 因此,语义学领域的转移使得人们难以直接获得信号的意义,有时信号甚至没意义,就如组成分节单位的字母一样。对列菲伏尔来说,信号要求着、控制着行为举止,并由对立性因素构成。信号能以符码的形式聚集,从而形成了压抑系统。所以他说,语义学领域向信号的转变涉及感受屈服于压制与日常生活的普遍的调控,它通过消除语言所有其他的维度,消除象征、对比等意义,从而还原为一个单一的维度,这样,"信号与符码为人们与事物的操纵提供了实际的系统"。③ 语言的核心吸引活动,"剥夺这种活动的自发性,以适应性为代价把行为与技术转变为符号与意指过程"。④ 不过,值得注意的是,虽然列菲伏尔对象征、符号、信号进行了区分,但是,在具体的论述中,他并没有严格地进行区分,而是统摄在符号这一整体的范畴之中。这表现出他作为非严格意义上的符号学家的弊端。

总之,列菲伏尔通过符号学的切入认识到当代社会的符号学形态特

---

① [匈]阿格妮丝·赫勒:《日常生活》,衣俊卿译,重庆出版社 1990 年版,第 150 页。

② Henri Lefebvre. *Everyday Life in the Modern World*, trans. Sacha Kabinovitch (New Brunswick, U.S.A and London: Transaction Publishers, 1984), p. 62.

③ Henri Lefebvre. *Everyday Life in the Modern World*, trans. Sacha Kabinovitch (New Brunswick, U.S.A and London: Transaction Publishers, 1984), p. 62.

④ Henri Lefebvre. *Everyday Life in the Modern World*, trans. Sacha Kabinovitch (New Brunswick, U.S.A and London: Transaction Publishers, 1984), p. 100.

征。在这个世界,对象成为符号,成为一个物,"一个纯粹的形式"①,正如波德里亚所说,"我们生活在物的时代"。② 日常生活也成为弥漫符号的物体的世界以至于成为一种物质文化。这种世界的符号学结构不同于传统的,而是元语言、信号占据主导,表现出能指与所指的断裂。但是,作为一个马克思主义哲学家,列菲伏尔不仅仅在于揭示这些形态结构,而是进一步从符号学的这些结构性特征来剖析当代社会,探讨符号的意识形态功能。其中最主要的是对符号与消费意识形态、恐怖主义等关系的揭示。

二 符号与消费意识形态

当代社会的符号学形态特征也是与消费意识形态紧紧相关的。消费意识形态在当代不是赤裸裸的金钱或者货币,而是一个文化问题,一个美学问题。波德里亚说:"商品(服装、杂货、餐饮等)也被文化了,因为它变成了游戏的、具有特色的物质,变成了华丽的陪衬,变成了全套消费资料中的一个成分。"③ 詹姆逊(Fredric Jameson)也看到:"在商品生产与销售的这种意义上,经济变成了一个文化问题。"④ 但是在当代,商品与文化都成为一个符号,因此,要深入地展开当代消费文化的研究就必须探讨这种现象的符号结构。列菲伏尔就是从符号与消费的问题来切入当代消费文化,来揭示符号的消费意识形态功能。并且,随着大众传媒的日益兴盛,不断地散播各种符号,使得当代人置身于由符号构成的第二自然之中,尤其处身于由流行构成的符号系统之中,最终符号成为当代人的图腾。列菲伏尔不是充当这些符号的虔诚的膜拜者,而是成为当代神秘符号的积极的解释者,从而揭示了当代符号与消费的

---

① Henri Lefebvre. *Everyday Life in the Modern World*, trans. Sacha Kabinovitch (New Brunswick, U. S. A and London: Transaction Publishers, 1984), p. 7.
② [法]让·波德里亚:《消费社会》,刘成富、全志钢译,南京大学出版社2001年版,第2页。
③ [法]让·波德里亚:《消费社会》,刘成富、全志钢译,南京大学出版社2001年版,第5页。
④ [美]弗雷德里克·詹姆逊:《论全球化的影响》,王逢振译,《马克思主义与现实》2001年第1期。

共谋的实质。

在列菲伏尔看来,"现代世界"是工业化与控制的产物,这些使工人社会化并调节消费。现代社会可以称为技术统治的社会,休闲社会,但是,自1950年以来,"消费社会"日益盛行。据统计学证明,在高度工业化的国家,物质的、文化的物品的消费不断增加,所谓像小车、电视机等耐用的物品正获得新的,甚至愈来愈大的意义。生产者完全意识到了市场,不仅仅意识到有偿付能力的要求,而且意识到消费者的欲望与需要。这样一个社会列菲伏尔称之为"控制消费的官僚社会"。不过列菲伏尔主要结合符号学思想,尤其结合当代社会的符号学形态特征来分析消费问题的,也就是认识到消费意识形态体现在符号之中,体现在图像的形式之中。因此,符号在当代的消费中也得到了充分的挖掘与运用。无数的能指解放了或者不充分地联系所指,这使广告与宣传品成为可能。一个微笑是日常幸福的象征,是消费者的象征,如波德里亚说:"'某种微笑'是消费的必须符号之下。"①

社会文化符号化了,商品、消费品也符号化了。宣传品通过符号的伪装(make-believe)不仅仅提供了一种消费意识形态,不仅仅创造了消费者"我"的一个图像。它还使消费者在行为中意识到自己,从而与自己的理想调和。它建立在事物的想象存在的基础之上,并涉及"强加于消费技术与内在于图像之中的修辞与诗"②,这种修辞不局限于语言而是浸入到经验,一出时装表演中的展示橱窗是修辞的偶发艺术,是事物的语言符号。列菲伏尔认为,宣传品是一种语言符号,是一种符号亚系统,是一种具有象征、修辞与元语言的交换语言。但是通过符号,交换的对象与交换价值共存,交换价值也成为一种符号系统。列菲伏尔这种分析整合了符号学与马克思在《资本论》中所谈及的经济的交换是一种脱离了内容的形式的思想。对列菲伏尔来说,宣传品意在促进消费,它是消费品的第一,它创造神话,它借助于现存的神话为双重的目

---

① [法] 让·波德里亚:《消费社会》,刘成富、全志钢译,南京大学出版社2001年版,第129页。

② Henri Lefebvre. *Everyday Life in the Modern World*, trans. Sacha Kabinovitch (New Brunswick, U.S.A and London: Transaction Publishers, 1984), p.90.

的输送能指,即提供能指普遍的消费与激起一种特殊的对象的消费。因此,宣传品挖掘神话并重新调控微笑、展示等神话。列菲伏尔说:"宣传品用作意识形态,对一种对象传授一种意识形态主题,并赋予它一种真实与伪装的双重的存在。它挪用意识形态术语,把被挖掘的能指与重新调控过的所指联系起来,而没有进一步涉及神话学。"① 这种意识形态在列菲伏尔看来主要是消费意识形态,"宣传品获得一种意识形态的意义,交换的意识形态,它取代了曾经是哲学、伦理学、宗教与美学的东西"。② 但是,宣传品在形成消费意识形态的主导时,又挪用了美学与伦理价值。

在列菲伏尔看来,当代消费的失望感的原因是多方面的,但是,其中之一就是事物的消费与来自这些事物的符号与图像消费的联系。他认为,当今的消费行为既是一种现实的行为,又是一种想象的行为;既是隐喻的,又是转喻的。这样,在想象的或者伪装的消费与现实的消费之间就没有本质性的分界线,只存在一种流动的分界线。所以列菲伏尔认为:"消费品不仅仅被符号与'好'增添荣耀,因为它被意指;消费主要涉及这些符号,不涉及这些消费品本身。"③ 年轻人消费现在、立刻,消费年轻、女性、流行这些符号系统;工人阶级置身于消费符号之中,消费过度泛滥的符号;知识分子与修辞、语言、元语言随波逐流,伪装的符号形态永远取代了经验,这种取代使知识分子忽视了他的条件的平庸,忽视了权力与金钱的缺乏,并成为社会阶梯晋升的标签。在当代,女性意识形态成为一种与消费意识形态和技术意识形态的另一种形式,时装、烹饪就如巴特所说的成为一种符号的亚系统。所以,语言、符号的变化与消费构成了同谋,符号促进着消费,这尤其表现为列菲伏尔对汽车这一符号亚系统的分析。他认为,汽车是"对象"的象征,是主

---

① Henri Lefebvre. *Everyday Life in the Modern World*, trans. Sacha Kabinovitch (New Brunswick, U.S.A and London: Transaction Publishers, 1984), p. 106.

② Henri Lefebvre. *Everyday Life in the Modern World*, trans. Sacha Kabinovitch (New Brunswick, U.S.A and London: Transaction Publishers, 1984), p. 107.

③ Henri Lefebvre. *Everyday Life in the Modern World*, trans. Sacha Kabinovitch (New Brunswick, U.S.A and London: Transaction Publishers, 1984), p. 91.

导对象（Leading-Object），"它从经济学到言语多方面地引导行为"①。汽车作为一种公路交通工具，其实际意义仅仅是其社会意义的部分，这种极为特权化的对象具有第二位的，更加鲜明的意义，这种意义比第一种更为模棱两可，因为现实的与象征的，实际的与伪装的被象征主义表达、暗示、支撑与强化。所以，"汽车是一种地位象征，它代表舒适、权力、权威与速度，除了其实际的使用之外，它被作为符号消费"②。它是魔术般的东西，是一种来自伪装土地上的公民。当涉及汽车时，言语变成了修辞的与非现实主义的，这种意义的对象具有一个意义的随从，即语言、言语、修辞，其各种意义彼此涉入、强化与中立化，因为它代表了消费并消费了象征，它使幸福象征化，即通过象征实现幸福。

可见，当代社会出现的是展示的消费、消费的展示、消费的展示的消费、符号的消费、消费的符号。符号的消费成为列菲伏尔关注的焦点。这种符号的消费具有确定的特征，例如脱衣舞，它是色情象征的仪式化消费。在这个社会，文化也是消费的项目，艺术作品与风格也为了快速的消费被分配、传播。事实上，所有能够被消费的成为一种消费的象征，消费者被熟练与财富的象征，被幸福与情爱的象征所养育，符号与意义取代了现实。尤其是参照物缺乏时，能指被大量地无区别地在符号消费中消费，两者以任何方式，在任何地方媾和。

列菲伏尔还谈及了元语言的消费。这也是一种文化消费。他认为，绝大多数的文化消费意在消费艺术作品与风格，但事实上仅仅是消费象征，消费艺术作品的象征，"文化"的象征，也就是说，"消费者消费元语言"③。去威尼斯的游客不吸收威尼斯，而是吸收关于威尼斯的词语，手册的书面语与演讲、扬声器、录制品的口语，他听听看看，他用金钱换来的商品、消费品、交换价值就是关于 San Marco 广场、Palazzo dei Dogi 或者丁托列托（Tintoretto）的语言评论。因而大众文化与旅游

---

① Henri Lefebvre. *Everyday Life in the Modern World*, trans. Sacha Kabinovitch (New Brunswick, U. S. A and London: Transaction Publishers, 1984), p. 100.

② Henri Lefebvre. *Everyday Life in the Modern World*, trans. Sacha Kabinovitch (New Brunswick, U. S. A and London: Transaction Publishers, 1984), p. 102.

③ Henri Lefebvre. *Everyday Life in the Modern World*, trans. Sacha Kabinovitch (New Brunswick, U. S. A and London: Transaction Publishers, 1984), p. 133.

业是关于词语的词语的消费，即元语言的消费。列菲伏尔看到，当代文化消费甚至没有消费许多艺术作品，消费的仅仅是二手的作品、评论、注释、论文、手册与指南，即元语言。可以说，当代消费的是语言符号，符号的能指就如商品一样渴求着交换，"能指准备着消费"。① 这些语言符号的消费以伪装为特征，表现在电视游戏、竞争、广告、宣传等方方面面，而且伪装的商品以高价出售。这种现象渗透到日常与非日常生活之中。列菲伏尔的研究就是意在揭示这种秘密的神话，他说："我们的目的事实上是把非日常的暴露为伪装的日常，非日常的回到日常来掩藏自己；这种运作通过语言消费（或元语言消费）得到完美地运行，甚至这比通过展示游戏更为成功。"② 因此，符号在当代被消费充分地运用，这是一个抽象的过程，也是一个审美的过程，其实质是货币神秘化的过程。

可以看到，列菲伏尔把符号学与消费意识形态的探讨结合了起来，揭示了符号与消费共谋的现象。其既持续着法国由巴特开创的流行文化的符号学批判的模式，又注重从意识形态层面来揭示消费文化的神话本质，表现出马克思主义与符号学的结合的当代倾向。

三　符号与恐怖主义

列菲伏尔不仅仅揭示了当代符号社会的消费意识形态，更进一步剖析了符号与恐怖主义权力的深层次关系。事实上，从象征到信号的转变已经透视出压抑的结构系统的特征。元语言的盛行又剥夺了活动与行为的自发性因素，正如列菲伏尔所说："我们被空虚笼罩着，但是这是一种充满符号的空虚。"③ 这意味着现实的抽象化、形式化，意味着使用价值的萎缩，经验价值的丧失，这恰恰是当代社会异化的经典形式。因此，如果当代社会是一个符号化的时代，那么也是一个压抑的社会，即

---

① Henri Lefebvre. *Everyday Life in the Modern World*, trans. Sacha Kabinovitch (New Brunswick, U.S.A and London: Transaction Publishers, 1984), p.140.

② Henri Lefebvre. *Everyday Life in the Modern World*, trans. Sacha Kabinovitch (New Brunswick, U.S.A and London: Transaction Publishers, 1984), p.142.

③ Henri Lefebvre. *Everyday Life in the Modern World*, trans. Sacha Kabinovitch (New Brunswick, U.S.A and London: Transaction Publishers, 1984), p.135.

一个恐怖主义社会。在列菲伏尔那里，符号与恐怖主义形成了同谋关系。

列菲伏尔认为："一个恐怖主义社会是一种过分压抑的社会的逻辑的、结构的结果。"① 他首先分析了写作与恐怖主义的关系，认为书面语的意义出现于对压制的批评的分析。如果说日常生活的历史是适应与压制的辩证运动的话，那么在恐怖主义社会，后者胜过了前者，其中写作就发挥重要的角色，"压抑的非暴力的写作——或书面材料——建立了恐怖"②。写作制定法律，事实上是法律，它是强制的，它强加一种态度，固定文本与语境。这与赫勒对极权主义社会的批判有异曲同工之妙，赫勒说："意义不与文本有关，而是被统治的解释有关。它强迫地规定这种解释一直是真实的，并且这是唯一真实的解释。因而对文本解释的平等权被禁止。"③ 对列菲伏尔来说，书面语作为原初的制度化而进入社会经验，通过组织创造与活动来固定它们。从符号学角度说，书面语指向别的"某物"，诸如习俗、经验、事件，然后成为独立的所指。写作的事件替代了写作的所指，书面语就倾向于充当元语言，它就抛弃了语境与所指。这样，"一个建立于写作与书面材料的社会倾向于恐怖主义"④。书面材料通过心灵的运作加密与解密从而具有了元语言的权力。

流行作为一种符号体系，也是恐怖主义的一个维度。这不是说仅仅是流行才使恐怖占据突出的地位，而是说它是恐怖主义社会的一个有机整体的部分。流行通过排除日常生活而统治日常生活，因为日常生活不能是流行的。准神（semi-gods）没有一种日常生活，它们的生活每天在流行领域中从惊奇到惊奇，但是，日常生活仍然在那里，这在列菲伏尔看来"就是恐怖的统治，特别是当'流行'现象散播到理智、艺术、

---

① Henri Lefebvre. *Everyday Life in the Modern World*, trans. Sacha Kabinovitch (New Brunswick, U.S.A and London: Transaction Publishers, 1984), p. 147.

② Henri Lefebvre. *Everyday Life in the Modern World*, trans. Sacha Kabinovitch (New Brunswick, U.S.A and London: Transaction Publishers, 1984), p. 152.

③ Agnes Heller. Dictator over need, Oxford: Basil Blackwell, 1983, p. 188.

④ Henri Lefebvre. *Everyday Life in the Modern World*, trans. Sacha Kabinovitch (New Brunswick, U.S.A and London: Transaction Publishers, 1984), p. 156.

'文化'各个领域时"①。流行抓住力所能及的一切，具有一种没有特别的压力群体的压力，从而影响整个社会及其行为领域，干预并贯穿不同的领域，这样，"整个社会由一些系统（或亚系统）指定与委托，这些系统比得上原型系统、元语言，并完成了它"②。流行的主要特征不关注适应，其目的既不是人类身体，也不是社会活动，而是事物的变化与过时。它在现代的意义上与流行杂志一同诞生，其统治来自元语言。它建立于波德莱尔的审美现代性的特征的基础之上，不断地寻求变化，今天流行的已经准备了明天的流行，流行始终在其自己的毁灭中繁荣昌盛。然而，对局外人来说，流行具有永恒的样子，局外人不能理解昨天穿的是什么，也不知道明天会穿什么，昨天的流行是可笑的，明天的不可思议，但是，今天被永恒化，它是唯一存在的。写作、元语言同样具有这种永恒性的特征，具有明显的非历史性，但是恐怖内在于其中。因此，流行在现代是建立于元语言、书面语之上的制度，它具备巴特所说的符号的武断性。在巴特看来，在流行体系中，符号是相对武断的，每年它都精心修饰，不是靠使用者群体，而是绝对的权威，即时装集团或者书写服装中，或者就是杂志编辑。所以流行时装符号属于独一无二的寡头概念与集体意象的结合点上，巴特看到："流行符号的习惯制度是一种专制行为。"③ 事实上列菲伏尔充分考虑了巴特的认识，其流行符号的恐怖主义的认识与巴特的符号的专制性的观点具有一致性，不过列菲伏尔展开了更为具体的也更具意识形态的批判。

同样，年轻性也作为一种元语言被制度化了，从而散播着恐怖。列菲伏尔认为，年轻性带着商业化的属性与特征，确证了特殊对象的生产与消费。它这种实体在普遍的消费上设置了一种体面与"可爱"的灵韵，因而在当代世界，年轻之星最高、最明亮。谁害怕看起来年轻？谁害怕成为年轻呢？列菲伏尔认识到年轻性带有组织与制度这种运作环

---

① Henri Lefebvre. *Everyday Life in the Modern World*, trans. Sacha Kabinovitch (New Brunswick, U.S.A and London: Transaction Publishers, 1984), p. 165.

② Henri Lefebvre. *Everyday Life in the Modern World*, trans. Sacha Kabinovitch (New Brunswick, U.S.A and London: Transaction Publishers, 1984), p. 166.

③ [法]罗兰·巴特：《流行体系——符号学与服饰符码》，敖军译，上海人民出版社2000年版，第243页。

境，它是现实年轻的残余物，它能够使这些年轻人挪用现存的象征，通过像歌曲、报刊、论文、宣传品等这些明确阐明了的元语言消费幸福、色情、权力与宇宙的象征。因此，在年轻人的迷醉、疯狂之中，元语言彻头彻尾地发挥作用，这是一个没有芳香世界的芳香，空虚的能指所意指的就是年轻本身：年轻性，"年轻是成为年轻快乐的证据，是成为年轻的证据，因为人的年轻"①。性的欲望也如此，性作为实体被建立，它挪用欲望的象征。为了组织欲望，性的能指必须被抓取，被意指，它必须被符号激励，被视力，更准确地说被裸露的行为、回忆欲望的折磨的形式刺激，也就是说，必须使性的欲望符号化。但是，欲望拒绝被意指，它创造自己的符号，这样，欲望的符号或象征只能激起欲望的滑稽模仿，只是现实事物的一种伪装。所以，列菲伏尔认为，性的符号化使性被还原为一种精致化的社会与理智的实体，最终捣毁了日常生活，从而促进了恐怖主义。

可以说，在当代，流行、年轻性、性的欲望成为了消费的对象，成为了符号化的元语言。而且这些元语言构成了强制性的符号系统，渗透到日常生活的各个维度，这导致了空间的纯粹形式化，导致了"符号的暴力"，事实上，这对列菲伏尔来说就是导致了恐怖主义社会的产生。列菲伏尔清楚地看到："一种纯粹的（形式的）空间界定了恐怖的世界。如果颠倒这种观点，那么它仍然保持其意义：恐惧界定一个纯粹形式的空间，它自己的权力空间。"② 形式的纯粹抽象是形式的权力的运作过程，这种纯粹抽象的欲望赋予了形式以恐怖化的权力。纯粹的形式就其纯粹性而言获得了一种可理解的透明性，成为可以操作的，成为一种分类与行为的媒介，但是，它本身并不存在，"形式与内容的任何分离涉及某种幻象与表面性"③。作为一种形式，它只是一种抽象，而被感觉到存在的是形式与内容辩证的矛盾的统一。所以，列菲伏尔认为：

---

① Henri Lefebvre. *Everyday Life in the Modern World*, trans. Sacha Kabinovitch (New Brunswick, U.S.A and London: Transaction Publishers, 1984), p. 171.

② Henri Lefebvre. *Everyday Life in the Modern World*, trans. Sacha Kabinovitch (New Brunswick, U.S.A and London: Transaction Publishers, 1984), p. 179.

③ Henri Lefebvre. "Foreword", in *Critique of Everyday Life*, Volume one. trans. John Moore, (London, New York: Verso, 1991), p. 81.

"分离开内容（或者参照物）的形式被恐怖主义强化。"① 这表明，在当代社会，消费文化的符号化、形式化与恐怖主义构成了内在的同一性，它们彼此强化。纯粹的形式以伪装的形式设置了自己的自律权利，而恐怖主义也维持着幻象，维持着批判思想的零度。形式与来自形式的制度的恐怖主义功能就是维持透明性与现实的幻象。日常生活中的人们拒绝相信他们自己的经验，并且拒绝理所当然，他们不必按照这种方式行动，没有人强迫他们，但是他们自己强迫自己，列菲伏尔认为这是"恐怖主义社会的典型特征"②。按照伊格尔顿的理解，列菲伏尔这种认识恰恰就是审美的领导权的实践，如果说"审美只不过是政治之无意识的代名词"③，那么在列菲伏尔这里，符号就是恐怖主义权力之无意识的代码。

可见，列菲伏尔对符号的意识形态功能进行了较为深入的思考。这种思考表现出他对当代审美文化的批判，对制造这些符号的权力主体的批判。符号的运作导致了当代日常生活的审美化，促进了当代社会的消费意识形态的日常生活化，加剧了当代恐怖主义的自然化，这事实上是当代消费社会的典型的异化现象。既然符号形式是日常生活危机的根本原因之一，既然符号成为消费与恐怖主义社会的重要中介，那么一种可能性的新社会就必须消除或者转变这种符号中介。因此，对当代社会的符号学批判就成为列菲伏尔的文化革命、日常生活批判的重要维度。他说："我们的激进分析以形式主义、结构主义与功能主义来反对它们自己，以一种形式的分类攻击着迷的分类，揭露它们的普遍内容，既是由恐怖维护的日常生活。"④ 这样，文化革命的一部分就是消除恐怖主义，探讨反恐怖主义的可能性，这是探寻或者张扬一种与生产主义、经济主

---

① Henri Lefebvre. *Everyday Life in the Modern World*, trans. Sacha Kabinovitch (New Brunswick, U.S.A and London: Transaction Publishers, 1984), p. 180.

② Henri Lefebvre. *Everyday Life in the Modern World*, trans. Sacha Kabinovitch (New Brunswick, U.S.A and London: Transaction Publishers, 1984), p. 187.

③ [英]特里·伊格尔顿：《美学意识形态》，王杰等译，广西师范大学出版社1997年版，第26—27页。

④ Henri Lefebvre. *Everyday Life in the Modern World*, trans. Sacha Kabinovitch (New Brunswick, U.S.A and London: Transaction Publishers, 1984), p. 180.

义、恐怖主义相对的价值范畴，列菲伏尔说："文化革命实现的最本质的条件之一就是艺术、创造、自由、适应、风格、经验价值、人类这些概念被恢复并重新获得它们完全的意义。"① 这离不开语言符号的转型的探讨与实践，这涉及一种语言的发明，因为日常生活语言的转变意味着形成一种不同的日常生活，"日常生活的转型是某种新东西的，要求新词语的东西的创造"②。列菲伏尔这种寻求形式与内容的辩证统一，反对写作的元语言的思想事实上透视出他"寻求对话，面对面的交往，为普通人改善生活的质性"③。虽然他与德里达的思想存在颇多之分歧，但是与德里达一样，都意在"拯救语言"，"去转变一种存在霸权的情景"，"去叛逆霸权并质疑权威"。④ 列菲伏尔力图通过言语来拯救书写符号系统的权威性，对抗着虚拟的当代意识形态的符号学结构。列菲伏尔这种学术思路尽管存在一些问题，但是，在20世纪70年代，这已经具有世界性、当代性，它既持续了自20世纪50年代起巴特所开创的流行文化的符号学批判，又直接影响到他的教学助手波德里亚的研究。波德里亚在列菲伏尔传统的基础上继续着对当代文化的符号学研究⑤，其成效卓然可见。因此，列菲伏尔的研究模式既体现了法国符号学应用研究的主流趋势，又体现了马克思主义对当代文化批判的新维度，他与巴特、波德里亚构成了法国马克思主义的当代消费文化的符号学批判的重要的学术范式。不过，人们过多关注的是列菲伏尔日常生活批判理论，而忽视了这一重要的维度。

---

① Henri Lefebvre. *Everyday Life in the Modern World*, trans. Sacha Kabinovitch (New Brunswick, U. S. A and London: Transaction Publishers, 1984), p. 199.

② Henri Lefebvre. *Everyday Life in the Modern World*, trans. Sacha Kabinovitch (New Brunswick, U. S. A and London: Transaction Publishers, 1984), p. 202.

③ Philip Wander. "Introduction to the Transaction Edition", in *Everyday Life in the Modern World*, p. 11.

④ 参见［法］雅克·德里达《书写与差异》，张宁译，生活·读书·新知三联书店2001年版，第15、24页。

⑤ 请参见 Mark Poster. " Jean Baodrillard (1929—)", *Routledge Encyclopedia of Philosophy*, Vol. 1, p. 662.

第三节 艺术的必然性

恩斯特·费歇尔（Ernst Fischer，又译为恩斯特·费舍）是一位当代马克思主义审美的人类学研究者，他重新论述了艺术存在的必然性的历史哲学的使命，对审美意识形态进行了深入的人类学探究。伊格尔顿在总结当代马克思主义文学理论的四种批评模式即人类学的、意识形态的、经济的、政治的模式时，把费歇尔视为人类学批评中继普列汉诺夫、考德威尔之后的重要代表。① 国内学者对费歇尔的文艺理论与美学的研究由于资料的缺乏难免偏颇，尤其尚未深入探讨 1959 年出版的著作《艺术的必然性》（英译本 1963 年）以开放的眼光与诗性的体验对机械化、简单化的庸俗马克思主义美学的超越。笔者试图从审美人类学的角度对《艺术的必然性》进行阐释，考察其对艺术起源和功能、内容与形式等美学核心问题的解答，并在后现代语境中反思其宏大叙事的美学建构的价值与缺陷。

一 劳动作为巫术：艺术起源与功能的实践基础

人类学是最集中思考人类的存在与价值的学科，哲学人类学与文化人类学构建了人类的价值与事实的两重维度。马克思主义审美人类学是从人类学的视野对艺术或者审美的经验与价值进行意识形态的分析，提出文艺的起源、功能、发展以及存在形态的根本问题，并试图对这些问题做出马克思主义的本质性回答。这在 20 世纪国外马克思主义审美人类学研究中是颇为突出的，费歇尔就是其中之一。他立足于普罗米修斯的高度通过艺术存在的人类学的阐释回答了当代西方社会的艺术危机问题。在《艺术的必然性》开篇，他就明确指出："艺术曾经是，现在是，将来仍然是必然的。"② 要理解这种必然性就不能绕开艺术的起源

---

① 请参见 ［英］伊格尔顿《马克思主义文学理论》，载《历史中的政治、哲学、爱欲》，马海良译，中国社会科学出版社 1999 年版，第 110 页。

② Ernst Fischer. *The Necessity of Art—a Marxist Approach*, trans. Anna Bostock, Penguin Books, 1963, p. 7.

和功能的命题。

费歇尔对艺术的起源和功能的考察是结合马克思关于劳动（工作）的哲学人类学和文化人类学推进的。其提出问题的原点是把遥远的古代视为理想的原型，将古代视为艺术活动展开的蓄水池。作为一位马克思主义文艺美学家，费歇尔充分吸收文化人类学关于巫术研究的成果来理解或深化马克思主义的哲学与美学问题，解决长期充满疑问的艺术起源的命题。这关键在于解决巫术与劳动（工作）的关系问题。在20世纪60年代，这也是卢卡奇所关注的核心问题之一，但是，两者的认识有所不同。费歇尔把巫术融入劳动（工作）的解释之中，对马克思的劳动学说进行了文化人类学的阐释。工作是专属于人类的活动，它使自然发生转变，本身是一种巫术。工作通过巫术的手段改变对象，并赋予这些对象以新的形式。人类通过制造工具与使用工具才成其为人，不断生产与再生产自己，超越自己。一根木棍不仅是一根棍子，而且增添了巫术力量。人类在制造工具的过程中拥有了模仿的能力，制造出更有价值的工具，带来了对自然的掌握，因此"效仿是一种力量的武器，是巫术的武器"。① 工作也促进了语言体系的形成。语言既是表达又是交流，具有巫术的功能。它作为人类强有力的工具，不仅可以理性地整理人类活动，描述和传达经验，从而提高效率，而且通过赋予对象以词语来选择对象，从而把对象纳入人类的掌控之中，这虽然导致了人类对自然的畏惧但是赋予了人类以控制自然的能力，这种巫术功能"正是所有艺术的实质"。② 第一个制造工具的人赋予了石头以新形式，使之服务于人类，他是第一个艺术家；第一个给事物命名的人，第一个组织者也都是艺术的先行者。"艺术是一种巫术的工具，它使人类掌握自然并发展社会关系。"③ 费歇尔通过对劳动实践这一人类本质的分析，确立人类优越于动物的哲学人类学基础，赋予人类以征服自然、控制自然、延

---

① Ernst Fischer. *The Necessity of Art—a Marxist Approach*, trans. Anna Bostock, Penguin Books, 1963, p. 29.

② Ernst Fischer. *The Necessity of Art—a Marxist Approach*, trans. Anna Bostock, Penguin Books, 1963, p. 33.

③ Ernst Fischer. *The Necessity of Art—a Marxist Approach*, trans. Anna Bostock, Penguin Books, 1963, p. 35.

伸自身能力的劳动工作形式，这正是马克思主义的实践观。但费歇尔富有创见的探索则是：这种实践融合了巫术的起源与功能，实践在某种程度上是巫术活动，劳动等于巫术，劳动者等于巫师，工具就是魔棒。如此就形成劳动=巫术=艺术的三位一体，三者可以互相阐释，艺术的起源也随之得以理解。劳动本体意义仍然存在，但是，与巫术的理解达成了内在的一致性，艺术的内在本质也就是劳动的巫术性。卢卡奇在《审美特性》中也如费歇尔一样分析从宗教、艺术、科学的统一体走向科学、艺术等高级形式的演变过程，而且认为，人类最初的日常生活都与巫术相关。卢卡奇在清理弗雷泽、泰勒关于巫术观念基础上，接受了汤姆逊（Thomson）关于原始巫术是反映现实的一种幻象技术的观念。但是，对卢卡奇而言，本体论基础是日常生活，巫术仅是日常生活过渡到艺术的中介："巫术和审美的交织，巫术为现实的审美反映的形成所作的准备首先在于，把一个统一的自身完整的生活过程的映像作为目标，由此开始自发地形成一些重要的审美范畴如情节、典型等。"[①] 巫术活动与日常生活相关但又超越了日常生活，孕育了艺术的审美发生。卢卡奇仅仅是把巫术作为艺术起源的中介而没有如费歇尔那样把劳动视为巫术，进而把巫术视为艺术的起源、功能、本质，视为在人类社会的艺术中持续存在的实质。不过，他们都没有忽视人类的本质性力量的存在，这种力量的形成来自劳动，这应该说是马克思主义实践美学的人类学基础。

巫术既是艺术起源的问题，也是艺术功能的问题。费歇尔认为，艺术的功能是融合个体与集体的手段。人类欣赏艺术是超越自己的特殊性走向完美，把自己与群体存在联系起来，使个体成为社会的人。艺术对自然施加力量，强化了集体的经验，它是个体回归集体的路径，从"我"进入"我们"。"艺术能够把人类从碎片状态提升到一种整体的有机的存在。"[②] 在石器时代，图像不可能具有审美创造的快乐，而是涉

[①] ［匈］卢卡奇：《审美特性》第一卷，徐恒醇译，中国社会科学出版社1986年版，第353页。

[②] Ernst Fischer. *The Necessity of Art—a Marxist Approach*, trans. Anna Bostock, Penguin Books, 1963, p. 46.

及集体的生与死、存在与不存在的问题。在巫术模仿仪式中,个体被同化到集体之中,生产的经验、性的经验、规则和义务都因此而赋予年轻人,部落的年轻人在仪式中饱受折磨,甚至留下一生的创伤印记,最后与不朽的集体,与祖先融为一体。现代个体虽然摆脱了集体合唱,但是,合唱的回音仍然回荡在个体人格之中。集体的因素虽然以"我"的形式主观化,但是,人格的实质仍然是社会的,甚至最主观的艺术家也是以社会的身份而工作的。现代诗歌以语言来表达个体的经验是如此主观,以至于所有惯例被捣毁,与他人联系的纽带也被割裂,这似乎与诗歌的功能背道而驰,但是,即使不可表达的最主观性的经验也仍然是人类的经验、社会的经验。即使当今最典型的艺术家的孤独,也是一种社会经验。这种认识与考德威尔的观点有直接的联系。后者认为,艺术不是个体的孤芳自赏,而是具有群体性、社会性,表达着集体的共同感情。诗成为集体智慧的共同媒介,凝聚了集体节庆中激越的感情,有着它自己的集体生命。它是活着的群体和所有祖先的阴魂,共同创造维系传统的源泉。"诗同舞蹈、宗教、仪式和音乐融为一体,成为部落的本能能量的巨大的转换开关,它把这些本能能量引导到一系列集体性的活动中。"① 费歇尔没有关注心理本能与集体融合的问题,而是从巫术的文化人类学阐释来触及艺术作为个体与集体的中介。

费歇尔认为,虽然艺术的功能随着世界的沧海桑田不断嬗变,亚里士多德和布莱希特的艺术功能观是不同的,阶级社会的艺术的功能不同于原始时期的艺术的功能,但是,在艺术中仍然有一种不变的真理,仍然能够在时间性和历史变迁中寻觅到永恒不变的价值。史诗被马克思视为非发达的史前的艺术形式,作为正常的儿童体现出永恒的魅力,超越了时间。这种不变的永恒性的真理对费歇尔来说来自于巫术形式的本质意义。

二 艺术形式的人类学基础

内容与形式的问题在20世纪文艺理论、美学中重新得到讨论。在

---

① Christopher Caudwel. *Illusion and Reality*, New York: International Publishers, 1937, p. 27.

语言学转向的语境下人们对形式倍加关注。但是，费歇尔始终把形式与内容、意识形态结合起来，挖掘形式的意识形态性及其人类学的基础。

一方面，费歇尔认为，内容是形式的决定性因素。自柏拉图、亚里士多德开始，形式是最重要的，质料屈居次位。在阿奎那看来，事情的秩序是最终的结构，秩序的观念是最终的原则，因而"形式等同于事物的本质，质料被降格于次要的非实质的地位"。① 资本主义时代的艺术家也信奉这种观念。费歇尔反对这种形式决定论，认为虽然水晶在无机界中是最完美的形式，但这种形式不是形式的形而上学的原则的最终决定，而是为原子的特性所决定，水晶的原子不是静态的而是处于不断的动态之中，运动状态影响温度，进而改变形式。因此，形式是物质在一定条件下暂时变化的结果。对称不是追求最终的形式，而是倾向于"能量的守恒"，是能量稳定状态的表现，最稳定的原则也就是最高级的对称。内容不断在变化，就突破现有的形式，创造新的形式，被改变的内容再一次得到稳定，这是内容与形式的动态关系。费歇尔把形式视为保守的而把内容视为革命的。在有机物世界，遗传是保守的，变化是革命的。在人类社会，生产关系，即生产的形式是保守的，而生产力即所有社会结构的经济内容则是革命的。资本主义不言说民主的内容，而是言说其民主的形式，事实上是维护其永恒的统治地位。艺术形式主义不仅是艺术表达的问题也是社会现实的形式的问题，联系着意识形态的权力结构问题。不过，费歇尔指出，社会现实影响艺术形式不是简单化的，而是一个间接的过程，社会的、技术的、意识形态的因素是如何共同创造新的风格的，难以得出准确的答案，因为社会现实如豪瑟尔所说的是复杂的综合体，具有从不同方面发展的可能。但是，艺术表达的需要和方式是受阶级控制的。观看和聆听的新方式不仅是精致化的感觉的结果，而且是社会现实的需要。

另一方面，形式对艺术具有独特性、本体性。费歇尔指出，虽然内容决定形式，但是，断言形式不在艺术之中，断言艺术所有问题直接联系着社会条件，这是对艺术本质的完全误解。不能从纯粹进步或反动的

---

① Ernst Fischer. *The Necessity of Art—a Marxist Approach*, trans. Anna Bostock, Penguin Books, 1963, p. 117.

立场简单地看待艺术作品。费歇尔充分考虑了俄国形式主义的研究成果，认为艺术的本质就在于形式。他认为，只关注内容而把形式降格于次要地位是愚蠢的，因为"艺术是形式的赋予，只有形式才使一件产品成为艺术作品"①。费歇尔不仅认识到形式对艺术的本质性规定，而且深入阐述了形式的人类学基础。形式是人类自身存在与发展的社会经验的凝聚，是控制自然的人类力量。形式不是偶然的、武断的、非本质的。形式的法则和惯例是人类支配自然的体现。在形式中，被传达的经验得以保持，伟大的成绩处于安全中，故形式是艺术和生活必需的秩序。要理解自然或社会现象，就必须探寻它们是如何存在的。社会产品的形式直接联系着其社会功能。"形式是社会目的的表达"，"形式是固定化的社会经验"。② 一座房屋的比例和对称不是走向形式的审美意愿的结果，而是被材料的结构和造房者过去的经验所决定的，对称是能量均衡的表达，是原始人的经验的表达。形式在原始人那里体现了巫术的效果，作为巫师的人类通过类似性等方式控制自然，通过巫术方式影响现实。汤姆逊认为，图腾和禁忌是维护部落集体生存的植物或动物，随着生产力发展它们失去了原初的意义，但是，形式如此根深蒂固以至于在人类历史中仍然保留着，部分被赋予新的内容。它们维护着传统的社会结构，保护着部落及其财产，调节着性关系。图腾和禁忌等巫术信仰产生了许多的形式。"只有认识到原始人把自己等同于以之为食的动物和植物，即等同于自然，只有意识到形式和形式的类似性对原始人的重要性，我们才能有希望理解那些不能理解的东西。"③ 虽然费歇尔不完全认同现当代文化人类学家的观点，但仍然充分吸纳了他们关于形式对原始人的重要性的描述。一个非洲部落的带有狮子或豹子的皮和头的泥像是最初的雕塑，其目的是以图像的方式支配现实，并不断走向精致化。巫术要求图像与模范对象达成同一化程度。最初的同一化是通过动

---

① Ernst Fischer. *The Necessity of Art—a Marxist Approach*, trans. Anna Bostock, Penguin Books, 1963, p. 152

② Ernst Fischer. *The Necessity of Art—a Marxist Approach*, trans. Anna Bostock, Penguin Books, 1963, p. 152

③ Ernst Fischer. *The Necessity of Art—a Marxist Approach*, trans. Anna Bostock, Penguin Books, 1963, p. 156

物的皮和头,当没有皮和头又要制造图像的时候,巫术就来承担这一使命。原始人接受部分是整体的法则,把血视为真实的生命实体。非洲的科尔多番斯(Kordofans)这个狩猎部落相信,如果狩猎人把被杀死的动物的血倒进了巫术角里,那就完全控制了猎物。弗雷雷斯(Freres)洞穴是扮演巫术仪式的地方,巫师和他的助手是生产巫术图像的艺术家,他们使用可以获得的最有效的形式,最大限度与原物类似,"他们的职责就是想象尽可能像的现实,越相像效果就越好"。① 人类学的描述可以说明,早期艺术形式的起源的理解不是神秘的或形而上学的假设,而是具有哲学人类学与文化人类学的基础,具有超越现实与控制自然的力量以让人类能够得以生存与发展。

可见,对费歇尔而言,艺术形式本质上具有巫术的意义,而且这种巫术形式具有传承性。形式具有极为保守的特征,当人们忘却原初的巫术意义时,仍然敬畏地依附于古老的形式:"所有词语形式、舞蹈形式、图画形式等曾经具有特殊的社会意义,现在仍然保留在先进的高度发达社会的艺术之中。巫术—社会的法则极为缓慢地淡化,然后形成审美的法则。"② 资产阶级所有的拜物教特征、异化、专业化、分化等都是对起源的怀旧。诗人讨厌日常词语,但是,诗人突然唤起长期掩埋在日常语言渣滓下的联想,把一块铜币变成一枚熠熠闪烁的纯金。"诗歌的词不仅是客观的意义,而且具有巫术的意义。"③ 原始人借助事物命名来创造对象,并把对象视为自己。诗歌中的许多词语直接从"起源"中产生。一首诗的词语是充满朝气的、纯净的、没被沾染过的,好像浓缩了一个隐秘的现实。抒情诗是无用的、天真的,因为它不局限于明白晓畅的陈述而是依赖于巫术,因为它和词语打交道,因为它远远脱离了现时的习惯用语。诗人不是使用日常交往的规范语言,"每个诗人渴求创造一种能够直接表达的完全新的语言,或者回归到'起源',回归到古

---

① Ernst Fischer. *The Necessity of Art—a Marxist Approach*, trans. Anna Bostock, Penguin Books, 1963, pp. 163-164.

② Ernst Fischer. *The Necessity of Art—a Marxist Approach*, trans. Anna Bostock, Penguin Books, 1963, p. 165

③ Ernst Fischer. *The Necessity of Art—a Marxist Approach*, trans. Anna Bostock, Penguin Books, 1963, p. 167.

老的、没有磨损的、具有巫术力量的语言的深度"。① 诸多抒情诗给语言增添了从没听说过的新词语,发现被遗忘的词语,恢复普遍词语原初而鲜活的意义。波德莱尔诗歌对城市的孤独的发现,不仅是把一种新的颤动带入了世界,而且在上百万人无意识适应这种体验的心灵敲击了一串唤起共鸣的音符。为了产生这种共鸣,诗人使用了现有的语言手段,但是,每一个词都获得了新的意义。这种新颖性在于诗中词语的辩证法、词语的交互性,也在于诗中的每一个词语不仅传达了内容,而且事实上就是内容本身,是一种自律的现实。诗歌中的每一个词语就像水晶中的原子,具有自己的空间:这构成了诗歌的形式与结构。"艺术作品的形式不仅是其内容的恰当的工具:它原本地、'优雅地'解决了内容的困难,解决了艺术家对形式掌握的纯粹愉快的困难。形式始终是一种胜利,因为它是问题的解决办法。因而审美的质性被转变为道德的质性。"② 正是形式的独创性,有时构成了艺术作品的本质。马雅科夫斯基使用新的节奏使得其红军之歌成为诗,获得自身的质性。可见,费歇尔不是固守形式主义的观点,而是与社会历史批评、人类学批评深入结合了起来。

费歇尔通过原始艺术与现代艺术的理解,把握了形式对艺术的重要性,认识到形式本身的人类学价值与事实存在,艺术本身就是形式的问题,形式是艺术审美的特性,同时他又把形式视为内容的凝聚,视为社会经验的表达,内容与形式的相互渗透不可分离,这样审美与意识形态在艺术中获得了高度的统一,这正是文艺的审美意识形态理论的重要的合法性根据。

三 资本主义与社会主义艺术的必然性

费歇尔还从人类的历史、现状与未来探究艺术存在的可能性,具体分析了艺术与资本主义、社会主义或共产主义的问题。

---

① Ernst Fischer. *The Necessity of Art—a Marxist Approach*, trans. Anna Bostock, Penguin Books, 1963, p. 168.

② Ernst Fischer. *The Necessity of Art—a Marxist Approach*, trans. Anna Bostock, Penguin Books, 1963, pp. 193-194.

就艺术与资本主义而言，费歇尔认识到艺术在资本主义的必然性同时也揭示了其悖论。资本主义把一切都变成了商品。以前艺术家为特有的委托人而工作，现在为无名的购买者生产，艺术成为商品，艺术家成为商品生产者。艺术作品越来越屈从于竞争规律，艺术家成为自由的，自由到荒谬的程度。资本主义敌视艺术但是又需要艺术，并产生了巨大的艺术力量，产生新的情感和观念，赋予艺术家以新的艺术表达手段，带来了艺术的发展与繁荣。这是一种悖论。费歇尔指出，波德莱尔作为"为艺术而艺术"的代表，设立了神圣的美的雕塑来对抗自鸣得意的资产阶级世界，他在不再有任何尊严的社会里宣扬诗人的尊严。他对现实的厌恶使之退入为艺术而艺术之中，从而使现实恐怖化，拒绝为资本主义购买者生产艺术作品，但是，他又信赖文学市场，为之生产文学产品，"试图孤立地突破资产阶级世界，但同时又确信其'为生产而生产'原则"。[①] 为艺术而艺术导致了最后的虚无，抗议转变为沉默的退却。费歇尔还从异化、去人格化、神秘化方面剖析资产阶级时代的艺术特征及其问题。异化概念最早被卢梭在《社会契约论》中提出，如果一个人被别人代表，就出现了异化。黑格尔和马克思在哲学上对异化进行了解释。当人通过工作和生产与自然分离的时候，人的异化就开始了。人控制自然，就超越了自然，成为自然的陌生人。但是，人类可以克服这种异化，"创造性的艺人就能够在工作中感到在家，对其产品怀有个人的情感"。[②] 在工业社会劳动的分工和商品社会中，异化就不可能克服了。工人与其创造的产品相疏离，迷失在生产行为之中，产品控制了生产者，客观对象比人更强有力，人因为专业化和分工而成为破碎的，失去了与整体的联系。总体的异化感受转向了总体的绝望，转向了虚无。虚无主义遵循了退化的逻辑，激进虚无主义对资本主义社会进行激进批判，但他没有意识到又被掌控在资产阶级手中。在异化的世界，只有物才有价值，人已经成为物之一，这种去人格化在艺术中也得到了

---

① Ernst Fischer. *The Necessity of Art—a Marxist Approach*, trans. Anna Bostock, Penguin Books, 1963, p. 70.

② Ernst Fischer. *The Necessity of Art—a Marxist Approach*, trans. Anna Bostock, Penguin Books, 1963, p. 81.

表现。晚期资本主义文学艺术以神秘性来掩盖现实。社会现实与关系都被转变为非时间的幻觉，转变为永恒的原初存在。文学艺术去社会化，逃离灾难的现实社会，摆脱任何社会现实的形式，以试图达到纯粹的本真的存在，巫术般地关注单一对象，使之转变为物本身。但是，在异化的资本主义社会，艺术是必然的，它显示了对异化社会的反抗，表达了人类对非异化的理想存在的设想，探寻人类存在的本真现实。艺术本质是批判的："在资本主义社会，所有重要的艺术家和作家的共同特征就是不能与他们周围的世界和谐相处。"① 艺术是对社会现实的否定，是一种虚幻的反抗。世界变为虚假的事实、词语、广告、惯例的幻想世界，脱离了事物本身。现代艺术家捣毁了这种虚假的现实世界，坚持寻找和观看事物本身，重构真正的现实。萨林格尔（Salinger）的小说通过奇特的方式发现了真实的现实，爱森斯坦、卓别林、卡夫卡、布莱希特、乔伊斯、福克纳、毕加索等文学艺术家拒绝陈词滥调，不断探索新的"世界图像"。本雅明在《历史哲学提纲》中谈及天使面向过去与未来的两副面孔，唤起了这些艺术家的灵感，使之重新构造了新的现实。"在商业力量强大时代，艺术的功能之一就是显示出，自由仍然存在着，人能够创造出他想要和需要的情景。"②

那么，社会主义艺术有何作为呢？费歇尔认为，批判现实主义是个体浪漫地反抗资本主义社会，但是，社会主义艺术家采用了工人阶级的历史视角，从今天来描述明天，不是浪漫主义的乌托邦幻想。社会主义艺术不是最终消除矛盾，仍然"不能缺乏批判的因素"，"因而真正的社会主义现实主义也是批判现实主义。艺术家的人格不再沉醉于对周围世界的浪漫的反抗，'我'与共同体的平衡从来不是静止的；它必须借助于矛盾与冲突不断被建构起来"。③ 布莱希特认为，社会主义艺术必须发现新的形式来描绘新的现实。当代社会主义艺术家和作家的任务就

---

① Ernst Fischer. *The Necessity of Art—a Marxist Approach*, trans. Anna Bostock, Penguin Books, 1963, p. 101.

② Ernst Fischer. *The Necessity of Art—a Marxist Approach*, trans. Anna Bostock, Penguin Books, 1963, p. 204.

③ Ernst Fischer. *The Necessity of Art—a Marxist Approach*, trans. Anna Bostock, Penguin Books, 1963, p. 113.

是用适当方式表现新的现实,使大众进入文化生活之中。社会主义艺术市场的双重任务,一是满足人民的真正的艺术的欣赏,二是强调艺术家的社会责任。这种责任不是遵循主流统治者的趣味,而是意味着艺术家最终是被社会所赋予使命的。他不仅为自己也为他人找到新的现实,他们生活在哪种世界,从何而来,到什么地方去。这种现实已经在资本主义世界里消失了,但是,在古希腊艺术和哥特式艺术中存在着,这些艺术实现了人格的自由和集体的综合。每一次重大的革命就是一次综合,动态平衡的干扰不断发生,在新的条件下获得新的平衡。社会主义艺术就是表明,在不断进步的动态统一中,"所有异化的症状最终被消除"。① 社会主义艺术家设置了一个理性的、人性的世界的可能性。在权力是如此巨大和运作是如此朦胧的情况下,"社会主义艺术的核心问题就是描绘无名的客观对象后面的人,体现人战胜这些对象的可能性"。②

虽然当代科学技术超越了诗人的想象,艺术面临死亡,但是,科学技术也导致了不完美,艺术仍然是必然的。即使在充满人性的共产主义社会,艺术仍然有所作为。费歇尔指出:"人类始终需要科学,以便从自然中获得各种可能的秘密和特权。并且,人类始终需要艺术,以便在自己的生活中处于在家状态,也在其想象力仍然无从支配的那部分现实中处于在家状态。"③ 在人类发展的最初的集体时期,艺术是和神秘的自然力量做斗争的重要的辅助武器。在阶级冲突的社会,艺术成为理解社会冲突、想象可以改变的现实、征服个体的孤独的主要手段。在社会主义国家,艺术成为启蒙和宣传的手段。在共产主义社会,艺术的本质功能不再是巫术的也不再是启蒙的。这个社会没有民族或者阶级的中心,艺术存在于社会生活之中。"艺术的永恒的功能就是把每个人还没有的完美,把普遍人类的完美重新创造成其自己的经验。通过这种重新

---

① Ernst Fischer. *The Necessity of Art—a Marxist Approach*, trans. Anna Bostock, Penguin Books, 1963, p. 210.

② Ernst Fischer. *The Necessity of Art—a Marxist Approach*, trans. Anna Bostock, Penguin Books, 1963, p. 215.

③ Ernst Fischer. *The Necessity of Art—a Marxist Approach*, trans. Anna Bostock, Penguin Books, 1963, p. 219.

创造的过程，显示了艺术的巫术：现实能够被变革、被掌握，能够被转变为游戏。"① 艺术最终把人类和人类种族、整个世界统一起来。艺术的经验不再是一种特权而是自由积极之人的普遍的恩赐。因此，艺术始终具有必然性："人类通过劳动工作而变成了人，……人类走出了动物王国，并因此造就成魔术师，人也就成为社会现实的创造者。人类也将成为伟大的魔术师。一直将是把火种从天国带到地球的普罗米修斯（Prometeus），一直将是以音乐使自然相形见绌的俄耳甫斯（Orpheus）。只有人类自身消亡，艺术才消亡。"② 费歇尔把艺术的必然性与人的必然性内在统一起来，挖掘出艺术的人类学本体基础，这种基础也是审美意识形态的基础。

四 价值与缺失

《艺术的必然性》体现出马克思主义审美人类学的特色。费歇尔借助19世纪以来的文化人类学研究成果，接受了20世纪语言学转向的形式主义的文论观点，对艺术与审美的基本问题进行了人类学的阐释，在马克思哲学人类学的普遍价值角度思考艺术的起源、功能、历史发展及其未来走向，其价值与意义是卓著的。

第一，费歇尔把文化人类学的成果和马克思主义的实践哲学结合起来思考艺术的起源、功能、本质等问题，避免了对艺术问题的简单、机械的认识。对于艺术起源的问题，一些马克思主义文艺理论家仅仅从劳动决定意义，或者直接从社会存在决定社会意识，从经济基础决定上层建筑来理解。这是把马克思主义的哲学原理应用于文艺研究之中，无疑忽视了重要的中介因素与复杂机制，从而导致了马克思主义文艺思想的庸俗化，无法有效阐释人类社会中丰富多彩的文艺现象。这也是马克思之后的马克思主义文艺美学家所面临的问题。普列汉诺夫试图以"社会心理"的范畴解决艺术与经济基础的中介问题，西方马克思主义美学家

---

① Ernst Fischer. *The Necessity of Art—a Marxist Approach*, trans. Anna Bostock, Penguin Books, 1963, p. 223.

② Ernst Fischer. *The Necessity of Art—a Marxist Approach*, trans. Anna Bostock, Penguin Books, 1963, p. 225.

从不同的视角切入这个中介机制之中。费歇尔在考德威尔的美学基础上对文艺与劳动的关系展开了细致的辨析，尤其借助于巫术的理解，借助于劳动的巫术性的阐释，对人类的艺术性诉求以及艺术的巫术性、劳动实践性深入开掘，反思了艺术的起源、功能、本质等核心问题，促进了马克思主义文艺美学的建构，同时也增强了马克思主义文艺美学阐释人类文艺现象的有效性与活力。莱恩说："在赫鲁晓夫领导下的'解冻'时期，某些西方的共产党作家也以更为激进的态度对社会主义现实主义的原则给予重新评价。这些人中影响最大的是罗杰·加洛蒂（1963）和恩斯特·费歇尔（1963）。"① 所罗门认为："费舍的《艺术的必然》是继芬克尔斯坦的《艺术与社会》之后第一部重要的马克思主义美学通俗介绍。它的作用是表明完全有可能写出非日丹诺夫主义的共产党美学。在论述艺术的作用时，费舍基本上是考德威尔派（虽未提及考德威尔的名字），他的主要目的是使那些禁锢着马克思主义艺术理论的概念（特别是现实主义的概念）摆脱僵化。"②

第二，费歇尔立足于人类学，从人存在的境遇、人类的文化价值追求、人类的自由性、个体性与集体性来思考艺术的起源、功能、发展，确立了艺术的必然性，体现出对人的关注。人类学视角在原始族群中体现为人类作为物种与自然的关系，在这种关系中艺术作为支配自然、控制自然、增强人类的生存与发展的能力而具有必然性，作为个体与集体的融合的媒介而与人类相伴随。在阶级社会，艺术作为人类本性的非异化的生存理想和异化的社会现实形成对立关系，在这种关系中艺术亦是必然的，它作为发现新的现实，作为对异化的否定与批判而赋予人类以价值。因此，费歇尔的马克思主义审美人类学是立足于人类文化的事实和价值，有着马克思主义哲学人类学的鲜明特色。这种强调自由的人的艺术观点在当代资本主义社会和现存社会主义社会仍然是有价值的。可以用伊格尔顿的话说，人类本身就是文化的存在，人类这一"'物种的存在'带着结构性的断沟或者空缺，如果想繁衍和繁荣，就必须在其中

---

① 冯宪光：《"西方马克思主义"美学研究》，重庆出版社1997年版，第111页。
② ［美］梅·所罗门编：《马克思主义与艺术》，杜章智、王以铸等译，文化艺术出版社1989年版，第277页。

植入某种文化;文化可以是多种多样的,但文化的必要性是不变的"。① 因此,这种赋予艺术永恒的文化价值的人道主义美学对于建设社会主义以及共产主义艺术美学是有启发的。

第三,从内容与形式方面切入艺术存在的必然性,探究艺术形式的人类学基础,深化了马克思主义文艺理论关于内容与形式的关系的认识。费歇尔既坚持内容产生形式的现实主义美学观念,同时又充分肯定形式对艺术具有的本质性地位,深入地揭示现代主义艺术的形式价值。艺术形式不仅是一种策略、手段,同时融合了社会经验与意识形态,形式本身就是内容,审美本身就是意识形态,这可以深化文艺的审美意识形态论的思考,避免简单地把审美意识形态视为审美与意识形态的相拼、相加,作为内容与形式的简单关系的凑合。费歇尔的分析与伊格尔顿、詹姆逊等提出的"形式的意识形态"有内在的一致性。这是西方马克思主义文艺美学的显著特色,同时也是其深化文艺美学的建设,更关注现代主义艺术的表现,彰显出马克思主义美学的开放视野。

费歇尔的马克思主义审美人类学具有重要的价值和意义,可以为我国的社会主义文艺理论建设提供一些启发,尤其可以促进对"以人为本"的观念的研究,深化文学是人类学的命题的探讨。但是,其人类学的模式是有缺陷的。伊格尔顿在总结包括费歇尔在内的马克思主义人类学批评时指出:人类学批评提出一些"令人生畏的根本性问题",对艺术的重大问题设置了"某些永久的同一性","往往用进化代替历史","代表了某种原教旨主义的唯物主义"。② 在后现代的多元主义的文化格局中,费歇尔的马克思主义审美人类学的模式面临着困境,这就是他的宏大叙事的总体化的美学形态的困境、进化论的历史哲学的困境、人类中心主义的傲慢姿态的困境。费歇尔始终以人类物种范畴作为价值尺度,探寻艺术与劳动、巫术的内在一致性关系,以获得人类支配自然、掌握自然的本质力量,在阶级社会艺术成为寻求自由的表达媒介,在未

---

① [英]特里·伊格尔顿:《马克思主义文学理论》,载《历史中的政治、哲学、爱欲》,马海良译,中国社会科学出版社1999年版,第111页。
② [英]特里·伊格尔顿:《马克思主义文学理论》,载《历史中的政治、哲学、爱欲》,马海良译,中国社会科学出版社1999年版,第110页。

来的共产主义社会艺术成为人走向完美的必然形式，它建构了以人类物种为中心的进化论的文艺美学。这种人类中心主义的文艺美学忽视了人与自然、客观现实的互惠性的对话。人与现实对象的审美关系不仅是人控制自然、文化优越于自然的问题，而且涉及自然与文化，自然与人类的复杂关系。艺术作为人类的必然文化形式应该与自然进行对话，而不仅仅是支配力量的获得。人既是文化的存在，同时也是肉体的自然存在，是价值与生命的复合体，是人自身与世界关系的复合体。马克思主义审美人类学在思考物种的普遍性功能时理应充分考虑人的物种的脆弱性、有限性、历史性、偶然性、性别身份，在坚守人类普遍的自由的同时意识到人类面临的诸种牢笼与困惑，避免人类物种的中心主义、进化论色彩的历史哲学与最后救赎的浪漫情结，而使人类学在解决马克思主义文艺美学的基本问题方面更深入，更具有活力，更能有效地阐释现当代的文艺术现象，使文艺的意义之泉持续不断地涌入人类个体。

第四章 传统文化与意识形态

第一节 儒侠文化精神互补

在文化多元化的网络时代，面对殖民主义文化的严峻挑战，对民族文化精神进行挖掘与探讨并去粗取精的任务日益迫切。儒文化以其尚理性、稳定性、富有弹性的优势一直主宰着中华文化，这是有目共睹的。近年来，不少研究者对侠文化探本求源并极力弘扬其精髓，加之武侠小说与电影电视研究的推波助澜，使得侠文化精神愈是彰明，引起了不少国人的重视。进一步，人们开始清理并审视儒侠文化精神的深层结构，但意见颇不一致，或曰儒侠对立，或曰侠出于儒，等等。笔者认为儒侠文化共同植根于中华民族深层的心理结构中，有着其内在的契合点与背离点，两者在现实中交织影响，构成复杂的互动的关系，以影响着中国的文化精神。深入考察两者的这种复杂关系，对弄清各自的文化结构以及对于中国优秀的文化精髓的现代性转化无疑是十分必要的。

一 儒侠文化精神结构

儒侠文化不仅仅徒具外在的躯壳，更有其内在性，它们以亘古已久的行为模式、风俗习惯、言语符号无意识地积淀在炎黄子孙的心里。实际上，它们已形成了两种文化理念，或者说具有思辨性的形而上的哲学精神，有各自的文化系统结构。

儒文化虽已为古今论者所深究，而对其文化系统结构的研究还有待于借西方文化理论之利器加以科学化。因笔者学识所限，只能作一粗浅的尝试。笔者仅以孔孟的儒家经典为据，以尽可能地把握儒文化的原初性与纯粹性，并以之辩驳对儒之精髓的"误读"，如荀子严责的"俗儒"，孔子所谓的"小人儒"，胡适所言的"懦弱"等，从而达到较为全面系统地审视儒家文化精神。在《论语》《孟子》这两部儒家经典中已经明显地概括了儒文化结构，即"仁""义""礼""智""勇""信""乐"。这些文化因子是儒家论君子、成人、全人的标准。试举几处："君子义以为质，礼以为行之，孙以出之，信以成之，君子哉"（《论语·卫灵公》）；"知者不惑，仁者不忧，勇者不惧"（《论语·子罕》）。孟子强调人之四端仁、义、礼、智，它们有如人有四体，十分重要，他归结为："恻隐之心，仁之端也。羞恶之心，义之端也。辞让之心，礼之端也。是非之心，智之端也"（《孟子·公孙丑上》）。诸如此类，不乏列举。虽然孔孟的思想有些出入，但上面归纳的文化因子都是两者所倡导的，只是有些侧重点稍异而已。而且，孟子反复说自己是继承孔子之说，并数次借用孔子之言来论辩。这两部经典已形成了一种全方位的修身治国平天下，修身立道，既灵活又有钳制力的儒家文化结构。需注意的是，这种结构不是静止的，而有极大的弹性，具有生成的功能和较强的适应性，因而它拥有较为顽强的生命力。当"仁""礼""乐"结合时，它就产生高雅而"温柔敦厚"的儒文化子系统，这种文化对历代文人、知识分子、上层社会产生了极为深刻的影响。当"仁""义""智""勇""信"凸显时，它便形成以义勇为核心的刚性文化。这种儒之子文化常为众人忽视，以贬儒为"懦弱"。岂不知，孔孟多次谈及"勇""刚"，并十分重视。如"勇者不惧"（《论语·子罕》），"刚毅木讷，近乎仁"，"仁者必有勇"（〈论语·宪问〉）等。"勇"是君子，成人，全人必备的标准，孔子痛惜当时"勇"的消失，"吾未见刚者"（《论语·公冶长》）。只不过，孔子强调"勇"的适当体现，应符合"礼""义"，不能乱施，否则"勇而无礼则乱"（《论语·泰伯》），"君子有勇而无义为乱，小人有勇而无义为盗"（《论语·阳货》）。可见孔子极富有理智，即使你有神仙般的"勇"，倘使不仁不义，去乱杀无辜，荼毒生灵，亦无人誉之。因此，儒家文化具有刚柔相济的特性。由这些文化因子的不同组合，它就生成多种文化子系统，从而使儒文化体现出多样化的精神品格。

  相比之下，要弄清侠文化精神结构就困难得多。儒文化有大儒为代表，有经典著作为之言说，其纵使博大精深，也较好把握，而对侠之文化精神的看法从古到今众说纷纭，莫衷一是，甚至截然对立。特别是伪侠、小人侠、杂侠、盗侠等异质因素的现实存在，给侠之文化精神的建构带来不少困扰。一些人因一己之见以偏概全，对侠之精神作了极为不公允的评价。如韩非贬"侠以武犯禁"（《五蠹》），荀悦说"立义气，作威福，结私交，以立强与世者，谓之游侠"（《汉纪》）。这些对侠的界定一则没有道出其本质，二则过于偏颇，不足信。我们说过，重要的是发掘侠之精神，侠为人们古往今来崇拜的内在精髓。因此，我们必须去粗取精，除去现实中的侠客的言行以及论侠者观念中侠的不轨之处，挖掘侠的闪光点并确定其文化结构，以达到为侠正名，发扬侠之精神的目的。首先为之正名的无疑是司马迁，他赞许道："今游侠，其行虽不轨于正义，然其言必信，行必果，已诺必成，不爱其躯，赴士只厄困，既无存亡之生死，而不矜其能，羞伐其德。"我们知道，在西汉，批着侠外衣的不少现实人已开始变质，如"北道姚氏，西道诸杜，南道仇景，东道赵他，明公子之徒，以盗跖居于民间"（《史记·游侠列传》）。司马迁严厉地批评了这种现象，认为"这是侠之羞，不足道"。他们图私利，杀无辜，"其实皆为财用耳"（《史记·货殖列传》）。更有甚者，"至如朋党宗强比周，设材役贫，豪暴侵凌孤弱，恣欲自快，游侠亦丑之"（《游侠列传》）。可见，司马迁在杂色人物以侠之名而跃居的时代，能以理性的认识来辨其真伪，较为公允地提炼出侠之精华，为后代更深入地探讨它开掘了先河。自汉以降，司马卢、李贽、章太炎、梁启超、冯友兰、郑振铎、鲁迅等都从不同的角度探讨了侠。汤增璧和吴小如也有对侠之精神的研究。前者把侠之道分为三个组成部分，即"坚持正义""投之艰巨""外事爽捷"[①]。后者把侠义传统概括为三个特征，即"一、有血性，有强烈的正义感和责任感，二、言行深得人心，有群众基础，三、有超人武艺"[②]。郑春元指出侠的本质在于"利他性"，他认为"具有急人之难，舍己为人，伸张正义、自我牺牲精神

[①] 汤增璧：《崇侠篇》，载张丹、王忍之编《辛亥革命前十年间时论选集》第3卷，生活·读书·新知三联书店1960年版，第82、84、88页。

[②] 吴小如：《古典小说漫稿》，上海古籍出版社1982年版，第140—141页。

的人就是侠"①。武侠小说家梁羽生认为"侠就是正义的行为"②。这说到了点子上。相比之下，我认为海外学者龚鹏程的提炼更为精当，他提出："侠是一个急公好义，勇于牺牲、有原则、有正义感，能替天行道，纾解人间不平的人。"③ 综上所述，我们把上述论述到有关侠客身上的优秀的行为模式、精神品质加以概括，可以看到，侠之文化精神的因子为：正义、勇、信、济。也就是说，这几个文化因子的结合就生成了侠之文化精神。注意，这不是现实中的侠客形象，而是集他们的精华而成的较为内在稳定的文化精神，它比具体的侠客精神更精粹。

二 儒侠文化精神的契合点

从上面论述我们可以看到儒侠文化存在着一致性。对此，不少学者已有所注目。而章太炎甚至认为侠出于儒。我们这儿不必去探究这种侠的起源说是否合理，但不能抹杀的是作为国学研究者，他清晰地意识到儒侠文化精神在一定程度上有着契合点，如他说："世有大儒，固举侠士而并包之。"④ 他还认为儒学八派之一的浮雕氏"不色挠，不目逃，行曲则违于藏获，行直则怒于诸侯"⑤，以至于游侠兴。浮雕氏体现出的儒侠精神的同一是不言而喻的。海外学者夏志清也有类似的看法，在研究中国古典小说的过程中，他发现："受天之命起而推翻腐败王朝的义民首领，以寡敌众捍卫边疆而遭诽谤的将军，直言铮铮的忠臣，判案入神明的法官，以及除暴安良的剑客……都是满怀奉献理想的儒家英雄的典范。"⑥ 这里，夏志清把儒侠相提并论，并对其同一的精神实质加以厘定，即"满怀奉献理想"。为了更深入地把握两者的一致性，我们十分有必要来分析其文化结构的契合处。

---

① 郑春元：《侠客史》，上海文艺出版社1999年版，第5页。
② 佟硕之：《金镛梁羽生合论》，载《梁羽生及其武侠小说》，伟青书店1980年版，第127页。
③ 龚鹏程：《大侠》，台北锦冠出版社1987年版，第3页。
④ 章太炎：《检论儒侠》，《章太炎卷》，河北教育出版社1996年版，第223页。
⑤ 章太炎：《检论儒侠》，《章太炎卷》，河北教育出版社1996年版，第223页。
⑥ 夏志清：《中国古典小说导论》，胡益民、石晓林、单坤琴译，安徽文艺出版社1988年版，第28页。

儒侠文化结构因子如下：

儒："仁""义""智""勇""信""礼""乐"。

侠："正义""济""勇""信"。

不难看出，两者文化结构的一致性在于"仁"（"济"）"义""勇""信"。尽管他们在措辞上不完全相同，但是其文化精神的终极目的却是一样的。儒文化以"仁"为核心，有"杀身成仁"的说法。何谓"仁"？乃是"恭、宽、信、敏、惠"（《阳货》）。又说"仁者爱人"。所以儒之精神的目的是善，孔子说："死守善道"（《泰伯》）。而"济"又是"仁"的一个重要方面，当子贡对孔子说："有博施于民，而能济众，何如，可谓仁乎？"孔子答曰："何事于仁，必也圣乎，尧舜其犹病之者"（《雍也》）。孔子认为广施博济之人，不仅仅算得上仁人，甚至还是圣人，哪怕像尧舜那样的能人也恨做不到这点呢！孟子提倡"男女授受不亲"之礼，但是如果一个人见"嫂溺不援"，他则斥之为"豺狼"（《孟子离娄上》）。可见，儒家是推崇"济"的。侠更是如此，如在"人之缓急"的时候，"路见不平，拔刀相助"；"为人排患，释难、解纷乱而无所取"；"千里赡急，不吝其生"；"赴士之厄困"等等，不胜枚举。实际上，司马迁已看到儒侠共同追求的"济"："救人于厄，振人不赡，仁者有采"（《太史公自序》）。不难看出，儒侠都较为注重"济"这一善的精神性行为。

"义"是一个复杂而抽象的概念，其内涵与外延很难确定，宋代洪迈说："人物以义为名者，其别最多。"① 但是，在以孔孟为代表的儒家经典中，尽管"义"的使用比较宽泛，与侠之文化结构中的"义"也有一些类似，甚至相互契合。孔子说："与朋友言而有信。"有子说："信近于义，言可复。"（《学而》）这表明，朋友之交，不单注重"信"，更要重"义"，只有这样才可以实践诺言。孔子又说："君子喻于义，小人喻于利。"这儿"义"是与"利"相对的一种价值观念，而这正是侠所崇尚的重义轻利的理念。如"重义轻生一剑知"②；朱家"先以贫贱始"，"行侠仗义"，"决不图报"。孟子更推崇"义"："羞恶

---

① 《容斋随笔》卷八，"人物以义为名"条。

② 沈彬：《结客少年场行》。

之心，义之端也"（《公孙丑上》）；"义，人之正路也"（《离娄上》）；"舍生取义者也"（《告子上》）；"路恶在，义是也"（《尽心上》）；"义之实，从兄也"（《离娄上》）。虽然孟子有"有义之义"与"非义之义"之辩，还有君臣父子兄弟之义之别，甚至把义与仁、礼交织起来，但是，从上面引述中可以看出，孟子所倡导的在处理人与人的关系中，知羞耻憎恶之心，以义来为自己走正路广行四海的伦理价值观念，成为君子、圣人、侠客共同的内心信念。进一步看，两者的"义"还有更高程度的契合。侠是伐社会之不平，寻求正义，即龚鹏程所说的"替天行道"，最终在于让"天道"充满人间。儒亦有类似的说法，"行义以达其道"（《季氏》）。因此，两种文化精神在形而上的极点上握手了。侠之精神为历代上层下层人民所钦慕与实践同侠的这一特质是分不开的。

除这些核心文化因子有着某种程度的一致性之外，他们都看好实施的手段即"勇"。但相对而言，这种文化因子处于两种文化圈的外层。常以"和"为贵的儒强调"勇"，而一贯以"勇""武"著称的侠并不一定有"武"，如朱家、郭解、季礼等都不喜武好勇，关键在于能否行侠仗义。所以梁羽生说："'侠'比'武'更为重要，'侠'是灵魂，'武'是躯壳。'侠'是目的，'武'是达成'侠'的手段。与其有'武'无'侠'，毋于有'侠'无'武'。"[1] 虽然如此，但如果武侠、勇义并举，将更为儒侠所认同。

综上所述，儒侠两种文化结构有着一些共同的文化因子，从而使得两种文化精神相契合，"侠的传统，与儒的传统并非对立的，而是本来合一的"[2]。正是这种契合使中国文化有弹性和适应性。一方面，侠文化因儒文化而得到隐形的张扬（虽然不少人对侠嗤之以鼻），发扬儒文化刚烈纯粹的一面；另一方面，儒文化因有侠之精神的加盟而不断地审视自身，使为上层统治阶层、高雅文人所选择接受的温柔敦厚的软性文化受到侠文化的掣制力，也矫正了这些人的心里失衡。这样儒侠文化就

---

[1] 佟硕之：《金庸梁羽生合论》，载《梁羽生及其武侠小说》，伟青书店1980年版，第96页。

[2] 何新：《侠与武侠小说源流研究》，《文艺争鸣》1988年第1期。

体现出较为复杂的动态性。与此相应，儒侠同体也就出现了。忠义之侠在《水浒》中得到体现，清官之侠也有之。武侠小说盟主金庸笔下的郭靖说："为国为民，侠之大者。"可见，儒侠文化精髓濡染国人甚深，侠借儒在儒文化中延续，儒借侠而在侠文化中演进。也正是这种一致性，使得这些人没有构成内心的文化冲突。

三 儒侠文化精神的离异

儒侠文化系统中除具有相同或相似的文化因子之外，还含有各自不同的文化因子，这就导致了两者的离异。儒文化系统中的多种要素犹如DNA基因一样，它们的不同建构便生成不同的文化子系统，从而使儒文化成为囊括自身—家庭—国家这样全面的社会人生的一个文化精神。在和平时代，"礼乐"文化被凸显出来；在国难民危之际，"义勇"文化得到强化。而且，因为儒文化的因子中还包容更细更多样的文化因子，如"仁"又有"恭、宽、信、敏、惠"等，"义"有君臣之义、父子之义、兄弟之义，"礼"更含君臣之礼、父子之礼、夫妻之礼、兄弟之礼、朋友之礼，这样，儒文化就具有极大的包容性和较强的适应性。尤其值得注意的是，一些文化因子如"礼""恭""敬""畏"等由于长期实践而内化为人们自身信念后被建构起来的儒文化子系统，就背离了儒文化之精华，成为压抑人性的无形枷锁。这时，"仁""义""济"被抽空了，再没有侠文化那种以义行道的精神，儒侠文化那种纯粹的姻缘被拆解了，甚至针锋相对。现实中的儒侠接受更多的异质文化，他们的离异更为明显。如在国难之际，如果儒文化背离了"仁""济""正义"之精神，无疑会面临着侠文化的严峻挑战。这时，侠就成为"文化离轨者"，并"常常形成对文化稳定性的某种冲击而被视为社会的离心力量"[①]。这就是社会新生的征召，也是侠之精神得到张扬的时候。

最后，我们来探讨一下儒侠文化的特性。儒文化是全方位文化，外部具有多方面的包容性，其内部又存在动态性，一种子文化系统很容易受其他文化因子的制约，从而使儒文化精神具有约束力。这种结构特性

---

① 林语堂：《中国人》，转引自陈山《中国武侠史》，三联书店上海分店1992年版，第68页。

使得它比较稳定，同时又有较强的修复能力。它通过行为言语风俗仪式等符号积淀于中国人的意识中，既形成了十分深沉的隐性文化结构，又时时地在社会生活中"现身"。侠文化是一种寻求正义的刚性精神，它从远古以来就扎根于中国人的意识深处并为人们追慕，因此，它也有较稳定的隐性结构。但是，在现实中，它并不像儒文化那样处处"现身"，它只得靠侠客来外化，又特别是在人之于厄、家之于困、国之于难时，侠义精神才活跃于世。所以，侠文化的外显概率较之于儒文化相对少一些，缺乏儒文化那种较强的现实依附性和修复能力。

不难看出，儒侠各自的文化结构是很复杂的，而它们之间的离异也呈现出互动的复杂的态势。就此，我们必须以客观而科学的态度来挖掘探讨。取其精髓，去其糟粕，并加以现代性的转化，以迎接滚滚而来的文化霸权主义的严峻挑战。

第二节　沉郁顿挫的审美意识形态分析

陶开虞在《说杜》中感慨，杜诗注者多必曰"关系朝政"，以彰显其忧国忧民之抱负，因而引来诸多问题，显得"牵合附会"。① 其之所以感慨，在于那些注解者忽视了杜甫诗歌的审美特性。我们试图从文本的审美性与意识形态性来理解杜甫诗歌的"沉郁顿挫"之风格，清理意识形态与诗歌文本、审美意象的结构性关系，通过杜诗"游"和"舟"的意象的分析揭示出，杜诗可以视为儒家知识分子意识形态困境的隐喻。

一　儒家意识形态矛盾张力的审美呈现

杜甫诗歌中的抒情主人公形象是极为凸显的，与小说的叙述者一样承担了诗歌的言语行为的意义诉求，但是抒情主人公作为儒家意识形态载体，矛盾性与张力内涵于审美化的诗歌文本之中。这些张力主要表现为对儒家意识形态的坚守与怨刺，儒家意识形态与现实君臣关系的一致与对立，从而构成了儒家知识分子的个体生存经验与意识形态的复杂

---

① （清）仇兆鳌：《杜诗详注》第五册，中华书局1979年版，第2338页。

纠葛。

儒家意识形态作为国家主要权力话语对儒家知识分子起着根深蒂固的规训作用，从个体修身到齐家治国延伸，内圣外王，形成儒家知识分子的有机统一的文化身份与心理结构，从道德的个体力量进入想象性的"治国"的抱负。这种意识形态把偶然的个体提升到必然性的国家君王权力的想象空间。杜甫诗歌所体现出来的忧国爱民之志典型地透视了儒家知识分子这一心理历程，表达治国之抱负的理想，以尧、舜、稷、契等先贤为偶像，"致君尧舜上，再始风俗淳"（《奉赠韦左丞丈二十二韵》），"死为星辰终不灭，致君尧舜焉肯朽"（《可叹》），"致君尧舜付公等，早据要路思捐躯"（《暮秋枉裴道州手札率尔遣兴寄近呈苏涣侍御》），"窃比稷与契"（《自京赴奉先县咏怀五百字》）。这不仅是诗歌抒情主人公自身的意识形态的选择，不仅是杜甫个体的自由的人生选择，更重要的是，这是儒家知识分子话语作为意识形态对其个体政治身份的塑造。个体有意识地选择儒家意识形态，"蒙恩早厕儒"（《大历三年春白帝城放船出瞿塘峡久居夔府将适江陵漂泊有诗凡四十韵》），而儒家意识形态以及与之相关的审美意识形态"温柔敦厚""兴观群怨"也就融入个体的血液之中，影响其看世界的态度与诗歌的表达、词语的选择、意象的抓取，"法自儒家有"（《偶题》），"风流儒雅亦吾师"（《咏怀古迹五首》）。杜甫年少游泰山所作《望岳》，其中诗句"会当凌绝顶，一览众山小"，此虽为一虚景，则表达了抒情主人公作为一个儒家意识形态话语影响的少年的积极出世的宏伟志向，而不是持有超脱世俗的虚无主义情怀。广德元年，年过五十的杜甫仍然心系国之安危，撰《为阆州王使君进论巴蜀安危表》。故左岘于《杜工部草堂集》中说："杜少陵当天宝之乱，干戈骚屑，间关秦陇，崎岖巴蜀，于成都浣花里种竹植树，结庐枕江，纵酒赋诗，与田父野老相狎侮，彼其心曷尝须臾忘国哉！"[①] 儒家意识形态所彰显的仁爱使杜甫诗歌表现出对民的体恤和同情。故有"兵戈犹在眼，儒术岂谋身"（《独酌成诗》）之志。杜甫诗歌的抒情主人公对儒家知识分子也是倍加同情和忧思的，"世儒多汩没，夫子独声名"（《赠陈二补阙》），"儒衣山鸟

---

① （清）仇兆鳌：《杜诗详注》第五册，中华书局1979年版，第2254页。

怪，汉节野童看"（《送杨六判官使西蕃》），"纨绔不饿死，儒冠多误身"（《奉赠韦左丞丈二十二韵》），"山中儒生旧相识，但话宿昔伤怀抱"（《乾元中寓居同谷县作歌七首》），"伤哉文儒士，愤激驰林丘"（《送韦十六评事充同谷郡防御判官》）。当时广文馆博士郑虔，"道出羲皇"，"才过屈宋"，但是"官独冷""饭不足"，杜甫作为抒情主人公不得不感慨："儒术于我何有哉，孔丘盗跖俱尘埃。"（《醉时歌》）在丧乱的时代，儒家知识分子是被边缘化的，杜甫诗歌揭示得很清楚，"健儿宁斗死，壮士耻为儒"（《送蔡希鲁都尉还陇右因寄高三十五书记》，"时危弃硕儒"（《哭台州郑司户苏少监》），"天下尚未宁，健儿胜腐儒"（《草堂》）。"腐儒"一词既表达了对儒生的同情，又微含对君王之怨意。《江汉》一首："江汉思归客，乾坤一腐儒。"仇兆鳌曰："思归之旅客，乃当世一腐儒，自嘲亦复自负。"① 《黥布传》曰："治天下安用腐儒为。"②

杜甫诗歌的魅力不仅在于儒家意识形态的表达，更在于诗歌内涵意识形态的张力结构。儒家意识形态和君臣权力关系构成了张力，使抒情主人公的个体生存经验与意识形态的集体性纽带发生扭曲。君臣关系是儒家意识形态的伦理政治的体现，臣对君的忠与君对臣的信任，是儒家政治意识形态理想的权力纽带，形成儒家意识形态的稳定的内在的结构模式，但是杜甫诗歌所呈现的君臣关系是疏离的。抒情主人公作为儒家知识分子，作为一个君之臣，而终身不遇，少壮科举失意，四十四岁授河西尉而不拜，为疏救房琯向君主开罪却遭来君主之大怒，故国收复却被逐金光门，"无才日衰老，驻马望千门"（《至德二载甫自京金光门出间道归凤翔乾元初从左拾遗华州掾与亲故别此门有悲往事》）。"近侍归京邑，移官岂至尊"（同上），诗句颇有怨情，而傅庚生解作"移官远至尊"更具意味，从一个"远"字上体现出无比的苍凉，正是杜诗的沉郁之处。③ 其实，联系前句的"近侍"，诗歌的张力更突显，更有意味，更显"沉郁顿挫"。杜甫的诗歌不仅呈现了抒情主人公的诗人形

---

① （清）仇兆鳌：《杜诗详注》第五册，中华书局1979年版，第2029页。
② （清）仇兆鳌：《杜诗详注》第三册，中华书局1979年版，第1116页。
③ 傅庚生：《杜诗散绎》，陕西人民出版社1979年版，第97页。

象,而且展现出一个张力结构,君臣关系的稳定权力结构被消解了,这种消解导致了杜甫形象作为抒情主人公的孤独性,其形象不是一个纯粹联系君臣的忠信的集体性,而是成为孤独的个体性,从哈贝马斯所谓的展示性公共领域中退却到个体私人领域,个体性的生命体验因而得到格外鲜明和具体的彰显。抒情主人公回归故里见妻儿,亲见白骨露于野,小儿死于饥饿,妻子更见情义,邻里风俗淳厚,与朋友遣兴唱和,饮酒作乐,登台观景。这些个体性体验与君臣之间的权力关系割断了。杜甫诗歌的审美力量不仅是来自于与儒家权力意识形态的疏离与断绝,而且在于似断非断,在断绝的边缘又突然呈现出儒家意识形态的强大感召力量,从而形成复杂而颇具力量的结构。这种结构使得抒情主人公处于悲剧性的生存境遇之中,处于人生漂浮的张力之中。同时抒情主人公作为理想化的儒家意识形态话语的坚守者又构成对现有君王、当权者的批判,但是又不能脱离对君王的念想,如此既怀君王,又怨之,"生逢尧舜君,不忍便永诀"(《自京赴奉先县咏怀五百字》),真是"仕既不成,隐又不遂,百折千回"①。《远游》说"似闻胡骑走,失喜问京华",挂念君王;《释闷》则是"天子亦应厌奔走,群公固合思升平",怨刺可见。

诗歌的意识形态的张力结构构成了文本的审美力量,让人反复玩索,韵味无穷。也可以说,诗歌文本中体现了意识形态的张力,意识形态的张力创造了诗歌文本,二者浑然一体,从而构成杜甫诗歌文本的动感,充满复杂性和悲剧性,可以用王国维的"有我之境"的"宏壮"言之,"无我之境,人惟于静中得之。有我之境,于由动之静时得之。故一优美,一宏壮也"②。这可以说是杜诗"沉郁顿挫"之风格的文本特性。事实上已经有杜诗的注释者对这种张力进行探究,清代杨伦在《杜诗镜诠》《自序》中谈及涵咏杜诗而得其人,因人以论其世,"虽一登临感兴之暂,述事咏物之微,皆指归有在,不为徒作。计公生平,惟为拾遗侍从半载,安居草堂仅及年余,此外皆饥饿穷山,流离道路,及短咏长吟,激昂顿挫,蒿目者民生,系怀者君国,所遇之困厄,曾不少

---

① (清)杨伦:《杜诗镜诠》上,上海古籍出版社1962年版,第109页。
② 徐调孚、周振甫注:《人间词话》,人民文学出版社1960年版,第192页。

芥蒂于其胸中"①。君国与民生皆是儒家意识形态的权力话语,而流离、饥饿、困厄则为个体孤独之经验,国家权力对杜甫而言只是一种想象的虚构,难以进入小我之血肉之躯,然而儒家权力意识形态的忧君忧民,作为抒情主人公杜甫形象的情结又是无法根除,沉浸于无意识之深处。这构成了杜诗"沉郁顿挫"风格的一个重要因素。杨伦论杜诗言简意赅,可谓切中肯綮,但是尚未从权力意识形态所构成的张力来读解杜诗。事实上,以此视角重读杜诗,不难发现微词之大义,正如周樽所说:"顾公诗包罗宏富,含蓄深远,其文约,其词微,称名小而指极大,举类迩而见义远。"② 杜诗的反讽、隐喻式的话语,增添了含蓄蕴藉的审美效果,同时也饱含了意识形态的张力。《丽人行》尽写丽人之美,饮馔之丰,音乐之精,让人沉湎其中而自乐,而"杨花雪落覆白蘋",一句隐语透射出反讽,故有"痛之深而词益隐"之说。③

由此可见,杜诗之"沉郁顿挫",杜甫誉为"千古第一诗人",独为众诗人之首,不仅是忧国忧民的儒家政治情结。白居易曰:"古今诗人众矣,而子美独为首者,岂非以其流落饥寒,终身不用,而一饭未尝忘君欤?"④ 应该说,杜甫诗歌的成功在于将意识形态的矛盾性张力融入审美话语之中,融入诗歌文本的酝酿生成,融入严羽论诗歌之品格、用工、意象的酝酿以至于"诗而入神"的境界。⑤ 郑印在《杜少陵诗音义序》中说:"比类赋形,浑然天成。"⑥ 杜甫以诗歌之集大成者超出群雄,独成一绝,体现了诗歌之自身的规律、规则的继承与超越,"无一字无来处"(黄庭坚语),"古今作者代不同,都来涵孕神明中"(郑日奎语)⑦,"穷高妙之格,极豪迈之气,包冲淡之趣,兼俊洁之姿,备藻丽之态,而诸家之作,所不及也。然不集诸子之长,子美亦不能独至于

---

① (清)杨伦:《杜诗镜诠》上,上海古籍出版社1962年版,第8页。
② (清)杨伦:《杜诗镜诠》上,上海古籍出版社1962年版,第6页。
③ (清)杨伦:《杜诗镜诠》上,上海古籍出版社1962年版,第58页。
④ (清)仇兆鳌:《杜诗详注》第五册,中华书局1979年版,第2318页。
⑤ 郭绍虞校释:《沧浪诗话》,人民文学出版社1961年版,第8页。
⑥ (清)仇兆鳌:《杜诗详注》第五册,中华书局1979年版,第2245页。
⑦ (清)仇兆鳌:《杜诗详注》第五册,中华书局1979年版,第2297页。

斯也。"（秦观语）① 这也是杜甫作诗悟诗之道而又用之甚勤的结果，"为人性僻耽佳句，语不惊人死不休"（《江上值水如海势聊短述》）。其作诗之勤苦内在得力于其贫困不得志之怨恨，以穷工对抗穷寒不遇，故能在字词音韵的吟咏中饱含自身命运的体验和超越，彰显出生命意味和意识形态的复杂性，可以从"游"与"舟"的审美意识形态分析来审视这种幽婉的张力结构。

二 "游"的审美意识形态张力

怀才不遇所表现的"游"体现了古代儒家知识分子的境况，这是一种类似于曼海姆所谓的现代"自由漂浮的知识分子"或者阿尔弗雷德·韦伯的"无社会依附的知识分子"②的生存境况。杜甫诗歌呈现的，是一个传统的儒家知识分子飘泊无定与审美经验的融合的文本。《全唐诗》中，杜甫诗句中出现"游"的次数为129次，李白的诗句中出现的次数为136次，两个"游"的主体虽然有共同之处，但是杜诗的抒情主人公作为一个"游"的知识分子，是"飘摇"之游的知识分子，想进入政治权力体制而又不能，欲实践儒家意识形态而又无奈，在政治权力想象与个体困苦生存之间饱受挣扎。这种人生经验与伦理政治的选择在唐代必然是悲剧性的，但是抒情主人公"游"的审美经验阻止了悲剧性的蔓延，也构成了其诗歌文本的张力。杜甫诗歌的抒情主人公通过游观自然之美、耽沉酒、吟诗遣兴观艺获得的审美经验打造了儒家知识分子的审美之"游"的生存，这与儒家伦理政治构成了巨大的张力，因为审美生存不仅是对抗超越了儒家伦理政治，而且两种选择最终皆不可能达到，审美自由之"游"沦为生存困境。

自然景物之美的游观与人世构成冲突，这是审美与意识形态冲突的表现之一。自然景物在杜甫诗歌中不是客观之物，而是成为审美对象，与诗歌中的抒情主人公达成物我合一的境界，从而萌生愉悦之心境，"不嫌野外无供给，乘兴还来看药栏"（《宾至》）。《北征》叙写"我"

---

① （清）仇兆鳌：《杜诗详注》第五册，中华书局1979年版，第2318页。
② [德] 卡尔·曼海姆：《意识形态与乌托邦》，姚仁权译，九州出版社2007年版，第319页。

归家途中所写之景,在悲苦与凄惨中带来了心里的宽适,"菊垂今秋花,石戴古车辙。青云动高兴,幽事亦可悦。山果多琐细,罗生杂橡栗。或红如丹砂,或黑如点漆"。这种自然美带来的愉悦与现实人生的困难和痛苦形成鲜明对照,"乾坤含疮痍,忧虞何时毕"。百姓的生死、家室的贫穷、疾病流泻无藏,这是战乱中痛苦而凄凉的现实,也是非人的现实,自然的审美构成对战争以及当权者的批判。诗歌中就形成了对立性的结构因素,抒情主人公不是克尔凯郭尔的或此即彼的选择,而是交织一起,在入世与出世的两难之中,"缅思桃源内,益叹身世拙",想逃逸现实但又抱有竭力侍君为国之心。正是自然与人世的对立结构的生成导致了杜甫诗歌文本的审美元素的张力,导致曲折之致,悲中见蕴藉,而不是纯粹的直接的悲恸。这种对立性因素包含了该诗歌的意识形态选择,既是对君王意识形态的拥护,同时也是对君王的批评,故王嗣奭说:"'圣心颇虚伫',微含讽刺。"[1]

酒在中国传统诗歌中大多成为情感的寄托之物,也是发泄与消解忧愁的良药,还是引发诗兴之物,成为审美意识形态的意象。杜甫耽于酒,"痛饮真吾师"(《醉时歌》)。其诗歌中"酒"的次数在《全唐诗》中位居第二(160次),比李白还多8次,题目中和诗歌中出现"酒"的次数合计为178次,与李白相差6次,位居第三。

《全唐诗》"酒"字统计表(前9位)

诗人名称	题目中"酒"的次数	诗中"酒"的次数	合计
白居易	20	567	587
李 白	32	152	184
杜 甫	18	160	178
姚 合	3	128	131
许 浑	12	98	110
岑 参	8	98	106
杜 牧	4	91	95
刘禹锡	14	79	93
元 稹	6	83	89

---

[1] (明)王嗣奭:《杜臆》,上海古籍出版社1983年版,第59页。

杜甫诗歌中酒的意象是复杂的，有贬义的，如"朱门酒肉臭，路有冻死骨"（《自京赴奉先县咏怀五百字》）；有写酒之浓香的，如"山瓶乳酒下青云，气味浓香幸见分"（《谢严中丞送青城山道士乳酒一瓶》）；也有超脱现实之痛苦，抒发怀抱的，如"浊醪必在眼，尽醉摅怀抱"（《雨过苏端》）。酒的意象在杜甫诗歌中主要体现为抒情主人公的审美经验的沉醉。但是酒之沉醉还饱含担忧，借酒浇愁愁更愁，《醉时歌》曰："得钱即相觅，沽酒不复疑。忘形到尔汝，痛饮真吾师。清夜沈沈动春酌，灯前细雨檐花落。但觉高歌有鬼神，焉知饿死填沟壑。"明代王嗣奭诠释说："此篇总是不平之鸣，无可奈何之词，非真谓垂名无用，非真薄儒术，非真奇孔、跖，亦非真以酒为乐也。杜诗'沉醉聊自遣，放歌破愁绝'，即此诗之解，而他诗可以旁通。"①"因其喜饮，谓为酒徒，因其放歌，号为狂客，皆皮相者也。"② 杜甫在《云安九日郑十八携酒陪诸公宴》中的诗句"万国皆戎马，酣歌泪欲垂"表达了这种酒的意识形态的复杂性。酒之乐与心之痛，酒之昏与心之醒相交织，"酒尽沙头双玉瓶，众宾皆醉我独醒。乃知贫贱别更苦，吞声踯躅涕泪零"（《醉歌行》）。杜甫诗歌中的抒情主人公最终无法因酒而沉醉，而是饱含忧思苦恨，身处"酒"和"泪"动荡之中，位在出世与入世之间的激烈冲突中，这种冲突最后在咏诗之生存中稳定下来，"此身饮罢无归处，独立苍茫自咏诗"（《乐游园歌》）。可见，杜甫的诗歌文本包孕着动荡的张力。

酒也和吟歌起舞、遣兴联系一起，所谓"李白一斗诗百篇"（《饮中八仙歌》），"楼头吃酒楼下卧，长歌短咏迭相酬"（《狂歌行赠四兄》），"甫也诸侯老宾客，罢酒酣歌拓金戟"（《醉为马坠诸公携酒相看》）。杜诗一个重要特点是突出作诗行为，"纯粹文人诗的写作行为"，③ 突显抒情主人公的作诗的过程与体验，作诗成为一种审美的生存。杜甫以"遣兴"为题的诗歌就有25首，居《全唐诗》之首，与之

---

① （明）王嗣奭：《杜臆》，上海古籍出版社1983年版，第23页。
② （明）王嗣奭：《杜臆》，上海古籍出版社1983年版，第35页。
③ 钱志熙：《"百年歌自苦"——论杜甫诗歌创作中"歌"的意识》，《中国文化研究》2004年春之卷。

相关的咏、歌等的诗篇更多。"杜诗频繁使用'歌'、'行歌'、'长歌'、'高歌'、'狂歌'、'悲歌'、'哀歌'等词,在大部分场合是指作诗、歌诗。"① 这是抒情主人公的主动的有意识选择的审美生存:"宽心应是酒,遣兴莫过诗。此意陶潜解,吾生后汝期。"(《可惜》)不过,诗歌中的抒情主人公作诗的言语行为不仅是兴的审美体验,而且还体现出作诗的忧愁之情状,"赋诗独流涕"(《昔游》),"作诗呻吟内,墨澹字欹倾。感彼危苦词,庶几知者听"(《同元使君舂陵行》)。"愁极本凭诗遣兴,诗成吟咏转凄凉"(《至后》),"照我衰颜忽落地,口虽吟咏心中哀"(《晚晴》),"赋诗新句稳,不免自长吟"(《长吟》)。"吟"之涕泪、凄凉、哀伤、悠长均显示出作诗的言语行为,虽然杜甫以"诗史"的现实主义创作为学界所认同,但是这种彰显言语行为的方式已经具有现代主义的意味,同时这种方式也更凸显出抒情主人公忧郁的真实心境。

因此,杜甫诗歌中的抒情主人公充满动态的情感张力,悲郁之不平,诗歌之怨情,和自然美的流连、酒的沉醉、诗艺的行为等审美经验所构成的"游"的情怀构成张力,后者的虚无性、超然性、无我性与愁闷、怨刺、穷愁形成对照。这是儒家知识分子进与退的选择,进取而入世的儒家意识形态是明显的,而退却的怨恨亦为昭然。儒家诗歌之怨刺通过文本的生成最终消解为温柔敦厚,趋于平静,不平则鸣,鸣后则平。杜甫诗歌不平之鸣之后,悲恸之情发生转移,作诗的审美经验消解了自身的忧愁,心灵趋于稳定,诗歌遣兴、述怀、饮酒、神游自然都成为抚慰痛苦心灵之良药。如此可谓温柔敦厚。但是杜诗的复杂性在于,悲愁最终无法消解,诗歌文本始终脱离稳定性,游最终不是释家、老庄的空或无,宁静以致远,而是游动、动荡,进亦忧,退亦忧,最终无法消忧,身无定所,游荡人生。这不是自由的远游,不是超然之游,而是在出与入之河道中"飘"游,这是杜甫意识形态选择的困境,也是儒家知识分子难以消解的生存困境,"汩乎吾生何飘零,支离委绝同死灰"(《晚晴》)。所谓达则兼善天下,穷则独善其身,这只是儒家知识

---

① 钱志熙:《"百年歌自苦"——论杜甫诗歌创作中"歌"的意识》,《中国文化研究》2004年春之卷。

分子的理想的生存状态，杜甫诗歌文本可以视为儒家知识分子意识形态困境的隐喻。这种困境在"舟"的意象中更集中地体现了出来。

三 "舟"的审美意识形态张力

根据《全唐诗》统计，杜甫诗中"舟"字出现的次数为154，诗歌中与题目中的次数合计为172，均为唐诗之冠。

《全唐诗》"舟"字统计表（前9位）

诗人姓名	题目中"舟"的次数	诗中"舟"的次数	次数合计
杜　甫	18	154	172
白居易	20	115	135
刘长卿	5	74	79
许　浑	12	54	66
李　白	7	55	62
孟浩然	13	45	58
岑　参	8	31	39
王昌龄	0	34	34
储光羲	3	30	33

许慎《说文解字》曰："舟，船也。古者共鼓货狄刳木为舟，剡木为楫，以济不通。"[①] 杜甫诗歌中的"舟"作为审美意象，其意义更为丰富，而最有意味的是表达飘摇之意蕴，成为杜甫一生的生存状态的隐喻，成为意识形态的矛盾性的审美表达。杜甫于天宝十二年（年42岁）作的《渼陂行》把"舟"的意象的意义几乎全呈现出来。第一，舟作为彼岸目标之工具，成为杜甫和岑参泛舟赏美景的载体，如在《渼陂西南台》中所言："从此具扁舟，弥年逐清景。"第二，舟也成为自然之景中一部分，与"游渼陂"之情致融为一体，犹如《绝句》中的意境"两个黄鹂鸣翠柳，一行白鹭上青天。窗含西岭千秋雪，门泊东吴万里船"。第三，舟中有危险，"天地黯惨忽异色，波涛万顷堆琉璃。琉璃汗漫泛舟入，事殊兴极忧思集。鼍作鲸吞不复知，恶风白浪何嗟

---

① （汉）许慎：《说文解字》，天津古籍出版社1991年版，第176页。

及"。兴与忧交替,何况渼陂水深莫测,故兴难定哀思迭涌,"湘妃汉女出歌舞,金支翠旗光有无。咫尺但愁雷雨至,苍茫不晓神灵意。少壮几时奈老何,向来哀乐何其多"。虽然仇兆鳌谈及此诗歌,说杜甫善于摹古,但是我们认为,朱鹤龄的解释可谓中肯:"始而天地变色,风浪堪忧,既而开霁放舟,冲融袅窈,终而仙灵冥接,雷雨苍茫,只一游陂时,情景迭变已如此。况自少壮至老,哀乐之感,何可胜穷,此孔子所以叹逝水,庄生所以悲藏舟也。"①《庄子·大宗师》曰:"夫藏舟于壑,藏山于泽,谓之固矣,然而夜半有力者负之而走,昧者不知也。"悲藏舟即是悲事物不断变化不可固守,人的存在是变化中的偶然性存在,也是一种冒险,"故圣人将游于物之所不得遁而皆存"。但是与杜甫诗歌中的舟意象把人的存在变化"游于变化之涂"(郭象《庄子注》)和儒家知识分子的困境结合了起来,成为具有丰富意义的隐喻意象。

在杜甫诗歌中舟成为出入世界的形象载体,成为抒情主人公超脱凡俗旧事的意象,"扁舟空老去,无补圣明朝"(《野望》),"乾元元年春,万姓始安宅。舟也衣彩衣,告我欲远适"(《送李校书二十六韵》)。"渴日绝壁出,漾舟清光旁"(《望岳》)。舟成为志向之载体,与杜甫之狂傲之性情,与其尚"游"相契合,"密竹复冬笋,清池可方舟。虽伤旅寓远,庶遂平生游"(《发秦州》)。这舟虽是自由的超然,但也是杜甫不可选择的生存状态,舟的意象成为杜甫的不可选择之选择,因而自由变为不自由,不知欲投何处,"平生江海心,宿昔具扁舟"(《破船》),"漾舟千山内,日入泊枉渚。我生本飘飘,今复在何许"(《宿青溪驿奉怀张员外十五兄之绪》)。"更欲投何处,飘然去此都。形骸元土木,舟楫复江湖"(《舟出江陵南浦奉寄郑少尹审》)。况且,"江湖多风波,舟楫恐失坠"(《梦李白二首》),"入舟已千忧","远游令人瘦"(《水会渡》),"永系五湖舟,悲甚田横客"(《赠司空王公思礼》),"孤舟增郁郁,僻路殊悄悄"(《聂耒阳以仆阻水书致酒肉疗饥荒江诗得代怀泊于方田》),"泛舟惭小妇,飘泊损红颜"(《草阁》),"系舟身万里,伏枕泪双痕"(《九日五首》),"吹帽时时落,维舟日日孤"(《缆船苦风戏题四韵奉简郑十三判官》),"寂寂系舟双

---

① (清)仇兆鳌:《杜诗详注》第一册,中华书局1979年版,第182页。

下泪,悠悠伏枕左书空"(《清明二首》)。据研究,杜甫的绝笔也是抒写疾风之舟的意象的《风疾舟中》。① 舟的意象不仅是自由的游荡,不独为生存之飘摇、贫瘠、忧郁和孤独的流露,还情系儒家知识分子的忧国思家之政治伦理,"丛菊两开他日泪,孤舟一系故园心"(《秋兴八首》),"东西南北更谁论,白首扁舟病独存。遥拱北辰缠寇盗,欲倾东海洗乾坤"(《追酬故高蜀州人日见寄》)。"亲朋无一字,老病有孤舟。戎马关山北,凭轩涕泗流"(《登岳阳楼》)。"风疾舟中伏枕书怀",却是"故国悲寒望"(《风疾舟中》),一"望"字足见悲与忧。舟的意象契合杜甫的人生选择的焦虑与意识形态的矛盾性,既体现其狂傲性情的内驱力,又含蓄地表达忧国爱民之儒家意识形态的情怀,既不免远离伦理政治之重负,同时又饱含困顿的个体体验,可以说舟的意象集矛盾的意义为一体,融合着张力,词之微而意义深远,可谓沉郁顿挫。

　　杜甫的诗歌文本是儒家知识分子意识形态困境及其审美困境的反思,不唯是忧国忧民、怀才不遇之感慨,而且呈现出审美与意识形态,审美个体生存与伦理政治责任的张力结构,这也是"沉郁顿挫"的内在结构。杜甫在《进〈雕赋〉表》中首先指出自己创作风格为"沉郁顿挫":"臣之述作,虽不能鼓吹六经,先鸣数子,至于沉郁顿挫,随时敏捷,扬雄、枚皋之徒,庶可企及也。"② 虽然关于这种风格的解释可谓众说纷纭,但是仍然不乏真知灼见。有学者认为,杜甫首次将"沉郁"与"顿挫"组合在一起,"并非称许自己的文学技巧,而是强调自己的作品具有足与扬雄作品相比的深刻的讽谕意义,有益于国家政教"。③ 但是品读杜诗,沉郁顿挫难道没有审美技巧的交融?其本身就是充满张力结构的审美意识形态的表达。

---

① 莫励锋:《重论杜甫卒于大历五年冬》,《杜甫研究学刊》1998年第2期。《风疾舟中》即《风疾舟中伏枕书怀三十六韵奉呈湖南亲友》。
② (清)仇兆鳌:《杜诗详注》第五册,中华书局1979年版,第2172页。
③ 张安祖:《杜甫"沉郁顿挫"本义探原》,《文学遗产》2004年第3期。

第五章 现代性与文学形式

第一节 雅俗叙事之互动

如果说20世纪20年代雅俗小说在主题模式的互动只是体现创作主体的思想文化的相互渗透、彼此影响的话，那么两者在叙事模式的互动就体现了主体的审美倾向相互影响的态势。实际上，后者才是文学之为文学、小说之为小说的东西。因为前者通过文学的其他样式如诗歌、戏剧也能体现，而后者只能在叙事性作品中体现，其典型样式就是小说。正因为如此，马克·肖勒说："现代批评家已经向我们证明，谈论内容本身根本不是谈论艺术，而是谈论经验；仅仅当我们谈论实现的内容，即形式，即作为艺术作品的时候，我们才能作为批评家在说话。内容，或经验，与实现的内容，或艺术，之间的不同在于技巧。因而，当我们谈论技巧时，我们几乎就谈到了一切。"[①] 肖勒强调艺术的自律性，是颇有价值的，尤其对于一些现代主义、后现代主义小说艺术的研究很有用。但是对中国20世纪20年代的小说研究，这种观念就不免偏颇。20世纪20年代的雅俗小说家还没有摆脱内容与形式的二元对立统一的审美意识。他们在理论上与创作主张上很强调思想主题的重要性，如鲁迅谈道："倘若思想旧，便仍换牌不换货；才从'四目仓圣'面前爬起，又向'柴明华老师'脚下跪倒；无非反对人类进步的时候，从前是说no，现在是说ne；从前写作'咈哉'，现在写作'不行'罢了。所以我

---

① ［美］华莱士·马丁：《当代叙事学》，伍晓明译，北京大学出版社1990年版，第2页。

的意见，以为灌输正当的学术文化，改良思想，是第一事。"① 在"改良思想"、救亡图存的特定的历史文化背景中，思想主题模式是不容低估的。但是，处于中西审美文化，尤其是中西小说激烈碰撞下，20世纪20年代雅俗小说中的叙事模式既存在着激烈的角逐与严峻的对峙，又在一定程度上发生变化，甚至出现相互转化的现象。下面拟从讲听模式与写读模式、情节模式与情调模式等方面考察中国20世纪20年代雅俗小说叙事模式的互动。

一　讲听模式与写读模式的互动

综观中国通俗小说，讲听模式十分显著。这种模式尤其物化在宋元话本、弹词基础上发展起来的章回小说中，不断随作家的小说作品被传承，同时又促进通俗小说家有意识或无意识地模仿，影响着众多通俗小说的叙事。讲听模式的源头是原始人的口耳相传。它注重在集体性的大众场合说者与听者面对面的交流，因而比较看重大众普遍关心的问题与事件，注重大众的审美趣味，而且多是亲切的口语。尽管它有时要尖锐地批判社会、人物、事件，但是叙述者（讲者）与叙述接受者（听者）一般处于共谋关系中。按叙事学说，两者是在故事之外的另一叙述层。因此这种模式为大众喜爱而成为通俗小说的典型叙事策略之一，这种追求便使得小说文本具有拟说书的口味。

五四引进与创作的新小说则与之不同，体现出写读模式的特色。在写读模式中，以前表现在文本中的说书味消失了，叙述者不再承担宣讲的语气，而是退场隐居起来，即非个人化叙述；或由小说中的人物代述，与人物融为一体；或者叙述者不时出场显身，但其叙述行为不是讲，而是写，具有书面语色彩，除了评述人物事件外，还可传达叙述者个人化的内心活动。结果，叙述者与接受者就是非直接的关系，或者有直接关系，这只是两者心灵上私人化的默契而已。因此，写读模式的出现使作者的创作与读者的解读均引起了巨大变化。"纸页是一个场地，在这里，与不同的文化环境连在一起的不同的谈论方式可以并排放置。"

---

① 鲁迅（唐俟）：《渡河与引路》，载1918年11月《新青年》第5卷第5号"通讯栏"。

这样写作就可运用"无声言语","保存具体的、个别的事项"①,使作者可以自由地叙述其内心想法。因此写是个体的、私人的。同样,读也个体化、私人化了。正如本雅明所说:"即使读故事的人也是有人陪伴的。然而,小说读者却是与世隔绝的,而且比其他艺术形式的读者与世隔绝更深。在这种孤寂之中,小说读者比任何人都更小心翼翼地守着自己的材料。他时刻想要把材料化为他自己的东西。"② 可见,讲听模式与写读模式有着本质的小说观念的区别。同样,在20世纪20年代,通俗小说的讲听模式与新小说的写读模式是有着质的区别,两者是对峙的。如赵毅衡说:"五四文学……不但保持而且加强了文类等级,那就是雅俗共赏之分。小说这现代文学最重要的文类,现在截然分成雅俗两个阵营。雅俗之分,壁垒分明。"③ 但是,这并不意味着他们在面对传统面对现代的深层审美文化意识也是如此。实际上在这个文化转型特定而复杂的语境中,两者又有意无意地受到传统积淀的审美文化与引进的现代审美文化的影响,从而在小说中表现了出来。这种影响之一,就是雅俗小说在讲听模式与写读模式方面不同程度地相互渗透。

通俗小说讲听模式的弱化,与向新小说的写读模式的借鉴,程度可分为渐进的与激进的两种。渐进的方式主要体现为对章回小说的改良。章回小说是典型的讲听模式的载体,说书味是十分浓郁的。叙述者的"讲"小说、"说"小说的特征在文本中明显地表现出来,如"且说""欲知后事如何,请听下回分解"都已成为其固定的模式。这种模式在20世纪20年代的通俗小说中不乏其例。《留东外史》《侠义英雄传》《清代十三朝演义》等长篇小说大多有章回小说的程式化特色。不过,这种模式在当时并非没有变化。赵焕亭的武侠小说的说书味是十分浓厚的,但是也体现出变化的特征,尤其是《大侠殷一官轶事》,其叙述者已经不同于清代的说书语气,显示出新的特色,即"用说书语气来袒露他自身的存在,这种自身的存在的自觉,更是一般说书艺人所不具备

---

① [美]华莱士·马丁:《当代叙事学》,伍晓明译,北京大学出版社1990年版,第33页。
② 陈永国、马海良编:《本雅明文选》,中国社会科学出版社1999年版,第307页。
③ 赵毅衡:《苦恼的叙述者》,北京十月文艺出版社1994年版,第265页。

的。即使他笔下常常流露出的那种嘻嘻哈哈的反讽味,便不是偶然或自然现象,也不同于一般的展示作者愿望,理想或性格,他是经过严肃自审的结果"。① 张恨水的长篇小说由讲听模式向写读模式的变化比较明显。这尤其体现在他 20 世纪 20 年代创作的《春明外史》《金粉世家》《剑胆琴心》等长篇小说中。其转变主要有三种形式:一是讲听痕迹的淡化,写读模式萌生,"请看下回"屡屡出现;二是每回结尾"欲知后事如何"已随小说的故事的自然发展而变化,如"欲知他为什么着吓""要知他有什么凭据""要知此人是谁"等;三是根本就没有章回小说开头结尾的程式化。这三部小说的讲听模式愈来愈淡化。需注意的是,他 20 世纪 20 年代末创作的蜚声南北的《啼笑姻缘》重返到传统的章回小说的讲听模式。这表明张恨水在改良传统模式中的矛盾心态,也透视出讲听模式的巨大生命力。华莱士·马丁说:"写作/阅读直到最近也没有完全取代口头传统;二者并行不悖,不断交流着材料与方法。"② 口头传统的讲听模式与现代意义的写读模式并非有优劣高低之别。通俗小说家徐卓呆的长篇小说也表现出讲听模式的淡化,他的滑稽名篇《万能术》每回的回目不是对句,只是一个词语,"欲知……"被去掉,"且说"只偶尔出现,而他的《甚为佳妙》《爱情代理人》几乎没有了说书味。这种淡化是有意识的,他已意识到章回小说的弊端,认为这种形式已经不合时宜,他说:"若是要把'欲知后事如何,且听下回分解'来刺激读者兴味,推广下期销场,那恐怕现在的读者,这种低度刺激,是不会兴奋的了。"③

真正完全消解讲听模式,激进地追求写读模式的作品主要体现在通俗作家创作的一些短篇小说中。不少的通俗小说家大胆抛弃了传统的小说中的说书味,去努力试验新小说那具有现代性的写读小说模式。中国以往不乏短篇小说创作,如唐代的传奇小说,冯梦龙的"三言二拍",蒲松龄的《聊斋志异》以及民初的一些短篇等,但大多与长篇并无什

---

① 张赣生:《民国通俗小说论稿》,重庆出版社 1991 年版,第 192 页。
② [美] 华莱士·马丁:《当代叙事学》,伍晓明译,北京大学出版社 1990 年版,第 33 页。
③ 徐卓呆:《小说无题录》,载《小说世界》1923 年第 7 期。

么区别,甚至有人说:"中国无短篇小说,有之,乃是短型的长篇小说也。"① 20世纪20年代的通俗短篇小说这种"短篇长制"的作品依然不少,文本中的说书味也依然存在。但一些小说已发生了变化。叶劲风的《懦人》中的叙述者表现出说小说与写小说的矛盾心态,如"诸位读者请莫怪,我是要说一个懦人的故事,但不知怎么提起笔来,却写了这一段事情。呵呵,我自己也解不透。"叙述者的尴尬是显而易见的:既然是写的,现实接受者一定是独自一人拿着一本小说读,怎么说是"诸位",这岂不可笑;既然是称"读者",是提笔在写,怎么又在"说"故事?

但是众多作品完全走向了写读模式。通俗作家在翻译短篇与新小说的影响下,注重截取人生片段,取消了叙述者向接受者口语交谈宣讲的语气,叙述者的地位发生了显著的变化,如赵毅衡说的,文本"降低了叙述者的主宰地位,或是变成全隐身,或是参与式叙述者,即变成作品中的人。叙述者也不再用大量干预控制释读方向。"叙述控制就全面解体了,从而"使整个叙述文本开始向释义歧解开放"。② 这样一来,叙述者就再也不为叙述行为的不相称而尴尬苦恼了。如叶劲风的《你还要活在世上吗》全在"展示"叙述者兼人物"我"一个私生子的痛苦与自信交织的内心世界。《指着我的手》也是展示各种无形的手给"我"造成的心理反应。《深闺梦里》中的叙述者也与主人公的视野一致,展示主人公催子斌在战场上奋勇杀敌时的心理活动:对新婚妻子的思念,对建功立业的渴望,对被他残酷杀死同他有一样抱负的那个敌人的忏悔,对战争的厌恶,等等,说书味无疑就没有了。同时,通俗小说中的叙述者与隐含作者的价值观念的一致性也发生了变化。赵苕狂的《镜》《茶匙》《从良后的第一天》《人生》,胡寄尘的《癞蛤蟆之日记》《心上的影片》,顾明道的《沉闷的人》,徐卓呆的《旧洋伞》,张碧梧的《无母之心》等短篇小说都表现出这种写读模式的叙事特色。这样一来,小说文本就呈现出歧义性与多义性,使得读者在解读小文本时必须发挥想象,进行体味思考,从而表现出私人化的特色。也就是说,作者

---

① 袁珂:《神话论文集》,上海古籍出版社1982年版,第209页。
② 赵毅衡:《苦恼的叙述者》,北京十月文艺出版社1994年版,第191页。

可以自由地表现叙述事件，彰显出叙述的智慧，以表达其内在的主体心态，读者也可自由地进行多种解读与阐释。可见，写读模式体的兴起表现着20世纪20年代的个性主义的哲学文化思潮在小说文本中的艺术表现方式中得到了客观化。当然，报纸杂志的繁荣也是促成小说书面化、文人化的写读模式的重要因素。

另一方面，新小说不同程度地吸收了通俗小说的讲听模式。鲁迅的《阿Q正传》具有写读模式的特色，作者开篇就写到是在给阿Q作传。而"要做这一篇速朽的文章，才下笔"，就出现了困难。作者写小说的行为是很明显的，然而在叙述进行中，说小说的行为就显露了出来，诸如"不能说是""即使说""上文说过""不必说""穿凿起来说"，等等。这样，写小说与说小说的不协调叙述就产生了，细心的读者会感到叙述者这可笑的叙述行为。《社戏》《祝福》说小说的影子依然存在。郁达夫的小说写读模式是十分彻底的、纯净的，但标志他巨大转变的小说《过去》还是带有说小说的痕迹，叙述者的讲故事行为特征体现了出来，如"说起这M巷……"，而且在小说中还出现了讲述者与接受者的直接对话，如"说到那双脚……这世界虽说很大，实在也很小，两个浪人，在这样的天涯海角，也居然再能重现，你说奇不奇"。需注意的是，即使这里有说书的语气，而说的对象是一个单独的个体，而且表现得比较隐蔽，类似两人谈心，与通俗小说中讲述者向集体大众的宣讲是有一定区别的。在许钦文的《鼻涕阿二》中，叙述者的"说"小说的叙述行为不时流露出来，试举几例："已经说过，菊花鼻涕阿二从拒绝龚少年的亲吻……""说不定也许有人以为这拒吻悲剧的发生……""再说菊花……"等。这些可以说是章回小说"且说"的变体。叶鼎洛的《前梦》的说书味更浓郁。其突出的特色是叙述者兼人物的"我"与叙述接受者"你们"面对面地直接讲述故事，发表意见。并且，两者像处于说书场一样的亲切随便气氛中："你们愿意知道我的姓名吗？说出来也辱没杀人，告诉不得你们的……你们也就不妨叫我流氓罢。"讲述者不仅要传达他的信息，还需求着读者的理解与参与，注重两者的对话。不仅如此，讲述的对象是一个集体性的"你们"，大众宣讲色彩也是明显的。阅读此小说，我们还能感受到叙述者的词语更接近与日常交流的口语化的语言词汇，叙述者的腔调也是日常谈话的随和语气，缺少写读模式那种文人化、"陌生化"的语言模式。这就增添了说书的特色。在老舍20世纪20年代创作的《老张的哲学》中，叙述者以亲切通俗的日常口语与叙述接受者谈话："只要你穿着大衫，拿着印官衔的名片，就可以命令他们，丝毫不用顾忌警律上怎么怎么。"这里，叙述者通过与接受者的共谋，拉拢读者，以达到讽刺警察与社会现实的目的。"听故事的人是由讲故事的人和他作伴的"①，这种说故事的特色在此小说中得到了表现。这些叙事特色与老舍受我国古代传奇、话本和《儒林外史》《红楼梦》等章回小说的影响相关。新感觉派小说家之一的穆时英在20世纪20年代创作的《黑旋风》《咱们的世界》也带有讲听模式的特色。尤其是前者，叙述者"我"以操江湖人的口吻讲述"我们"的大哥"黑旋风"不爱钱、不贪色、讲义气的侠义品格。讲小说的语气豪爽、粗俗、霸道、口语化。

20世纪20年代雅俗小说在讲听模式与写读模式方面存在不同程度的相互影响与渗透现象。这种变化又有意无意地透视了雅俗小说家审美文化的旨趣。如果说通俗小说逐渐向写读模式的转变彰显出作者对西方个人主义独立意识的认同，那么，新小说中讲听模式不同程度的流露，则潜在地表明创作主体对传统审美文化、对通俗民间文化的眷念。所以，这两种叙事模式的互动表现了雅俗小说家对中西审美文化，传统与现代审美文化的复杂选择。

二 情节模式与情调模式的互动

写读模式对叙事的最大影响是使小说"从传统的情节走向无情节"。② 通俗小说是十分注重情节模式的。作者凭着人们对故事有着本能的兴趣的优势，通过叙述者对故事机智的操纵，如制造悬念、埋下伏笔、设置误会、注重偶然等，来吸引大众读者。在20年代的通俗小说中，这种模式依然占据着重要的地位，但是在新小说与翻译小说的影响下，一些通俗小说的情节模式开始弱化，甚至向新小说的富有先锋性的

---

① 陈永国、马海良编：《本雅明文选》，中国社会科学出版社1999年版，第307页。
② [美]华莱士·马丁：《当代叙事学》，伍晓明译，北京大学出版社1990年版，第34页。

情调模式靠拢。情调模式是新小说的典型特色之一,甚至被一些作家奉为小说之正宗,被认为是现代小说的主要特征。其注重内心世界的展示,营造诗化的散文化的意境,多用第一人称叙事,诗词、书信、日记等抒情样式大量引入小说文本,使得故事线性发展的结构被打乱。但是,新小说的众多作品还是或多或少地承续着通俗小说的情节模式。尤其是在写实方法影响下的人生派小说中,这表现得更为明显。新潮小说的作品存在着旧小说、通俗小说的注重情节的巧合等影响,如鲁迅说:"技术上是幼稚的,往往留存旧小说的写法和情调;而且平铺直叙,一泻无余;或者过于巧合,在霎时中,在一个人上,会聚集了一切难堪的不幸。"[①] 而当时新小说中为数不多的长篇小说也多注重情节,正如赵毅衡说,它们"大部分读来很像传统小说,而不像五四小说,其中较优秀者,如杨振声的《玉君》、叶鼎洛的《前梦》、张资平的《冲积期化石》等,叙事方式与鸳鸯蝴蝶派小说相当接近"。[②] 因雅俗小说在情节模式与情调模式方面也存在明显的互动现象。

先看通俗小说向情调模式的转化。通俗长篇小说大多强调故事情节模式,求奇求怪,追求情节大起大落,但有一部分作品受到新小说和翻译小说注重人物心理活动的展示和注重描写富于情感色彩的景物的影响,情节模式有所淡化,情调模式开始萌发。张恨水的转化是有意识的,也有代表性。他曾说:"我仔细研究翻译小说,吸取人家的长处,取人之有,补我之无,我觉得在写景方面,旧小说中往往不太注意,其实这和故事发展是很有关的。其次,关于人物的外在动作和思想过程一方面,旧小说也写得太差。……尤其是思想过程写得更少。以后我自己就尽力之所及写了一些。"[③] 正是基于此,其20世纪20年代的几部长篇小说在情节演进中渗入很多"景"和人物"内在思想过程",注重小说的情感性。例子颇多。《春明外史》中作者对杨杏园遇梨云后的矛盾复杂心态作了细腻展示:他既有从来不涉足花柳的迷惑心态,又有迷途知

[①] 鲁迅:《中国新文学大系·小说二集》导言,《文学运动史料选》,上海教育出版社1979年版,第256页。

[②] 赵毅衡:《苦恼的叙述者》,北京十月文艺出版社1994年版,第8页。

[③] 张恨水:《我的创作和生活》,《文史资料选辑》第70辑。

返的绝决打算，还有见影怜爱梨云的欲望，更有对自身的责备。作者把一个既想爱又不能爱的矛盾思想细腻地展示了出来。而这种展示就突破了故事情节发展的时间线性与因果逻辑结构，故事叙述因"定格"在人物内在世界而延宕，情调色彩得到突显。作品中大量引入富有情感性的诗词与展示人物真实内心的书信，也是突破故事情节模式而强化情调的重要策略。据统计，《春明外史》以男女情书为主的书信来打断叙事的有43处，以感时伤怀、传达人生、婚恋纠葛等情绪的诗词打断叙事的有61处。陈平原认为："选择书信体形式，可能'无事实的可言'，不外是借人物之口'以抒写情感与思想'，不再以情节而是以人物情绪结构中心。"并说"'诗骚'之影响于中国小说，则主要体现在突出'作家的主观情绪'。"① 因而这些具有浓郁情感性的嵌入语就极大地消解了故事情节模式，情调感染力增强了。而这些都是20世纪20年代新小说所热衷的小说写作方式。以渲染景物，使之染有人物的内在情绪，在小说中注重于意境氛围的营造，从而使小说情调化、诗化、散文化，这是新小说的典型表现之一。张恨水对小说中意境的追求也是有意识的，这与他眷恋传统的"诗骚"审美观念有直接的联系，他"自小就是个弄词章的人"，对章回小说的回目的"完美"有着刻意的追求，尽可能向古典诗词的抒情性传统靠拢。他曾说："彼一切文词所具之体律与意境，小说中未尝未有也……小说如诗。"② 其小说中不乏其例的意境渲染便是他这种小说美学观念追求的结果。如《剑胆琴心》第一回展示柴竞眼中的月下图：河心月影，芦丛银沙，飒飒晚风，意趣盎然，形成了人中景，景中人的意境氛围。这时候，叙述者也融进了对意境的无功利观照中，中断了故事的叙述。《金粉世家》中的冷清秋在想到与燕西离婚的那晚上，愁闷的情绪与淡淡的月景，连着她的名字冷、清、秋融为一体。这就消解了一些情节的外在叙述，在减缓的叙述或空间性的展示中，读者玩味着，思考着人物与自身。

而真正完全突破情节模式步入新小说的情调化的领域的是一些通俗小说家的短篇小说创作。因此，从某种意义上说，这些小说不再是通俗

---

① 陈平原：《中国小说叙事模式的转变》，上海人民出版社1988年版，第218、224页。
② 张恨水：《春明外史·前序》，《春明外史》，时代文艺出版社2004年版。

小说，而是新小说。这在胡寄尘、赵苕狂、张碧梧、叶劲风等的一些小说中表现得颇为明显。主要表现为：一是书信式、手记式、自述式小说的大量出现。叶劲风的《一封不合时宜的信》的形式是一个深爱未婚妻但又担心其离开而萌生痛苦并走向自杀的一封绝命书。《深闺梦里》中绝大部分是主人公在战场上写的信和敌人的日记。泽珍女士的《苦女的自述》叙写"我"一个苦女在父亲去世、母亲被军阀砍死后向人间的自述。胡寄尘的《癞蛤蟆之日记》以日记的形式展示对自由恋爱的追求。而这些都为新小说家所探索。二是内心世界的展示，甚至无意识的自然流露的小说创作开始出现。叶劲风的《指着我的手》展示的全是各种手指着"我"而产生的内心世界：一会儿是父母严厉的责骂和父亲的死，一会儿是没衣穿冷得发抖的小儿，一会儿是无数的手，毛茸茸的手，一会儿又是责骂声、污辱、耻笑，一会又是一声轰鸣。故事的外在叙述就只剩下不断重复的富有象征意味的"手指我"，情节模式被内在世界的展示消解，甚至内在世界的理性因素也被打破了。胡寄尘的《心上的影片》展示的是"我"的无意识的自然流动。小说截取"我"意识不能控制而自然流露出的三个片段：一是十年前的父亲关心"我"的幻象；二是多年前"我"倾慕的倩影，她沉默无语，时隐时现；三是才三岁就夭折的小女儿笑嘻嘻地向"我"走来。这三个画面不是"我"理性化的回忆或联想出现的，而是难以避免的无意识的流泻，"我"根本就不能控制它们，它们不管"我"怎样避免就轻易地凸显出来了。小说也展示了"我"的理性心理活动，当倩影出现时，"我"很想通过"内视"把她看得更清楚，但马上就消失了，走来一小女孩。可见，理性内在世界的活动被非理性的无意识主宰着。这实际上是意识流小说的写法，情节模式的特色几乎不复存在。可见，通俗小说作家这种新颖的探索是独特的，其精神是可贵的。

　　向情调模式靠拢，注重引日记、书信、诗词入小说，注重展示内在世界，对通俗小说作家来说，有着重要的叙述学意义和哲学意义。从叙述学的角度说，它颠覆了传统情节模式的连贯的紧凑的快节奏叙述，使得故事的叙述在不时中断，延宕。结果叙述的速度就变得缓慢了。并且，这些倾向情调模式的小说多是人物视角，大多以第一人称叙述"我"显身，叙述者与人物合一，从而使叙述者获得鲜明的角色身份,打破了传统情节模式小说的全知叙述。小说中的"我"或是一位苦女,或是一个士兵,或是一个青年,或是一个儿童,这打破了传统小说中隐含作者与叙述者的直接一致性,从而为叙事的策略,为叙述的虚构性,假定性的探索提供了启示。从哲学层面看,这种缓慢的叙事与人物视角(尤其是"我"的叙述,使得读者在接读文本时易于把叙述者或人物内化为读者自身)促使读者在阅读时进行自我思索与自我创造。并且,因为叙述者与隐含作者的不一致,就使得文本中作者的神圣地位被瓦解,结果,现实作者就有了更多创作选择的自主权,读者也是如此,这实质就是五四自由主义与个性主义哲学思潮在小说叙事方面的深层反映。

另一方面,20世纪20年代的新小说并非完全瓦解情节模式。小说离不开故事情节,故事的淡化固然使小说更富有弹性和抒情色彩,然而当故事情节完全在小说中销声匿迹时,读者的审美需要不仅得不到满足,情感的深度也得不到展示。实际上,一些新小说作家在来自对故事情节本能的兴趣与驱使下,有意无意地不同程度地显露出对情节模式的青睐。茅盾把故事的地位提得很高:"最高等的小说是包括两者的:故事,而故事即为人物之心里的与精神的能力所构成。"[①] 他不是轻视"故事",而是使它与人物的性格连在一起。即使众多最为激进的新小说,也离不开以心理逻辑推演的故事。如《沉沦》中"他"偷看房东女儿洗澡,窃听情人私语,奔向妓院的情节性是很强的。而且整篇小说又有着故事的大致时间线性的特色。在该小说情节发展也有一些偶然性。《过去》情节模式也是明显的,还以倒装的叙述与人物偶然相遇的巧合来增添小说的悬念与趣味性。鲁迅小说的情节模式的色彩很浓郁。王富仁认为:"中国反封建思想革命的需要和鲁迅对中国社会意识形态状况的关注,导致了鲁迅小说的故事情节的弱化。"[②] 这对鲁迅的《呐喊》到《彷徨》的叙述模式的变化的把握无疑是准确的,但是从20年代鲁迅的总的创作考察,其《故事新编》中的《铸剑》《奔月》等小说

[①] 沈雁冰:《人物的研究》,载1925年3月《小说月报》第16卷第3号。
[②] 王富仁:《中国反封建思想革命的一面镜子——〈呐喊〉〈彷徨〉综论》,北京师范大学出版社1986年版,第381页。

的情节模式比《呐喊》更为明显。题目"故事新编"就是标志之一。作者也说其中一些是对"神话、传说、史实的演义"。①可见鲁迅是有意识地向传统故事情节模式的回归。《铸剑》讲述的是眉间尺与宴子敖向大王复仇的故事,它有开端、发展、高潮、结局。故事的传奇性、神秘性、偶然性、趣味性、曲折性,紧张急迫,都表现得极为鲜明。尤其是宴子敖在大王前戏玩眉间尺之头、大王头与眉间尺头的搏斗以及宴子敖削头助战场面,煞是惊奇。可以说,这种叙事设置大大胜过了不少通俗小说的荒诞与趣味。在他前两部短篇集中,虽然情节模式没有这么显著,但依然是存在的,这已为一些研究者所肯定,如有人说"《彷徨》与《呐喊》中的小说绝大部分都具备较为完备的故事因素"。②《阿Q正传》最具典型。小说叙述阿Q的优胜故事,恋爱故事,革命故事,有连贯的情节脉络,情节波澜起伏,不乏巧合,颇有趣味,如阿Q被误为盗贼的情节,与王胡捉虱子,与小D打架等。不过,鲁迅的功绩更在于在故事的讲述中体现对阿Q的同情,并寄予对国民性的批判与反思。这种效果的获得就是凭借隐含作者设置的叙述者的反讽式故事叙述。鲁迅的创作表明,情节模式并非只是求情节故事性,还可以通过叙事策略的巧妙设置,表达更深层的意味,从而使小说的叙述技巧获得了本体性的审美意义。正是这样,《阿Q正传》可以说是"严肃性与通俗性相统一的典范"③,它在通俗性的故事讲述中表现深刻的内涵,是寓言式的小说。如果不是叙述者语言过于"陌生化",其影响力还会更大。此外,鲁迅的《故乡》《社戏》《祝福》《药》等的故事情节模式的因素也是较为明显的。老舍对故事是极喜爱的。同一故事即使多次被讲述,在老舍看来,依然是那么美、那么有趣。他谈道:"7月7日刚过去,老牛破车的故事不知又被说过了多少次;小儿女们似睡非睡的听着;也许还没有听完,已经在梦里飞上天河去了;第二天晚上再听,自然还是怪美的。"④本着对故事和讲故事的喜好,他在"写着玩"的自我内在

---

① 鲁迅:《南腔北调集·〈自选集〉自序》,《鲁迅全集》,人民文学出版社1981年版。
② 黄佳能、陈振华:《故事的张力与20世纪中国文学》,《文学评论》2000年第5期。
③ 张梦阳:《从〈阿Q正传〉看通俗文学的严肃性与通俗性》,人大复印资料《中国现代、当代文学研究》2001年第1期。
④ 老舍:《我怎样写〈老张的哲学〉》,1935年9月16日《宇宙风》创刊号。

驱使下，完成了他第一部长篇《老张的哲学》。在《二马》中，作者对故事的讲述策略更加有意识地注意，还接受康拉德讲故事的技巧的启发，他说："首先把故事最后的一幕提出来，像康拉德那样把故事看成一个球，从任何地方起始它总会滚动的。"① 这种有意识的追求使得他的小说创作一开始就体现出较明显的故事情节性，如《老张的哲学》是以老张的故事为线展示现实诸多有趣的故事，有头有尾。在三四十年代，这种重故事情节模式更被强化了。许地山小说中的故事情节模式也是很突出的。不少小说还保持着传统小说、通俗小说注重传奇性、曲折性的特色。其代表作《缀网劳蛛》的主人公尚洁搭救受伤的盗贼，却被丈夫碰到被误为不洁，继而被丈夫刺杀，幸好没死，离家出走。故事的进展有着明显的巧合和曲折性。《商人妇》是一个印度妇女讲述她几次异域寻夫的曲折而富传奇的故事。一次她好不容易寻到了，丈夫却另有所欢，还被卖掉，她得到好人相助，逃了出来，几年后她又去寻夫。实际上，这种曲折的故事就成了人生命运的隐喻：人的一生总是曲折的，艰苦的。作者的故事模式的选择与浓厚的宗教观念联系了起来。此外，张资平的《苔莉》，巴金的《灭亡》，鲁彦的《柚子》，沈从文的《三个男人和一个女人》，叶圣陶的《倪焕之》，茅盾的《蚀》，蒋光慈的《短裤当》等小说都有着故事情节模式的特色。

从共时性的角度看，20世纪20年代新小说中长篇小说的情节模式比短篇明显；从历时性的角度看，从五四时期到20世纪20年代中后期，故事情节模式在弱化后又急剧得到强化。雅俗小说在情节模式与情调模式方面保持着互渗互动的张力，这种张力推动各自小说家向更多的可能性方面发展。通俗小说家在情节模式中渗入情调模式的一些因素，扩大了通俗小说表现的内蕴，使小说的叙述更细腻、更有人情味。结果他们拓展了小说的空间，使小说既有故事线性发展，又有人物的内心活动，场景渲染，使小说为读者提供了更多可游可居的空间。其小说的吸引力就更大了。新小说家在情调模式中渗入情节模式，或者运用情节模式表现新颖而深刻的主题。要达到此目的，他们必须截取最富表现力的事件，以有意识设置的叙事策略来打破原生故事的流程，这就使得

---

① 老舍：《我怎么写〈二马〉》，1935年10月16日《宇宙风》第三期。

新小说中叙事技巧的运用更为娴熟。可见，情节模式与情调模式的互动为雅俗小说创作的成熟均有不可磨灭的价值意义。

总之，20世纪20年代雅俗小说在叙事模式方面存在较为明显的互动现象。这种在对峙下的互动的意义是巨大的。一方面，它不仅促使了通俗小说向现代型的新小说的转化，还促使了传统通俗小说向现代通俗小说的转化。无疑，它为新时代的通俗小说的叙事方式提供了有益的参照。另一方面，这种互动也使新小说家开始找到自身的支点，钳制他们过激的追求，促使他们关注民族审美文化与大众趣味，从而带来了20世纪30年代中国现代小说的繁荣。

第二节　新生代小说的先锋实验

在当代，海峡两岸因各自的政治、经济、文化以及相同国际文化不同时地渗入，使得两岸的文化呈现出复杂交织的态势。而作为台湾20世纪80年代和大陆90年代的"新生代"①小说更是离合并存。通过两岸新生代小说的比较考察，希望能从一个侧面透视其汉语书写的现代性特征及发展动向。

一　比较的可能

首先让我们对两岸新生代作一个界定。所谓台湾的新生代，是指出生于50年代，可回溯到1945年，同时可延续到60年代（弹性可回溯到70年代末期）②。根据台湾希代版《新世代小说大系》编者前言所说，它是以1949年之后的作家为主轴，在台湾文化环境中长期浸濡甚至引领风骚的作家。而这些作家在80年代显示出卓越的创作才华，因此台湾新生代小说主要是50年代出生80年代崛起的小说家之作品，代表作家有黄凡、吴锦华、平路、陈韵林、张大春、李昂、王幼华等。大

---

① 大陆"新生代"有"晚生代作家""60年代出生作家"等说法，台湾"新生代"有"新世代""青年作家"等称呼，其内涵与外延大致相同。

② 汪景寿、杨正犁：《论"新生代"》，《台湾与海外华文文学评论和研究》1991年第2期。

陆新生代所指更是众说纷纭，莫衷一是。但从时域看，它基本上是指60年代出生90年代登上文坛的青年小说家群体，如韩东、何顿、邱华栋、朱文、陈染、卫慧、棉棉等。尽管两者小说之肇始与引领风骚不同时，他们却有较类似的文化语境甚至极相仿的小说创作背景。

台湾新生代小说家大多出生于50年代，这时的台湾已从日据殖民化皇化的樊篱中挣脱出来，但又深受国民党的反共策略、反共文艺的束缚。60年代的台湾开始在经济方面吸收西方先进经验与管理模式，大大地打破了传统落后的农村经济的曲宥，逐步迈向资本主义。又经过20多年的开放和日益鼎沸的民主政治运动，80年代的台湾更加工业化、现代化、商业化：城市畸形发展，文化垃圾俯拾即是，高消费的中产阶级白领工人蜂拥聚起，台湾"全面都市化，文化进入多元化阶段"①。特别是"解禁"之后，台湾逐步进入后工业时代。可见，台湾新生代的成长背景和日据时期及有大陆经验的前辈作家截然不同，是在社会急剧转型的文化背景中，在现代资讯的多元化网络中开花结果的。大陆新生代也经历这样一条不断开放、西化、商业化的道路。他们大多在文化封闭的20世纪60年代呱呱坠地，过完"文化大革命"洗刷的童年少年开始其精神探寻时，大陆已走进改革开放的新时期。尤其是1992年以后，改革全面深化，市场经济机制开始运行，商业化、都市化、信息网络化更加彰明。西方文化也随之侵入，并较为轻易地占据了年轻人的精神领域。恰如卫慧在《梦无痕》中说："我承认我从骨子里崇尚着西方文化的某些生活方式。"所以，经济刚刚抬头，文化接受早在其先了。不难理解，海峡两岸新生代小说家均生活在资讯化的网络中，具有相同的文化背景。在这开放多元化、鱼目混珠的文化背景中，来研究他们的小说创作较之于研究两岸80年代小说更为有价值，更有内在的意义与可比性。

况且，两岸新生代小说拥有相仿的小说创作背景。台湾小说在50年代被反共文艺控制，与中国大陆"文化大革命"期间一样几乎是一片空白。60年代随着资本主义的入侵，西方现代主义也接踵而来，并形成以白先勇、欧阳子等现代派小说独占鳌头的局面，70年代又受到

---

① 《新世代小说大系》"乡野"卷首语。

高扬现实主义的乡土文学的严峻挑战,以致导致了数次蜚声台湾的"乡土文学论战"。大陆则相反,随着改革的步履,小说首先注重思想的启蒙性,对历史现实给予无情的控诉、深刻的反思。接着,又陆续接受西方现代主义的浸染,并在1985年造成巨大声势。无疑,台湾小说经历的是现代主义—现实主义,而大陆历经的是现实主义—现代主义。但是,从当代宏观角度来看,两岸新生代具有相似的小说创作背景。因此,90年代的大陆新生代小说和80年代台湾新生代小说一样,不再是现实、现代主义所能涵盖的,而是一种超越,走向兼收并蓄、开放化、商业化的文本创作。大陆新生代小说家声言:"在一个开放的多极化的信息世界里,只能在历史传统、外来文学和现实生存的全方位开放的状态下努力去挖掘和发挥母语的文学表现力。"① 同时,在后现代主义文化洗涤下的后现代小说也被两岸新生代小说家进行了不同程度的实验。因此,不论从宏观的文化背景还是从较具体的小说创作历程来看,两岸新生代小说都值得我们深入地比较研究。

二 退居欲望之所

在都市化、商业化、工业化的文化系统中高度发达的商品经济,瞬息多变的生活节奏,灯红酒绿的街市无时无刻不扑入人们的视野。投身于这样的时代,人的潜意识的物欲、情欲、权欲、名欲被激活并轻易地占据着主宰着年轻人的躯壳,甚至凝结为"情结"(complexity)。新生代小说家一踏进小说,社会已经像神话里的巫婆一样,"刹那间变出无穷欲望塞满了各个角落,足以让他们惊讶得目瞪口呆,他们本能的将主流文化视为陌路,即不认同也不相关,他们自觉的把自己定位在远离政治生活中心的文化边缘地带,表现着他们自私自恋的生活方式和心理欲望"②。在新生代小说中,又以金钱为核心的物欲和以无爱的情欲最为典型。

在物欲横流的当代社会,人们摒弃了传统知识分子的神圣精神探

---

① 《文学:迎接新状态》,《钟山》1994年第4期。
② 陈思和:《逼近世纪末的小说》,王晓明主编:《二十世纪中国文学史论》第三卷,东方出版社1997年版,第452页。

寻。90年代的新生代小说把以金钱为核心的物欲作为一种目的，一种认同的价值观念，远离海德格尔批判的物化人格，他们把金钱的追求视为合目的实践。这样一来，金钱不仅仅是一种工具，更是心灵快适本身，一种"有意味"的符号，从而成为小说的一种特殊的叙述力。"金钱现在实际上已经成为情节构成的基本要素之一，或者说，成为九十年代小说话语的一个重要符号。""它参与故事进程中来，参与人物命运中来，参与存在的幸福和苦恼、充实和匮乏中来。"金钱"不单单是它的内容，实质上已意味着情节母题以及相关的一套叙事游戏规则"①。大陆何顿的《生活无罪》、朱文的《我爱美元》等，台湾黄凡的《曼娜舞蹈室》、吴锦华的《祠堂》等是其典型代表。《生活无罪》叙述"我"因见朋友发迹而利欲心痒离开美术教师的职位，跟朋友卖力挣钱，继而倒买倒卖电影票，甚至通过替朋友曲刚拉包装潢的工程师而不顾一切地向他索要2万，字里行间浸染着"我"对金钱的强烈欲望。这种欲望胜过朋友，胜过纯真的艺术。艺术在金钱面前沦为垃圾，流露出酸溜溜的尴尬的姿态。在金钱的诱惑下，一切都成为交易，兰妹在与丈夫性交之前必须要五元钱，在她看来，这没有羞涩，也没有传统伦理观念的羁绊，唯有不忘的就是钱。相应地，小说在追寻钱的故事中演进，钱成为该小说的叙述动力。在《祠堂》中老人韩兴伯在梦中聆听到已故之妻求他维修祠堂，可现实中，儿子个个对风雨飘摇的祠堂视而不见，弃置不顾。一旦这祠堂闻名全台带来经济利益时，儿子们都想据为己有，甚至他的孙子在夜阑人静时去偷拔祠堂的交址陶，因为一只就值三万块。最后韩兴伯从房上摔死，无言地预示了金钱欲的胜利。《我爱美元》更赤裸裸地展露了金钱的本体性价值。金钱已成为众多价值标准之上的霸权标准，成为当下的"权利话语"。它不仅成为生成故事的句法和语汇，而且"金钱在这篇小说中讲述金钱的故事"，金钱在小说中"成为一个真实的叙述者"②。更值得注意的是，新生代小说不再对金钱进行尖锐的批判，而是趋于认同甚至沉溺于其中，这就更强化了金钱的叙述功能。

---

① 李洁非：《新生代小说》，《当代作家评论》1997年第1期。
② 李洁非：《新生代小说》，《当代作家评论》1997年第1期。

无爱的情欲是新生代小说的另一种叙述动力。这种欲望来自无意识的原始萌动，抛弃了对爱的神圣精神的关注以及梦幻中的灵与肉的浇铸，而是沦为更纯粹的官能冲动与享乐。人物让那团积蓄的如蘑菇云般的性阴影在纵情中顿时瓦解，获得一种本能欲望的乐趣。在小说中，性欲成为目的，成为叙事逻辑的中心。大陆的《梦无痕》（卫慧）叙述学中文的女孩"我"与伦、明的三角关系，文本不注重神秘爱情之灵的体验，而是退居欲望之所，重视"我"的感官刺激和欲望的满足。"我"生活在自己被调弄和调弄别人的文化大体系之中，令"我"欣喜的就是偶然的艳遇。即使明知道明有妻子，还是抵挡不住明的诱惑和自身的欲望，尤其是明知道明不是真爱她，两者不存在爱的可能，而且一接触明就直觉到一种悲剧气息的来临，"我"还是以积极的介入姿态投入他的怀抱，到外度假，饱尝生命本能的宣泄之乐，"以从未有过的新奇和亢奋，放纵我们汹涌的欲望"。《我爱美元》更是把性冲动合理化理论化。小说叙写"我"给来探望的父亲从理论上上了一堂玩女人的课，令持正统观念的父亲深为不满，然后"我"带父亲历经理发店、餐厅、包厢电影院、金港夜总会，又令父亲扑朔迷离。难以理喻的是，父亲最后欣然地带上了一个婊子回家。"我"陷得愈深，上大学"过上较为稳定的性生活"，毕业后落入"饱一顿饥一顿，吃了上顿没下顿的状态"，以至意念成结，"变得双眼通红，碰见一个女人就立刻动手把她往床上搬"。因此有人称该小说为"不知廉耻的妓女文学"[①]。如果说20年代面世的《沉沦》令一些封建道学家目瞪口呆，那么20世纪90年代的新生代小说对情欲本能的书写更显得理所当然，自容自如。恰如葛红兵评论道："性不再是对抗的对象而是它本身。这是一种更符合理想的方式：在一个真正自由开放的社会，压抑者不会将性当成反抗的工具，'性'就是'天性'。"[②] 这蕴含着强大原动力的"天性"的满足无疑成了合理的目的，也构成了小说一种合理的叙述动力。

台湾新生代小说亦有情欲宣泄的因素。吴锦发的《指挥者》《春秋茶室》《燕鸣的街道》，陈韵林的《两把钥匙》等小说可以佐证。《两把

---

① 杨琴：《不知廉耻的妓女文学》，《作品与争鸣》1995年第9期。
② 葛红兵：《关于〈糖〉之三》，载棉棉《糖》，中国戏剧出版社2000年版。

钥匙》写一个刚从台大毕业的女孩柯美霞受老板郑勇男的青睐，发展为他的情妇。随之而来的挑弄使她无法抑制原欲的冲动，无法挣脱肉欲的牵引。即使她十分厌恶他，有时达到疾恶如仇的地步，然而在本能冲动的瞬间忘记了拥有真爱的昌平却走向了无爱的郑勇男。性本能的满足不仅成为小说的调剂品，更是故事演进的"母题"。《燕鸣的街道》中的幼玛数次与人同居，遇到"我"更是恣意烂漫，令"我"懵懵懂懂。《春秋茶室》中的"我"虽为少年，也抵挡不住性萌动的驱使，"我不知怎地就突然变得全裸了，而且竟和那少女拥吻搂抱，在地上打滚起来"。"那少女的唇是烫烫地像蛭一般深深吮住我的唇，那是一种说不上的舒畅或麻痒的感觉。"正是这种本能的诱惑"我"半夜去偷看那陌生女孩陈美丽并与其赤裸亲吻。《指挥者》中也不乏此例。主人翁阿根把性欲的发泄视为心理治疗的方式，心情郁闷不畅快的时候，他下意识地就到酒店包房去。不难看出，两岸新生代小说都注重情欲的目的性和叙述功能。不可忽略的是，这里面还包藏着商业化的煽动因素，通过一种替代性的满足来招揽更多的读者。

相对而言，大陆新生代小说在欲望之中更觉得理所当然，台湾新生代小说在宣泄欲望之后，还有一些东西在苦苦冥思。柯美霞痛定思痛之后，与昌平在溪头相约，挖掘出两把钥匙。这钥匙就是真爱的象征。《指挥者》还尖锐地批判了当代丑恶的新闻出版业以及随处受人指挥的生存状态。《曼娜舞蹈室》最后叙述"我"与唐曼娜"手牵着手，肩并着肩，走出重重夜幕，走进生命中最后一段时光里"，对未来充满希望。因此，台湾新生代小说在抒写欲望的同时，还有现实的深度与理想的色彩。

三 女性主义小说的离合

国际女权主义运动与思潮也渗入了80年代的台湾和90年代的大陆并形成热潮。两岸新生代小说家都把笔触伸进了这个前沿领域：或者揭露鞭笞传统观念、社会现实对女性的压抑，或者高歌女性独立自主解放自强的新女性，或者探寻女性独立的深沉原欲。而女性作家与女性小说的融合——更强化了女权意识。这些小说在两岸文坛占据着不容忽视的地位。如台湾的《杀夫》（李昂）、《这三个女人》《贞节牌坊》（吕秀莲)、《老阁》(平路)等,大陆的《潜性逸事》(陈染)、《随风闪烁》(林白)、《上海宝贝》(卫慧)、《如梦如烟》(徐坤)等。

但是,在具体创作中,两者的表现方式是不同的。大陆的小说采用一种直觉式的身体式的"个人化"或"私人化"的写作模式,带着一种思辨哲学的抒情色彩,以叙述者与人物合一的近距离聚焦来透视写作人物与写作主体的独立解放意识。陈染的"孤独的旅程""小镇神话载体""女性之躯"等小说文本都时隐时现地张扬女性特有的写作意识,活现着一个个如戴二小姐、消蒙、"我"、雨子等写作女性。"写作将使她挣脱超自我结构"①,从而经历情感、价值及写作本身体验,不但解放了外在性特征和女性现实的约束,更解除了其深层的集体意识的约束力,为她营造一种"绿屋顶",回到原始的"本真状态"。通过写作这种"个人化"的叙事,"不仅伸展个性解放的自由之翼,而且被潜在地指认为对伦理化的主流话语的颠覆"②。因此,写作成为解构男权中心系统的一把锐器,"把陈染带向女权的高度"③。林白的《随风闪烁》通过"我"的思辨性的心理历程的讲述,来展示红环这一女性形象,并时时不忘对写作女性自我的观照。棉棉亦是如此。她在《糖》中写道:"无论我怎么努力,我都不可能变成寻把酸性的吉他;无论我怎么更正错误,天空都不会还给我那把我带上天空的噪音,我失败了,所以我只有写作。"可见,女性主体写作和女性人物写作不仅成为女性深层次解放的工具,而且成为当女性安顿焦躁灵魂的理想法门。

台湾新生代女性主义小说则与之不同,它注重外在女权运动、外在行为的叙述,在女性和男性复杂的现实关系中,以女性的独立自强竭力抗争,来颠覆消解男权主义在现实的中心地位。《杀夫》中的林阿市面对禽兽般对她进行性虐待的丈夫忍无可忍,最终抄起丈夫的杀猪刀有如剖猪一样把丈夫摆平,这种行为不仅是林阿市追求自我生存而且是打破男权主义樊篱的有力证词。虽然作者李昂认同林阿市的壮举,但她采用的是远距离的视角来展示故事,以情节、对话人物的行为等外在因素来

---

① 张京媛主编《当代女性主义文学批评》,北京大学出版社1992年版,第194页。
② 戴锦华:《陈染:个人和女性的书写》,《当代作家评论》1996年第3期。
③ 方铃:《陈染小说:女性文本实验》,《当代作家评论》1995年第1期。

揭示女性卑辱地位及爆发式的抗争，使得该小说的"女性形象不再是生活的悲剧角色，而是敢于向大男子主义挑战的强者"①。这种叙述较之大陆个人化的写作模式具有更多的现实主义成分和普遍性，但缺少大陆小说诗化的抒情性。《老阁》是一篇不足千字的微型小说，却深刻地批判了现实中的男权主义，并指出它像丈夫面对官僚体制、系统运作、权力结构一样笼罩着家庭妇女。这同样主要是以丈夫对妻子的训话的外在展示表现出来的。《这三个女人》被认为是最彻底的"阐扬新女性主义思想"的小说，作者叙述了三个女性的不同经历，较为现实地展示了女性要独立自主，认真追求自我价值观念的人格，她塑造的许玉芝、高秀加、汪云新女性主义形象，概括了现代女性的面貌，具有典型性。此外，廖辉英的《盲点》《今夜有微雨》、朱秀莲的《女强人》等都从不同的角度闪耀着女性主义思想的光辉。总之，台湾新生代女性主义小说更注重社会普遍的女性独立意识，竭力提高女性在社会人际关系中的地位和权力，"重建现代合理的价值观念，以再造子女独立自主的人格，并促进男女真正平等社会的现实"②。大陆新生代女性主义小说蕴含更多"私人化"成分，更倾向于沉思，似乎走得太远太狭隘，缺乏台湾小说那种强烈的社会责任感和使命感。

存在这种现象的原因主要有两方面。一是两者的社会政治情势有异。随着改革开放的全面推进，新生代作家对文艺从属于政治的论调持有莫名的敌意，这样，他们淡化了政治，远离中心文化圈，退居政治文化的边缘地带，甚至一些作家沦为"多余人"的可悲处境，她们多关注的是自身，自身的自由、烦恼、解放；台湾自70年代来民主政治接连不断，女权运动也造成极大声势，崛起的新生代作家又为之呐喊助威，甚至居这些运动的核心地位，诸如吕秀莲、李昂等，因而她们的小说就是这种政治意识、责任感的明证。二是作为小说创作的主体，两者有不同的文学背景。大陆新生代女性主义小说更多地接受了西方现代哲学思潮的熏染，在文本中注重哲学的思辨色彩，尤其是对人之生存的反复验证。爱思索、爱理论成为作家与人物的共同特点。《潜性逸事》中

---

① 黄重添：《台湾女性主义小说发展景观》，《台湾文学选刊》1987年第4期。
② 吕秀莲：《这三个女人·再版的话》，自立晚报社1987年第5版。

的李眉能把叔本华的名言烂熟于心,付之于行。主人公雨子透过《红色娘子军》,看到的是"空虚的现代人永远追溯不回的一种精神的毁灭与失落的荒原"。当她悟出法国结构主义者所说的"如果说生活还有什么意义的话,那就是它毫无意义可言"时,竟是热泪盈眶,感怀万端。她面对"现代人的精神家园的永远丧失"痛感冥思。并且,中国大陆有着重抒情的诗骚传统,加上像陈染等作家在大学一直写诗,这样,抒情色彩得以在小说中更加彰显。其实,思与诗在本质上是邻居,它们"使我们没受保护的存在转向敞开","允许人的居住进入其非常的本性,其现身的存在",从而获得深层次的解放,因为它们无疑是"居住本源性的承诺"①。而台湾新生代面临着当代台湾文学的发展的严峻形势,她们竭力通过小说创作来高扬台湾文学自身的声音,企盼扮演其自身的文学角色。这样她们主动地关注台湾的当下现实与人们的生存状况,一种较强烈的社会责任感使命感便在小说中流露了出来。

四 多种表现手法的尝试

前面已经谈到,20世纪80年代的台湾和20世纪90年代的大陆新生代是处于现实主义、现代主义小说创作兴盛后的文学背景中,他们兼收取舍,不再局限于某种单一的表现手法,以达到对前辈的自由超越。台湾新生代小说对现代主义手法的运用更为娴熟、更为妥当。他们以很具表现力的现代派技巧抒写台湾当下现实,同时不失尖锐的批判力。如吴锦发的《指挥者》把阿根上酒店玩女人的外在历时性叙述和他内心的断续共时性展开结合起来,从而批判了台湾新闻报道的龌龊现象,并透视出人在生活中无处不处于被人"指挥"的非自由状态,现实主义中又有着现代主义的味道。大陆新生代小说家在运用现代主义手法的同时对现实采取的更多是顺应的姿态,少有台湾小说对诸如新闻、公害等社会现实给予揭露;强调写作主体的主观性,少见台湾小说比较显著地注重社会的普遍情结。

两岸新生代还十分热衷于对后现代主义小说创作的尝试。台湾的

---

① [德] 马丁·M.海德格尔:《诗·语言·思》,彭富春译,文化艺术出版社1991年版,第128、198页。

《如何测量水沟的宽度》《小说实验》（黄凡）、《五印封缄》《人工智慧纪事》（平路）、《消失的男性》（吴锦发）等，大陆的《嘴唇里的阳光》（陈染）、《母狗》（韩东）、《梦无痕》（卫慧）、《糖》（棉棉）、《生活无罪》（何顿）等均有后现代意识或形式的体现。20世纪60年代以来，随着接受美学、后结构主义、新解释学的崛起，西方文化迈入后现代主义阶段，并迅速向世界蔓延。它理所当然地要求冲击处于全方位开放的80年代的台湾和90年代的大陆文坛。后现代主义所倡导的瓦解中心、颠覆"堂皇叙事"、注重交流与对话、崇尚平面化破碎性、迷恋文字游戏等等金科玉律都为两岸新生代小说家所体验以至实践。由于后现代主义属于一个复杂的系统，要对两岸新生代的后现代小说作一个较完整的研究非笔者所力及，笔者就其体现的后现代意识和"元小说"特色作一甄别。

两岸新生代后现代小说均有后现代意识的表现。一方面，小说中的人物生活方式"过程化"，缺少一种主宰生存的稳定内在的"本质"。人物在当代原子化的符号社会里成了无根的云到处飘落，不断地告别，不断地奔跑，难以找到栖身之所，更无玄机驻足守望。所以，葛红兵评论大陆新生代小说："'无处'与'告别'构成了新生代的两个状态，他们尚不能找到自己的精神定居之所，因而，他们在一处的'到场'看起来就似乎是为了和这个地方'告别'。他们在这个世界'尚未定居'，他们将永远处在'奔跑'之中。"[①] 如果这是较为感伤的"过程化"，那么放逐精神的守望，时刻不忘对物欲和情欲的渴求与享受，就成为大众所能喜于接受的"过程化"生活方式。正如《生活无罪》中的狗子所言："我现在只认呷，只认玩。"在玩的纵情中让时间无意识地消逝。同样，"我"也处在追求金钱的忙乱过程中。台湾小说也写有这种生活方式。《消失的男性》中的知识分子欲奔，从一个天才诗人逃避诗坛去研究鸟，但又被误认为间谍，以至变成一只鸟而消失。他在社会中不断地变换角色，还是无处容身，即使当他变成一只鸟时，还是受到狂风暴雨的凌虐，唯一解救的道路就是消遁。这是一种无根的生存。《人工智慧纪事》叙述科学家H与"认知一号"机器人"我"从陌生

[①] 葛红兵：《新生代小说论纲》，《文艺争鸣》1999年第5期。

到相互配合到感情依念以至于被"我"抛弃的故事。"我"清楚地意识到"人生中不可跨越的鸿沟，无法满足的情爱，以及注定擦肩而过的缘分"。匆匆相识，又匆匆地告别，作者从情爱的角度展示了匆忙"奔跑"的生存方式。从上面分析可以看到，台湾新生代后现代小说除后现代意识之外，还有一种较明显的社会批判性，这是与大陆新生代小说的不同之处。

另一方面，与"过程化"相关的就是平面化的生存。后现代主义消解了以往的逻各斯中心论，张扬人的本能欲望和直感体验。受它影响的新生代的小说"感性大于理性，感性真实大于逻辑真实"，这样，"世界的因果联系被抽空了"①。所以，它砸碎了数千年积淀下来的沉重的历史感、宇宙感、人生感，唯存后现代主义的一只"空碗"。《梦无痕》中的"我"追求本能欲望的宣泄，展现一种生物层面的生存状态，让昔日崇高的理想，人生的终极任意放逐。"我"对曾经总在问的"你一生要做什么""你想要什么样的生活"的回答只有简单的三个字"不知道"，因为"我"不习惯于做梦。对一些有着确定目标孜孜不倦地盘算的人，"我"总是凭着直觉就不喜欢，再也不用去推断深思为何之故。卫慧的小说消解了"生活之重"。她解释说："因为我所居住的这个城市随着杂色人等的杂居，日益陷入后殖民主义泡沫里，陷入'轻'的生活哲学里。"② 台湾的《大家说谎》瞎编胡扯，以诱骗读者的阅读欲望。创作与解读只是一种偶然性的暂时的相互哄骗与娱乐，"想从小说的写读去追求并建立某种严肃的人生意义和价值是注定彻底失败了，小说不再是具有阐释真理的义务和权利"。③《如何测量水沟的宽度》堪称台湾后设小说滥觞之作，讲述五个人在 1960 年 5 月 30 日去测量城市下水沟的宽度，最后是"坐在大沟上，摇头晃脑，直到天黑，一点办法也想不出来"。然而测量水沟究竟是怎么回事？"这个问题恐怕连'黄凡'也无从交代"，"这场游戏只是借着白报纸上印出的黑字来证实它能够

---

① 葛红兵：《新生代小说论纲》，《文艺争鸣》1999 年第 5 期。
② 卫慧：《公共的玫瑰》，载《卫慧全集》，漓江出版社 2000 年版。
③ 吕兴昌：《新地文学》1991 年第 4 期。

勾勒出一个'世界'"。① 尽管这个"世界"提供了多种解读的可能性，它也是漂浮的，缺乏深刻意义的启示。从比较中可以看出，两岸新生代的后现代小说"终于去掉了几千年人类心灵梦魇般沉甸甸的深度，获得了根本的浅薄"②。

第三节 网络媒介与文学转型

一 文学网站的产业化与中国网络文学的发展

自1994年跨入互联网起，中国网络文学已历经了十余年的发展。在文学边缘与死亡的文化大氛围中，在拥护和质疑的两难困境下，中国网络文学却成为一个大众的事实摆在人们面前，尤其成为当代青年的文学表达与情感传播的主要形式之一。即便2004年作家陈村发出"网络文学最好的时期已过去"的感慨，但不能忽视的是，中国网络文学至今仍备受瞩目。网络原创小说《鬼吹灯》《星辰变》等作品近年来波及全国，掀起一股股网络文学旋风。我们试图从文学网站的产业化角度来探究中国网络文学的发展，从文学制度方面分析产业化为中国网络文学发展提供的重要机遇以及引发的问题与缺失，进而反思如何建构产业化与网络文学发展的良性机制。

（一）

影响文学发展的因素尽管复杂，但是文学制度无疑是重要因素之一。而技术的发展又影响着文学制度的嬗变。西方现代文学之所以成为重要的文化形式，离不开自谷登堡推进印刷术的出版产业的发展。出版产业至今是文学发展的制度因素。网络作为新技术改变了文学发展的轨迹，甚至促进了文学的死亡，"技术变革以及随之而来的新媒体的发展，

---

① 蔡源煌：《欣见后设小说》，痖弦主编：《如何测量水沟的宽度》，联合文学杂志社2002年版，第21页。

② 王岳川：《后现代主义文化研究》，北京大学出版社1992年版，第238页。

正使现代意义上的文学逐渐死亡。我们都知道这些新媒体是什么：广播、电影、电视、录像以及互联网，很快还要有普遍的无线录像"。① 米勒在此所论及的是读图时代文学的变异与危机，但是我们不能无视这一事实：互联网取代出版业改写了文学发展的制度因素，正在催生一种新的文学制度。文学网站的产业化就是通过重新确立互联网的价值特性与运营模式成为文学发展的制度性因素，从而影响到当代文学的发展。中国网络文学已经逐步进入文学网站的产业化之中，从而面临新型文学制度的机遇与挑战。

所谓产业化，就是注重工业生产与管理机制运作，集中市场经营，追求价值利益的最大化，"产业化的共同特征一是利益指向，二是淡化行政级别和事业性质，追求相对独立的经营实体地位"。② 阿多诺在重新思考文化产业的文章中认为，文化产品之所以成为可能在于"当代技术含量和经济管理集中化"。③ 文化产业化就是利用科学技术打造现代文化的市场制度，形成独立的规模化的生产经济实体。中国传媒在近20年的发展中已经逐步形成较为成熟的具有竞争力的产业化模式，互联网也随之迅速走向产业化前沿，文学网站的产业化也因之作为特殊的新型领域受到关注。在网络文学的发展中，存在着非产业化文学网站和产业化文学网站两种主要形式。非产业化的文学网站持以较为纯粹的文学理想，也出现了一些较优秀的网络文学作品，引起网民的普遍关注。但其读者群往往较少，而且发展颇为艰难。香港中华网络作家协会网站的《宗旨》第一条就提出，该协会"实为一所非牟利机构，为全球华人提供一个自由写作的免费空间，推广各类文学活动，发扬中华文化的精神"。④ 但是该网站首页刊载的作品阅读人气就比较低。产业化的文

---

① [美]希利斯·米勒：《文学死了吗》，秦立彦译，广西师范大学出版社2007年版，第16页。

② 黄升民、丁俊杰主编：《媒介经营与产业化研究》，北京广播学院出版社1997年版，第5页。

③ Theodor W. Adorno. "Culture Industry Reconsidered", trans. Ansom G. Rabinbach, *New German Critique*, No. 6 (Autum, 1975), pp. 12–19.

④ 《宗旨》，http://www.sinowriters.org/html/modules/cjaycontent/index.php?id=4。2008年6月6日查询。

学网站则抛弃了自发的文学抒写和网际传播，试图把网络文学创作纳入产业化的链条机制中，通过现代企业运营管理模式充分考虑和挖掘网络写手的写与社会网民的文学需要以及与市场经济的切合点，实现文学与经济的最佳结合。中国网络文学发展已经开始凸显这一重要趋势。从1999年起，台湾网络文学就尝试产业化，取得了初步成功。据台湾学者须文蔚所研究，"有商业机构或政府支持与赞助的文学社群，往往比较能够吸引更多读者的注意力"。英业达集团在1999—2004年提供了许多空前的、颠覆的文学传播模式，如成立专业写作公司。台湾《鲜网》以网站上聚集了30万名网友的虚拟社会为基础进行产业化运作，通过编辑丛书的方式横跨网络和平面出版两个市场。① 中国大陆文学网站的产业化推进步伐也是迅速的，尤其体现在原创文学网站的产业化建设方面。1997年底朱维廉创办中国原创网络文学网站"榕树下"，投资100万元，该网站1999年以前一直为个人主页。1999年8月，上海榕树下计算机有限公司成立，产业化正式运作，2006年中国民营娱乐传媒集团"欢乐传媒"与之联姻，推进文学资本化，打造"文学影像化"的核心盈利模式。另外，2004年上海盛大巨资收购玄幻文学门户网起点中文网，TOM则以千万元代价控股幻剑书盟，杭州的博客中国以及人气旺盛的天涯社区，都获得了1000万美元的风险投资。②

可以说，在中国过去几年里，中文原创文学网站纷纷受到资本市场的青睐，成为网络增值的商业模式之一，有意识地迅速地推进产业化进程，成为影响中国网络文学发展的重要因素。

（二）

文学网站的产业化趋势已经成为一个不容忽视的事实，那么其是否带来了价值意义，是否有利于中国原创网络文学的发展与繁荣呢？回答

---

① 须文蔚：《台湾数位文学社群五年来的变迁》，http：//blog.chinatimes.com/winway/archive/2005/07/19/1303.html。2008年6月18日查询。
② 胡劲华：《资本市场青睐文学网站 百万点击值10万元钱》，http：//www.sina.com.cn 2006年04月22日 09：51《财经时报》。2008年6月18日查询。

是肯定的。在全球化背景和中国市场化进程中，文化产业化以及随之而起的文学网站的产业化会极大地促进中国网络文学活动，重组中国网络文学之格局，这主要表现在三个方面。

一是文学网站的产业化建设提供了原创网络文学活动的优质化的技术平台。原创网络文学是借助于计算机与网络而进行传播的文学形态，它不像纸质创作，主要通过笔、稿纸、印刷等实在物体存在，技术性要求不是特别高，相反则需要计算机技术与网络技术的不断更新，需要高质量的硬件支持与软件开发。如果不进入资本链的产业化运作，文学网站也无法在读图时代受到网民关注，这需要资金的注入以及高效的技术更新与开发，所以产业化无疑会打开原创网络文学的媒体质量与网络文学本身的技术含量，技术在作为网络传媒载体的同时，融入文学的内在肌理之中，从而有助于网络文学的开放性和多元发展，同时技术开放也促进了网络文学互动平台的多样化与优质化。通过比较，我们不难发现，产业化的文学网站在技术平台上远远超过非产业化的技术平台，不仅是页面效果、阅读空间效果，还是网络文学活动本身的质量上都形成了较为明显的差异。

二是文学网站的产业化提供了原创网络文学活动更多的自由空间。一些网络文学写手高呼网络文学写作的自由化，这些人如18世纪末期的浪漫主义者一样，充满对自由的文学表达的憧憬与激情式的看护。这种对文学自由的坚守是任何一位真正进入文学领域的人所认同的，但是排斥其他因素介入文学只是一种梦想。事实上，网络文学自由恰恰需要文学网站的产业化来呵护。这从根本上就涉及市场机制与网络文学自由的问题。马克思在批判资本主义市场机制的同时，认识到市场提供的自由创造性空间。拉德洛蒂（Sándor Radnóti）也认识到："文化工业的自由的工资劳动为艺术打开了不同类型的自由，打开了不参与这种生产的自由。"[1] 文学网站的产业化凝聚了充分的资本数量，通过投资、广告、网络与出版联姻、阅读收费制度（VIP阅读模式）等方式建立起独立性的经济实体地位，参与竞争获得资本收入，这为网络文学创作提供充足

---

[1] Sándor Rádnóti. "Mass Culture", trans. Ferenc Feher and John Fekete, in Eds. Agnes Heller and F. Feher. *Reconstructing Aesthetics*, Oxford: Basil Blackwell, 1986, p. 80.

的自由空间。如果起初的网络写手主要在于解决生存的无聊与欲望的缺失，那么随之越来越多的网民加入网络文学活动之中来，活动的主体就不断趋于复杂化与多元化，其中网络写作职业化成为一种瞩目的现象，这是网络文学发展与繁荣的重要表现。网络职业写手专注网络文学创作，提升了网络书写的质量与数量，这种职业化恰恰是文学网站的产业化所提供的机遇与平台。近几年来中国影响较大的原创文学网站都实行了产业化运营，都挖掘出一批颇有潜力的网络写手，通过签订协议的方式使网络作家职业化，从经济上和法律上保证网络写手专门从事网络文学创作，从而促进了中国原创网络文学的迅猛发展，在数量上和质量上得到新的突破，这又相应地促进了网络文学接受，在浏览人次或者人气方面一浪高过一浪，形成了网络文学创作和接受彼此激励、彼此渗透甚至转化的动态机制，使得中国网络文学活动成为世界网络文学中的突出现象。起点中文网2002年才成立，在短短几年时间里就通过产业化运营成为世界排名前100强的网站，浏览人次突破1亿，2007年稿酬总收入最高的作者获得100万元以上。① 产业化给网络文学写作提供了更多的职业化实验的空间，文学在敌视经济利益的同时又从经济利益中获得了自由的生存天地。

　　三是文学网站的产业化挖掘出文学创作的潜力，实现语言文学的多方面试验的可能性，从而推动逐渐兴盛的创意产业发展，为文化创意提供源源不断的元素。创意产业是当今西方极为重视的新型产业，强调挖掘文化潜力与意义的产业化，以将人类创造力融入社会生活之中。这项产业的发展无疑会极大地提升当代人的生存质量，使人们生活与制度管理包含更多人类的创造性和新的生命价值意义，这事实上是使社会与管理制度更富有人文意蕴。在中国创意产业却刚刚起步，值得各界共同呵护与推进。中国原创文学网站的产业化的目的是多方面的，但是其中非常重要的一个目标是借助网络原创文学的实验推动中国创意产业的发展，实现中国文化产业的新的突破。文学网站以文学创作为起点，推动文化产业的规模式发展，它既以文字写作的实验作为影视创意的素材，

---

① 黄坚:《〈鬼吹灯〉旋风劲吹 盛大开辟网络文学新"起点"》,《解放日报》2008年6月10日。

推动文学影像化，同时成为网络游戏的创意资源，因而网络文学试验成为中国创意产业、文化产业重要的支柱之一。因为网络文学写作主要是18—35岁的人群，学历层次绝大多数是专科生、本科生、研究生，这是一个富有创意的青年群体。文学网站的产业化正是开发了这个群体的文学创意与文化创意的能力，使这个群体成为当今文化生活的重要的设想者与试验者。网络文学与网络游戏的接受者也是主要是这个年龄群体，这进一步形成了创意与分享创意的群体，促进网络文学的产业化的内在机制的形成与良性互动发展。

网络文学的产业化形成了新型的文学制度，为网络文学活动提供了高质量的存在空间，也有利于充分挖掘网络文学创作的诸种潜能，促进中国原创网络文学的发展与繁荣。

（三）

不过，也要反思文学网站的产业化给中国网络文学发展带来的负面性，尤其要思考网络文学作为一种事实存在和价值存在的关系。

第一，中国原创文学网站的产业化在创造新的文学制度的同时又在挪用传统的文学制度。原创网络文学的写作、接受、传播都试图挑战传统文学制度及其文学意识形态，但是产业化运作通过各种途径与模式试图重新把网络文学大众化、社会化、程序化、市场化。这是中国网络文学发展中的一个悖论现象。20世纪西方的先锋派和青年亚文化群体已经面临这种悖论。雷蒙·威廉斯（Raymond Williams）认为："现代主义很快丧失了它的反对资产阶级的姿态，达到了与新的国际资本主义轻松自在的结合。"① 马丁（Bernice Martin）认为，20世纪60年代反结构的青年先锋文化却以再结构化而告终，"文化又将反文化运动所推崇的许多东西制度化了"。② 网络文学的产业化使得网络文学成为制度化的文

---

① ［英］雷蒙德·威廉斯：《现代主义的政治——反对新国教派》，阎嘉译，商务印书馆2002年版，第53页。
② ［英］伯尼斯·马丁：《当代社会与文化艺术》，李中泽译，四川人民出版社2000年版，第22页。

学样式，中国网络文学和传统文学一样，仍然被网络文学批评家群体、人文价值观念、社会制度进行福柯式的权力与意识形态的规范，网络文学发展最终进入制度性掌控之中。网络写手宣称充满自由与激情式的抒写，最终沦为满足网民窥视他人隐私欲望的一次替代性满足，成为职业化链条的螺丝钉；不断地文字狂欢，夜以继日地嘀嘀嗒嗒，最终沦为互联网写作制度与协议的一名文字雇员，在某种意义上这与中国现代文学家为稿费写作而生存的情形没有根本区别。

第二，文学网站的产业化离不开商业的目标。文学网站为了满足商业利润而忽视网络文学的本身价值，为了产生市场效应而放弃网络文学潜力的开发与挖掘，它通过注重文学的外在影响因素的开发获得影响效力而忽视网络文学的文学性因素。近几年，产业化的文学网站充分利用现代企业经营的丰富成熟的经验加强策划，纷纷推出网络文学征文大赛，推出富有吸引力的广告，甚至通过组织文学研究权威人士参与评委，邀请著名作家参与文学网站会议等，也就是挪用传统文学制度的因素与当代产业化经营模式来打造品牌文学网站，提升文学网站的人气与影响力，又通过提高的影响力与世界排名进行宣称广告、传播，以形成所谓的较为良好的文学网站的品牌形象与核心竞争力，从而获得高额的商业利润与市场潜力。这些产业化与文学外在制度因素在中国网络文学发展中占据着主要角色，倘若如此不但不会促进网络文学的发展，而且会产生严重的负面效果，最终在掀起耀眼的泡沫之后剩下一个空洞的网络文学骨架，中国网络文学也因产业化而断送自己的命运。如此的产业化还不如非产业化的网络文学写作。随意浏览西方的网络文学网站或者网页，很多是非产业化的，但是网络文学作品实验性很强，形式丰富多样。这些网页和网站没有任何形式的广告与商业经营，虽然浏览人次不多，没有中国网络文学的轰动效应，但是仍然体现了网络文学的不断探索，有可能在某个时刻伟大的网络文学作品就诞生了。

第三，文学网站的产业化通过建立创作与接受的互动机制促进了网络文学发展，但是也有可能为了追去点击率与商业利润，迎合网民的趣味，成为欲望生产的制度机器，而忽视网络文学的创新品格与先锋实验特征。中国原创网络文学给几乎忘却的文学界带来了新气象，带来了新的机遇。尤其是网络文学的欲望抒写与表露成为网民所阅读的兴趣点。

近几年影响较大的网络文学作品几乎都涉及欲望的表达,这是当代消费文化语境中的主体性特征与文化特征,也是具有世界性特征的。中国原创网络文学的欲望抒写具有先锋性意义,在文学表达中有创新之处与文学制度内爆的意义。但是文学网站产业化之后的网络文学的欲望表达就更可能被充分挖掘与利用,实现网络欲望抒写与商业意识形态的亲密接触,如此网络原创抒写更与当代消费意识形态形成联姻,阻碍文学的文学性与意义张扬,失去网络文学原创空间的自由性和多元性。甚至,文学网站为了追求非文学意图甚至挖掘网民的欲望需求或者激发虚假的需求,或者迎合网民的趣味,以达到轰动效应,但丧失了网络文学发展和繁荣的丰富潜力。

中国具有影响力的原创文学网站几乎都走向了产业化的道路,通过整合传统文学制度因素创造新的文学制度模式。鉴于网络文学载体与写作的特殊性和高技术要求,产业化会打造出中国原创网络文学的新局面,尤其是在网络文学的软件技术的创新开发、网络文学的多元创造、优秀超文本写作等方面带来新的机遇。中国网络文学仍然处于发展之中,优秀而高质量的作品还有待创造与开发,还缺乏像乔伊斯(M. Jorce)的超文本作品《下午》、莫尔斯洛普(S. Mouthrop)的《维克托花园》《黄金时代》等具有世界性影响的优秀作品。在中国这需要职业化、高水平的创造团队和高技术的软件平台,而产业化形成的规模运作和集团化优势可以为此创造良好的条件。同时,也应该注意产业化可能给中国网络文学发展带来的陷阱,有可能使之失去文学发展的内在自律性,从而错过网络文学的实验性机遇。因此,如果要建立中国网络文学发展的良好机制,真正关注网络文学或者参与网络文学的业界人士,就应该充分通过产业化的经营,打造网络文学创造的品牌与影响力,在经济大潮中实现网络文学的繁荣,通过推出真正优秀的网络文学作品凝聚经济实力,建立中国网络文学发展的他律与自律机制,因为"健全'他律'与'自律'并存的约束机制,也许是庇佑新媒介文学健康前行的必要手段"。[①] 中国网络文学活动已经成为世界瞩目的文学现象,而文学网站的产业化更使这种现象格外耀眼。如何通过产业化打造

[①] 欧阳友权:《网络文学的学理形态》,中央文献出版社2007年版,第28页。

网络文学精品，促进中国网络文学发展，不仅使中国网络文学在价值层面真正进入世界网络文学体系，而且跨入世界创意产业领域，这仍然是值得深入反思的问题。

二　网络文学的付费阅读现象

作为汉语抒写的中国网络文学迸发出耀眼的光芒，在2000年沉寂之后随着新型文学制度的形成尤其是新型文学产业模式的建构再次成为中国当代文学经验的重要维度，在当代世界文学格局中也是独树一帜的。近年来在产业化的复杂链条上逐步完善网络文学付费阅读机制，作为网络文学发展的新聚焦显得格外瞩目，网络写手和传统作家自觉不自觉地被卷入这个日益升温的文学消费的市场机制之中，如何从学理上理解和评价这种复杂现象已不容回避。

从根本上说，网络文学的付费阅读是中国网络文学产业化进一步推进和完善的必然。中国网络文学的产业化进程虽然仅有十余年，但是它伴随中国市场体制的突飞猛进旋即走向成熟。付费阅读也从2002年开始在短短几年中波及起点中文网、天下书盟、幻剑书盟、天鹰、17K小说等重要原创文学网站，这些网站虽仍然把文学作品的一部分免费提供给读者阅读，但是只有付费之后才能继续阅读或者得到某些完整的文学作品。文学网站从如何注册付费、如何充值、如何折扣等不同层面形成了法定有序的便捷路径，读者通过网上银行、手机、固定电话等方式支付一定数额的费用就成为文学网站的VIP成员，自由地畅游网络文学世界。这无疑是网络文学纸本化的出版产业模式和广告盈利模式的延伸，是对网络文学影视化模式的突破，是网络文学自身的盈利模式的开发。从这个意义上说，这是网络文学最基本的市场机制的构建。付费阅读不是网络文学借其他产业模式将自己产业化，而是网络文学自身产业化的呈现，是网络文学自身开掘出来的一条血路。

网络文学的付费阅读机制的形成具有革命性的意义，可以卓有成效地推动中国原创网络文学的良性机制的打造，为良莠不齐的汉语网络文学建立合理性规则，营造富有活力的网络文学生态，为网络文学的健康发展创造潜在的契机。第一，付费阅读能够促进网络文学价值的规范性建构。网络文学是纯粹私人情感的宣泄，是以我手写我心的绝对自由，还是一种新型的公共性和意义的分享，一种新的交往领域，这可以通过付费阅读加以检视。以往在价值评价上过多地凸显前者的意义，而付费阅读中介机制把作者和读者的共同纽带的联袂放在了核心地位，也就是说文学的意义应该是作者和读者的共同的规范性诉求，而不是单方面的孤芳自赏和私人欲望之发泄，这对网络文学的发展无疑是极为必要的，有可能催生新型的意义生产机制和共享领域。这是对现代性的人文价值的重构，把网络文学重新融入现代性的规范性框架之中。随着互联网各种制度的逐步规范，网络文学制度也因之得以萌生，开始走向成熟。第二，付费阅读有望推动网络文学原创，提升网络文学的质量。汉语网络文学一直作为重要的文学现象或者大众文化现象被学界关注，特别从其价值之优劣方面得到深入讨论，而事实上优秀的网络文学作品仍然是相当缺乏的。汉语网络写作在突破媒介限制和旧有制度约束的条件下显得无限自由，成为每个人皆能为之的随意抒写，这在带来抒写震惊之同时必然导致网络文学的庸俗泛滥。这一方面是因为网络写手层次不一，另一方面是因为没有一个合理的机制来保证网络写作的质量。而付费阅读通过利益之链条与作者建立契约，只有优秀的网络文学作品才值得付费，愿意被读者增值阅读。因此，付费阅读带来的利益以及随之而来的网络写手的职业化与市场化使写手得以全身心地倾注于网络文学抒写，既使作者自由地展示自己的文学才华和网络文学创意，也使之必须发挥极致，向读者提供最优秀的文学作品。2008年7月成立的盛大中文网整合晋江原创网、起点网、红袖添香网3个网站，实行付费阅读，作品前半部分免费，后半部分按千字2—3分钱收费，写手与网站五五分成。结果，盛大中文网2009年的收入比2008年翻了好几番，2008年的销售额近亿元左右。在盛大中文网上，目前年收入过百万元的作者超过10名，收入10万元以上的作者超过100名。① 作者的自由和独立以及职业化成为推动网络文学创作的重要因素，如果作者创作不出优秀作品，就不可能获得付费阅读的机遇，即使偶然获得也不能形成良好而稳定的盈利模式，而优秀的作品通过付费阅读形成持续的价值链，市场盈

---

① 见《网络阅读三分钱看一千字超级写手赚了上百万》，《都市快报》2010年1月28日。

利反过来促进网络文学质量的提升，可以从纷繁复杂的网络文字中淘出优秀作品，形成经典网络文学的价值标准。付费阅读既是作家职业化形成的重要条件之一，也是对网络文学作家的知识产权的肯定和保护，这对网络文学的健康发展和网络优质写作的激励无疑是有裨益的。第三，网络文学的付费阅读也给读者带来了新的意义。由于付费阅读，读者形成了区别性意识和主体性观念。付费阅读和免费阅读的根本区别在于，前者通过货币建立了读者的主体性地位，认可了读者的价值分享和评价的权利。通过建立市场交换双方的主体性，交流和对话就可能在更高的层次上，更多元化的精神需求上展开，而不是像免费阅读那样读者潜在地充当被授予、被给予的角色，内含臣属的被动性，作者也在这种免费阅读中处于主体抒写身份难以确认的状态之中，这就是为何大多网络写手隐含自己的真实姓名而代之以临时符号的主要缘由。此外，付费阅读由于经费的保障可以为读者营造温馨的阅读环境和气氛，尤其可能避开各种广告的干扰带来文学审美经验的中断以及阅读兴致的泯灭。因此，网络文学的付费阅读机制能够促进网络文学写作和阅读的良性互动，是汉语网络文学发展走向成熟道路之上的必然趋势，它意味着读者对网络文学的认可度的提升，标志着网络文学已经融入整个文化产业结构之制度性框架中。

但是付费阅读存在着悖论。付费阅读对汉语网络文学发展的积极意义不容厚非，不过付费阅读本身也蕴含着天使的幸福和灾难两副面孔，具有付费和阅读的二重性，面临功利性和非功利性的悖论。首先，权威可信的网络文学价值评价机制仍然缺失。虽然网络文学通过付费阅读可以自发形成评价机制，优秀的作品阅读的人数多，获得的收益也多，评价机制通过收益建立了起来。在全球市场化的今天，市场决定商品价值乃至调控人文价值逐步成为可能，一分钱一分货，不仅就普通商品而言而且就网络文学而言均有效。但是这种评价机制仍然有其限度，不能形成优秀的网络文学作品的权威标准。网络文学的文学价值标准不能仅仅依赖于点击数量的累计，还要取决于阅读的文学共识，甚至取决于网络文学自身的独特性，乃至取决于少数人的慧眼。何况，由于网络文学付费阅读成为网络文学产业化的重要环节，文学网络运营商为获得更多利益必然利用各种手段进行炒作提升人气，甚至利用网络技术手段进行虚假统计，诱使读者付费阅读，这不仅不会促进汉语网络文学的发展，反而导致网络文学的灾难。其次，付费阅读带来的商业功利性影响了网络文学的深度阅读。文学阅读是人类对语言的审美经验的品鉴，古代的诗词赏鉴、现代文学杂志和书籍的私人化阅读，均使读者处于沉醉状态，通过阅读建立起文学的价值意义。现代文学阅读尽管面临文学性和市场货币的悖论，但在阅读实践中文学性的独立仍然是可能的，文学作品在市场上进行交易，读者一旦购买作品后就脱离市场，轻易地忘却功利性而进入文学世界。但是网络文学的付费阅读直接处于交易状态，文学阅读总是被商业性的功利所纠缠，纯粹的文学审美经验也就难以寻觅，文学阅读缺乏深度，文学阅读更多的是被动的消费而不是意义的寻觅和人生价值的体悟。有人认为："网络文学不是让我们用静态的方式去慢慢地琢磨。你完全可以一目十行地去读。网络文学是欣赏思维，欣赏这种想象力是怎么样迸发的。"① 倘若如此，付费阅读就更强化了泛化阅读、消遣阅读，文学阅读也就沦为文化快餐。最后，就现状而言，网络文学的付费阅读仍然面临诸多困境，网络文学处于运营商支配下的作者写作和读者阅读，作者和读者没有到达与运营商平等共享的高度。由于对运营商的依附，作者沦为不断生产文字的工人，为利益再生产文字，为填补读者大众的欲望而疯狂抒写，所抒写的多是模式化的玄幻文学、情欲文学，叙事手段和语言表达几乎脱离不了传统通俗文学的窠臼。网络上堆积的是数量众多、每本字数动辄上百万的长篇小说，利益的增加几乎完全凭借文字数量的扩充。扪心自问，有多少人读完了这些长篇小说，有多少人能够读完这些文字，有多少人愿意读完这些作品？付费阅读凭借欲望的刺激和难以确信的点击率赢得读者的付费，不付费读者的阅读就被迫中止，而付费之后发现只是躯壳一个，欲望不但没有满足反而萌生新的欲望，欲望的辩证法在网络文学的付费阅读中昭然可见。这是当下汉语网络文学的付费阅读的心理机制，但是这种机制不可能推动网络文学的繁荣，反而使网络文学更加大众化、欲望化、机械化，成为消费文化的重要部分，而难以进入纯文学的视阈，如此看来"十年网络写作越写越水"之说不是没有道理的。更可悲的是，不仅某些运营商费尽心

---

① 见《付费阅读下的网络小说创作倍受质疑》，《解放日报》2009 年 7 月 7 日。

机挖掘利益之源，一些网络写手亦精心挑逗读者，对于如何刺激读者、如何利用读者、如何抓住读者、如何迎合读者似乎熟稔于心，完全以他律之眼光定位文学写作，几乎失去文学创作的自律品格和尊严。这种以利益链形成的运营商和作者的联盟对读者造成了极大的伤害，这也是对文学的伤害，是文学的堕落。汉语网络文学刚起步就走向了产业化的道路，没有诞生多少优秀作品就开始推行付费阅读，深化炒作与商业策划，违背了文学艺术的根本价值，有可能丧失文学和技术的嫁接而催生的文学实验的新机遇，过早地使网络文学陷入文学和商业纠缠的危险旋涡。

网络文学的付费阅读是汉语网络文学发展的必然趋势，但是这不必然推动网络文学精品的涌现。读者的需求是多样的，既需要大众作品，也渴求实验性的精品。网络文学发展需要精英作品作为主导，网络文学的付费阅读也需要网络精品作为支柱，而不应仅仅依赖纯粹欲望性的模式化写作，否则网络文学的付费阅读难以得到读者的普通认可，必然以失败告终。因此，人们应该正确地评价网络文学的付费阅读现象，以有效的运营机制和规范性的网络文学评价体系，切实建立付费阅读的市场公信力，避免付费阅读的消极影响，挖掘其蕴藏的无限生机，推动网络文学产业化进程，形成良好的网络文学生态，以促进汉语网络文学的大繁荣。

第六章　后现代欲望与审美

第一节　后现代消费文化中的时装表演

　　流行文化已成为后现代语境中一个引人注目的关键词，它是资本主义生产发展到一定阶段的必然现象，是城市化、后工业化、商业化的产物和必然的需求，并与以金融资本为主要运作方式的当代抽象化的社会息息相关。因此，它的产生与发展决定了它必然与商业构成同盟，通过商业运作来传播其文化。这是文化的经济化。另外，商业又仰赖文化，尤其是大众文化来刺激消费，这是经济的文化化、大众化，也是经济的日常生活化。时装表演①就是这样一种出于商业的动机而推出的典型的流行文化。并且，作为一种综合艺术形式，它透视出复杂的、多层面的文化意义，对不同的接受棱镜折射出不同的光芒。因此，对它展开深入的探寻是当今文化研究不容忽视的课题。我们从欲望、身体、消费等维度来解读时装表演，探寻它从文化到经济的运作模式，即试图揭示，时装表演通过欲望、身体打造武断的流行神话②在于有效地散播消费意识形态。

---

　　①　时装表演有侧重艺术与商业目的，但是，即使前者也不能忽视商业的动机，因为在时装表演中，纯粹的艺术追求是难成功的，也是难以流行的，本文分析侧重商业目的时装表演。

　　②　罗兰·巴特对流行符号的武断性作了探讨，认为在流行服饰体系中，符号是"（相对）武断的"，在结构上也是如此，并且"流行符号的习惯制度是一种专制行为"。请参见［法］罗兰·巴特《流行体系——符号学与服饰符码》第十五章第II节"符号的武断性"，敖军译，上海人民出版社2000年版，第242—243页。

一　时装与欲望

欲望是后现代美学的一个重要范畴，是当代失去深度感的大众文化的必然结果。时装表演就是实践欲望美学的典型的载体。

时装表演对欲望的重视与它自身的特征是不可分的。时装表演是一种不断的"此刻"，永远的现在时，它遵循后现代的时间逻辑。它也具有波德莱尔所说的"过渡的、难以捕捉的、偶然的"[①] 审美现代性的特征。这样，时装表演的成功就在瞬间的现在，在于瞬间地刺激观众，捕获观众。在某种程度上说，其对观众的依赖程度胜过其他艺术门类对观众的依赖。它不会像其他物态化的艺术品，即使没有被人们发掘或欣赏到深层的底蕴，还有重逢知音的天日。所以，一旦观众对之反感，其价值就立刻宣告终结，它的诞生也就成了它的死期。相反，如果它在瞬间唤起了观众的欲望，就马上有可能成为制造流行的标志。所以它失败也快，成功也快。

时装表演的主体是模特，因此唤起观众的欲望也在于模特。模特必须抓住观众，刺激观众的欲望。但是，在时装表演中，模特没有丰厚的情感内蕴与精粹的形式，她仅仅拥有自身的眼神、姿态、造型等。这无疑很快令观众乏味。不过，模特采用了两种主要策略弥补这种缺陷，以便不断地刺激观众的欲望。一是模特把自身依附于观众，在观众那里寻求支持，寻求依赖，似乎通过造成一种相互交流的亲和的幻象使自身与观众象征性地保持一种零距离。观众也因之萌生一种欲望并得到一种象征性的满足与占有。二是模特超越观众的视线。她以一种颇带自律性的表演，凌空于舞台之上，对台下的或电视前的观众不屑一顾。以一种超然的姿态，她有条不紊地或冷漠无情地或颇带傲慢地姗姗而来，直逼舞台最前沿。这种距离化、陌生化的方式在某种程度上说比第一种方式更能刺激观众的欲望，它是一种变相的挑逗。不过，对观众而言，这两种办法都表现出欲望与失望的辩证法。它们使接受心态波动不已，模特每向观众接近一步欲望就得到一次强化，最后碾碎观众的欲望而退场。观

[①] 转引自 Matei Calinescu. *Faces of Modernity*, Bloomington and London: Indiana University press, 1977, p. 48.

众也因欲望对象的缺失产生痛苦、焦虑,心理平衡就被打破,只好通过期待下一个模特的出场来补偿,结果又经历同样的心态,只留得一个欲望萌动与渴求征服焦虑的躯壳。就此而言,时装表演和武侠小说、流行音乐等大众文化对观众的影响是类似的。一旦时装表演的观众坠入欲望的圆盘,正如步入巴赫音乐的怪圈,在兴奋与焦虑中无数次地重复循环。要平衡这种心态,就只有求助于一次又一次的同类型或同模式的文化形式,这就萌发了对封面女郎、流行广告、电视电影明星的迷恋,并不知不觉地将其神秘化。但是,时装表演与其他大众文化相比有更突出的模式化特征,因而设计者必须不断地求新求变。为了强化欲望,设计者必须加快节奏,尤其是电视时装表演,摄影师不得不汲取精华,撷取最能够感动观众的片段,截掉尾声与次要的部分。所以,我们目睹到的处处是高潮,处处是悬念。并且,通过摄影镜头对特殊的性感部位的闪击,通过镜头焦距的变化,观众可以自由地多角度地接近模特,甚至达到一伸手就可以触摸的程度,虽然这永远只是一种幻想,但欲望是强烈的。

刺激观众的欲望的效果是复杂的。它把时装表演扎根于观众的内心,使观众无意识地接受它,因而它是制造流行的关键的一环。人被欲望的权力支配,比用法律、暴力等强制性的支配,比用纯粹金钱的诱惑更为得力、有效,更为快捷,也更为巩固。但是,因为观众被坠入自己无法主宰的欲望旋涡之中而迷失了自身,并产生对欲望对象的神化,所以欲望成为陷阱。从这方面看来,时装表演正如巴特所描述的大众文化,是一种新的神话。① 但是,时装表演不是纯粹刺激观众欲望的,它还需要更自然化即审美化的形式,以更丰富的感性来诱惑观众,更深入更持久地影响观众。

二 身体美学

作为一种舞台文化,时装表演是一种综合艺术。它以模特身体为核

---

① 对此现象,霍克海默、阿多诺等进行了批判,但是后现代的时装表演充分地运用接受心理学、消费心理学、美学、现代科技等研究成果,显示出复杂性,所以我们不能完全遵循他们的阐释。

心，整合了时装、音乐、灯光，因此它是凸显身体美学的一个范本。

身体是有关感性的，在后现代，它属于美学的核心范畴之一。伊格尔顿就认为："美学是作为有关身体的话语而诞生的。"① 他赋予了身体丰富复杂的文化内涵，解构了传统意义上的单一的身体概念，把它演化为一个比意识更丰富、更清晰、更实在的现象，作为"我们所有那些有着更精巧的思维的生命的潜在性副本"②。时装表演中的身体美当然不能完全从伊格尔顿的身体美学理论中演绎出来，它不具有后者那种深度模式与历史的意识形态的沉重负荷，但它成了一个重要的纯形式的审美文本。在一定意义上说，它就是展示模特身体的艺术，其在舞台上的出场，就是模特身体的凸显，将身体特征化与个体化，这既是审美表现又是审美创造。在表演场，模特把身体自身作为能指符码，作为纯形式而显身出场，悬置了日常身体的出生、伦理、信仰等。什克洛夫斯基认为："艺术的目的是为了把事物提供为一种可观可见之物，而不是可知之物。"③ 这种艺术的观念也适合时装表演，模特一出场，身体就成为纯粹关注的对象，如使石头成为石头一样，这里使身体成为身体。也就是说，身体成了艺术品。

具体地说，时装表演的身体美或者说它之所以产生美感在于模特身体独特的形式和与形式不可分的神韵。前者体现在身体的体形、姿态等方面，后者表现在神态、魅力、风度等方面。就体形而言，时装模特都是千里挑一的，身体修长、匀称，各部分配置和谐、比例适度，大多符合或接近黄金分割律。由于模特身体是一个活的有机体，因此它集中地体现了形式美中多样化的统一这一最高原则。就姿态而言，模特的身体美主要体现在造型方面。如果说模特的体形是天生的，无可选择的，难以改变的，那么模特的姿态却是其与设计师精心创造的，可以不断创新；如果说体形更多地接近自然美，那么这方面更多地表现出社会美、

---

① ［英］特里·伊格尔顿：《美学意识形态》，王杰等译，广西师范大学出版社1997年版，第1页。译文略改动。
② ［英］特里·伊格尔顿：《美学意识形态》，王杰等译，广西师范大学出版社1997年版，第227页。
③ ［苏］维·什克洛夫斯基：《散文理论》，刘宗次译，百花洲文艺出版社1994年版，第10页。

创造性的艺术美。也因为如此，姿态在时装表演中被充分地运用。它帮助模特克服自身的体形的缺陷或不足，让其最美之处如腰部、臀部、腿部等得到艺术性的强化，并让静态的体形美活动起来，创造出更多样更具变化的动态美的身体。正是通过姿态，模特的身体的美与潜在的创造美融为一体，从而超越模特的日常身体美，通过其动态的韵律美与曲线美而升华到一种有"意味"的形式。当然这种有"意味"的形式还在于模特的神态、魅力、风度等内在的神韵。只有体形、姿态、神韵浑然一体，方可是最佳的身体美。

事实上，在时装表演中，身体美愈来愈突出。身体以一种视觉的刺激，辅以扑朔迷离的光晕，加以轻盈或铿锵的音响节律来延迟观众感知的长度并使观众产生审美的快感。同时，身体也就具有了多重文化意义，它既有对人的感性快感的强调，又在确证人的身体，不同于动物躯体的唯一性与审美价值；既是人的自我确证，也是人体艺术的自我确证。不过，时装表演的身体与古代、现代的身体有根本的区别。柏拉图在《理想国》中已经透视了古希腊人对身体美的重视，这个身体是精神与肉体和谐发展的身体，可以用福柯的"生存的美学"来概括。现代人也重视身体，但是身体是一个被理性殖民的对象。如在康德看来，人的形体是道德的外在表现，"那心灵的温良，或纯洁或者坚强或者静穆等等在身体的表现（作为内部的影响）中使它表现出来"。[①] 后现代的时装表演的身体不一样，它是对强调纯粹形式观照的康德美学的解构，它把康德歧视的、与审美相对的刺激、感动、欲望等感性因素视为一种具有本体论的价值范畴。可以说，时装表演的身体是轻盈的，飘浮的，没有前两种身体的沉重的道德性与伦理规范，从某种程度上说这是一种真正的感性身体，但又冒着沦为缺乏深度的或者被掏空的躯壳的危险。

在时装表演中，与身体美不可分的另一种美是时装美。时装表演作为一种大众文化，毕竟不同于纯粹的模特身体的展示，也不同于脱衣舞表演。因为脱衣舞纯粹符合欲望的刺激与失望的辩证法，恰如巴特所认为的："脱衣舞至少巴黎的脱衣舞——是奠基于一种冲突与矛盾之上：

---

① [德] 康德：《判断力批判》上，宗白华译，商务印书馆2000年版，第74页。

女人在脱到全身裸体时，就失去了性感。因此可以说，在某种意义上，我们面对的是一种恐惧的景象，或者是恐惧的伪装。仿佛在那里，色情只不过是一种美味的恐惧，进行它的仪式象征，只是为了同时唤起性的概念和它的魔咒。"① 尽管脱衣舞被巴特冠之以艺术的名义，但它主要是一种色情文化，一种纯粹利用人的性欲本能来获取吸引力的活动，其服饰仅仅是技术性的工具与手段。相比之下，时装表演就丰厚得多，服饰本身被作为前景凸显出来。服饰的款式、格调、季节性、场所感、佩饰、颜色、长短、藏露等都得到极大的甚至夸张的强化。舞台上的服饰不同于现实生活中的服装，后者总与具体的环境与现实的功利考虑相掺杂，其独特性总被"他者"所遮蔽，而前者在这独特的地方、独特的时段似乎挣脱了人之主体的控制，在舞台上自我展示、自我表演，一切都纳入服饰的神秘魔力之中。一扭身突出臀部款式，一侧身流露衣服的曲线，一挺胸彰显其精神神韵。不难领会，此时的服饰成了纯粹被观照的对象，这实际上透视出服饰的符号能指的审美价值。时装表演正是一系列能指链的舞台游戏。对单独的一个时装而言，从其出场开始，在徐徐与观众拉近距离的过程中让一个能指转向下一个能指，一环紧扣一环，从而把服饰自身的一个个特征的独特魅力展示出来，最后引出下一个新奇的能指符号。这些能指缺乏丰厚的经典意义，其所指也就是其能指。如果时装的一个能指在台上逗留太久，就会令观众感到乏味，因为时装就是凭一个个能指符码来吸引观众的注意力。观众也是在一个又一个能指的期待中让时间默默地流逝，很少或来不及对其反思。由于一反思就意味着对舞台表演的忽视，而作为突出的大众文化的时装表演，恰好要征服观众对它的反思，其以应接不暇的富有刺激性的视觉化的能指迫使观众跟着服装走，直到结束。所以，在时装表演中，服饰能指获得了极大的权力与魅力，扮演着拉康所说的能指的角色，即"一个能指，就是为另一个能指代表主体的东西。这个能指就是其他能指为它代表主体的能指：这也就是说，如果没有这个能指，所有其他能指都不代表什

---

① ［法］罗兰·巴特：《神话——大众文化诠释》，许蔷薇、许绮玲译，上海人民出版社1999年版，第15、128页。

么"。① 可见，在时装表演中，服饰成为黑格尔所说的"走动的建筑"，一种独特的审美的文本。

因此，在时装表演中，身体与时装都审美化了。不过，身体美与服饰美是和谐配置的，它们既要自然化又要合身。服饰的动态最终要依赖于模特身体的运动，而且服饰特色的充分展示也得靠合宜的身体。设计者密勒（Nicole Miller）非常重视演员模特，重视女性感性的身体，她说："这些女演员是性感的、可爱的姑娘，她们给衣服增添了一种整体的维度。"② 同样，身体要展示自身的审美特性，又得依赖于时新、时髦的服饰，通过服饰的松紧、藏露、风格、色彩等来呈现身体的自主性审美价值，因为服饰可以把"身体的姿态充分地正确地突现出来"③。例如1999年度最流行的模特吉赛利（Gisele）就是在世界著名服装设计师麦克昆（Alexander McQueen）设计的时装表演中一举成名的。同时，她展示的服装也流行起来。因此，服饰仰赖模特身体而获得权威的地位，宣布今年流行该服饰；而模特身体也凭借服饰而获得靓丽的形象，宣称该身体是今年流行的身段。两者既充当能指的身份，又是对方的所指。因此，身体与时装美学并非处于一块自律的飞地，而是形成共谋，一起制造流行神话，从而为商业提供了充分的机会。

三 消费意识形态

时装表演使观众坠入欲望的旋涡并饱尝身体与时装的美，这无疑给观众留下了一种难以抹去的幻象，从而奠定观众对之青睐的心理基础，即无意识受控与情感认同。无疑，这成了引发流行的机制。时装表演掩盖了赤裸裸的商业的动机，在观众心中塑造了一个成功的假象，即观众自己的理想身份的建构。模特与时装都是唯一的，是设计师精心准备甚至是艺术灵感的结晶。但对观众看来，这种独特的美能转移到自己身上，即只要自己穿上那种服饰就可以变得美丽，走向成功。这就是审美文化转化为经济的内在机制，也是时装表演制造流行、使其日常生活化

---

① ［法］拉康：《拉康选集》，褚孝泉译，上海三联书店2001年版，第630—631页。
② Allison Lynn. "Role reversal", *People Weekly*, vol. 44 (Nov. 13, 1995).
③ ［德］黑格尔：《美学》第三卷上，朱光潜译，商务印书馆1997年版，第160页。

的机制。事实表明，作为消费社会的一种独特的文本的时装表演体现出或激励一种常为人们难以意识到但又无意识支配观众意向与行为的消费意识形态，正如有人说："时装表演是推动女内衣制造者的市场的一部分。"①

这种意识形态常被前两者（欲望与身体）遮蔽，或通过这两者以变形或象征的形式或无意识地扎根于观众的心灵深处。刺激欲望就是要增加票房总额，提高电视收视率，模特给观众制造缺失感就是要诱使他们在观看之后去购买流行时装杂志，再来观看时装表演，尤其是到商店去购买由服装公司推出的一大批相似的服装。我们不妨涉及一些具体的例子。1983 年在美国纽约大都会艺术博物馆举行的盛装晚会，票价高达500 美元仍十分抢手。VH1 电视频道由于推行流行时尚，每年多次举办著名的时装表演，从而闻名于世，收视率年年看好。在巴黎成名的美国设计师凯里曾与时装表演队到商店进行 3 小时的表演，在一个周末就销售两万美元的时装。我们回顾一下时装表演史就知道，时装表演在它诞生的第一天就是为了服装的促销。1846 年，高级服装的创始人英国的查尔斯·弗雷德里克·沃思（Charles Frederick Worth）让自己店里的一位漂亮迷人的小姐披上他要卖的一种披肩，结果销售十分令人满意。据说这是世界上第一个用人做模特的时装表演。② 在后现代，这种表演愈来愈成功，同时也愈来愈精致、复杂化，在艺术与经济的光谱中不时地滑向艺术一端，但是它从不忘记其内在的利益动机。日本服装评论家大内顺子认为："时装是艺术与商业相结合的文化。"③ 这也适合时装表演。可以说，时装表演是一种成功的消费心理学的艺术化。

同样，欲望在审美化的同时经济化了。这是后现代商业经济的一个突出特征。杰姆逊对之进行了切中肯綮的分析，他说："策划者是真正的弗洛伊德式的马克思主义者，他们懂得性本能投入的必要性，懂得必

---

① Alice Z. Cuneo. "THE FASHION SHOW", *Advertising Age*, vol. 70, no. 48 (Nov. 22 1999).
② 刘峰：《世界上第一个模特诞生记》，《时装》1988 年第 3 期。
③ ［日］竹端直树：《Fashion 时装属于谁》，李晓牧译，《时装》1996 年第 4 期。

使这种投入伴随着商品使它吸引人。"① 虽然时装表演唤起的欲望是复杂的,但性的因素还是起着举足轻重的地位。从其对模特的选择来看,大多要女性,一定要年轻,②且充满生命的活力,这无疑是生殖力的隐喻。维多利亚的秘密(Victoria's Secret)不断通过回答"欲望是什么"的问题训练和塑造模特的人格,其销售副总裁柏罗德(Jill Beraud)说:"我认为我们一直只会是性感的东西。"③ 并且,时装表演使观众一旦坠入欲望的圆盘,就不仅仅被吸引,更要反复地屈服于它,这给商业带来了充分施展空间的余地。女性模特是美的,其身段符合美的规律,能激发观众的审美的快感,所以赫勒认为:"美的个人的原型是一个女人。"④ 因此,在时装表演的特定情景下,通过塑造女性尤其是其身体的审美化、神秘化,商品即服装也获得了形象,也审美化了,但是商品依然是商品,它要急迫地等待交换。从这方面看来,时装表演是促进商品销售的,它实质上是一种较为隐蔽的商业广告。

时装表演与消费意识形态的联系是必然的。因为要举办一场表演,必须有场地设施、工作人员、高档模特,有高级设计师、缝制人员、优质的面料等,而这些都需金钱的运作。时装表演的场地费极为昂贵,根据克诺尔(Kroll)委托的经济影响研究,更新的 ENK International's Pier 94 公司出租场地为城市与国家创造 11.5 亿美元税收。⑤ 世界时装大师文斯·塞特·拉尔瑞特准备时装表演时,一件看上去颇为简单的黑色羊毛衫样品要花费 150 小时,其成本价达 65000 法郎。超级宝林赛事(The Super Bowl event)1998 年的现场的花费高达 1500 万美元,10 亿多人得以知晓。结果销售额提高了 13%,高达 29 亿美元。所以,时装表演的核心主体绝不是模特,也不是服饰,而是拥有权威和明确目的的

---

① [美] 弗雷德里克·詹姆逊:《论全球化的影响》,王逢振译,《马克思主义与现实》2001 年第 1 期。
② 如 1980 年开始的"世界超级模特大赛"的冠军获得者在 14 至 25 岁女性中产生,她们大多在 20 岁以下,如莫妮卡在 14 岁,阿努什卡·穆兹克在 18 岁,苏妮·迈尔伯在 16 岁,安妮丽斯·索伯特在 18 岁获得冠军。
③ Alice Z. Cuneo. "THE FASHION SHOW", *Advertising Age*, v. 70, no. 48 (Nov. 22 1999).
④ Agnes Heller. *An Ethics of Personality*, Cambridge: Basil Blackwell, 1996. p. 270.
⑤ Catherine Curan. "Fashion trade show deal with the city hanging fire", *Crain's New York Business*, vol. 18, no. 17 (Apr. 29–May 5 2002).

时装集团。时装表演为真正的主体提供了一种赚钱的潜在机会。服装集团花费大量的资金,其最终的目的就是要使制造的服饰流行起来,以流行的威力来美化时装集团与产品的形象,以形象来收回更多的利润。

因此,时装表演不是纯粹刺激观众的欲望,并非超然的自律性的审美表现,其一颦一笑,藏藏露露,都蕴含着商业利欲的动机,都经过了时装集团严格的控制,怎样才能展示该新服饰的独特魅力,如何打动观众,把观众的服饰需求与有关服饰的价值取向引导到对新服饰透视的审美观念上来以激发大众的消费意识,都是经过服装集团的消费观念的过滤,否则模特根本没有机会上台展示。不难看出,在时装表演中,有一种魔力始终弥漫着,这就是货币。时装表演只是一个重要的中介,一个制造流行的中介。这个中介通过靓丽的模特来打造服饰的典型,使货币审美化或自然化。一旦走入流行的潮流,服饰与模特就不会再那么近乎卑躬屈膝地依附于观众,而是成为主宰观众的父亲形象,观众从而有意识或无意识地自愿甚至高高兴兴地掏出钞票,哪怕这是自己的血汗钱。对消费者来说,这时不再有审慎的考虑,不再严格恪守自己的道德伦理、审美情趣,似乎没有原因,而只有行动。大众这样,我也应这样。自己也就成为一个能指符码,它既可以决定其他能指,又被其他能指决定。这实质上成为了时尚模仿,赫勒对这种现象进行了深刻地揭示,她认为:"模仿意味着假装,'看起来一样'、'举止一样'、'出现仿佛一样'。"① 这不要求本真性与人们的自我的选择。人们选择的只是成为类似的。这就是"随俗之人"(other-directed man)或者单向度人,所以赫勒认为这些人"遵守其他人遵守的并且做同样的事情,没有反思、思考,没有询问事物本身是正确或是错误。单向度人的遵守在类型上是实用主义的:他遵守是为了模仿被遵守的行为,这种行为已经是他者行为的模仿:影子的影子。"② 既然时尚的模仿放弃了道德考虑,良心萎缩了,主体性变成了多余,日益浅薄。既然情感的丰富取决于卷入的多样性,取决于伴随这些卷入的反思与自我反思的连续性,那么一个随俗之人

---

① Agnes Heller. *A Philosophy of History in Fragments*, Oxford and Cambridge, MA: Blackwell, 1993, p.157.

② Agnes Heller. *An Ethics of Personality*, Cambridge, MA: Blackwell, 1996, p.273.

丧失了他的深度，也就成为了单向度人。如果在亚里士多德、卢卡奇等人看来，模仿是人的本能的、必然的能力与活动，那么时装表演引发的流行的模仿是一种抽象的模仿，这与后现代抽象化的现实息息相关。

而对时装集团来说，这就是商业成功的标志，也是商品成功地转化为文化的标志，是让观众在消费文化中不知不觉地购买产品、消费商品的标志。如果说流行本身就是一种消费意识形态，那么时装表演恰是催生流行的一架机器，这架机器不断地促使经济审美化，日常生活化。

时装表演作为一种显著的大众文化现象让人们神魂颠倒、流连忘返，其内涵是复杂的、多层面的。但从根本上说，它是审美化的商品广告，一种独特的微笑服务，它以流行的名义酿造一种消费意识形态统治着后现代那些看似激情百倍实则身心脆弱的男男女女。只有对其进行不断地反思与批判，我们方能揭开其神秘的面纱。

第二节 《魔女嘉莉》的日常生活恐怖书写

在当代英美文学界，恐怖小说从边缘涌入中心，掀起一股股流行文学巨浪，铺陈一场场血与火的恐怖之盛宴，催生一道道炫目的文化景观。美国作家斯蒂芬·金（Stephen King，又译为史蒂芬·金）作为当代最著名的恐怖小说大师，无疑是这一文化景观中最耀眼之星，其恐怖小说书写及其全球传播与接受形成了所谓的"斯蒂芬·金现象"，引起文学研究者和文化研究者持久关注。遗憾的是，他1974年出版的第一部成名作《魔女嘉莉》（Carrie）却被文学批评界所忽视，其文学价值也被帕尔马（Brian De Palma）导演的同名电影所掩盖。艾利逊（Harlan Ellison）则认为："我最喜欢的是《魔女嘉莉》，这并非说，他后来没有写出更好的作品，因为我认为《闪灵》是更好的书。但是，《魔女嘉莉》是纯粹的斯蒂芬·金作品。它是在任何自我意识之前、在受到任何关注之前的斯蒂芬·金作品。它是斯蒂芬·金为自己写的作品。"[1] 斯蒂芬·金发表《魔女嘉莉》后便"迅速成为当代恐怖派的代

---

[1] C. F. George, W. Beahm. *Stephen King from A to Z*, Missouri: Andrew McMeel Publishing, 1998, p. 29.

表作家"①，他自己也承认这部恐怖小说和《撒冷镇》《闪灵》"足够成功地使他成为专职作家"，是成就他走向当代恐怖小说"商标作家"之旅途的起点。② 因此，《魔女嘉莉》的深入分析能够清晰地彰显作者对恐怖小说当代转型所做出的独特的审美创造，尤其可以揭示其在恐怖元素嬗变、多角度故事讲述、跨文类书写、文学视觉化实践等方面所透视出来的后现代日常生活的恐怖魅力。

一 恐怖元素的嬗变

斯蒂芬·金以受美国作家德莱塞（Theodore Dreiser）的《嘉莉妹妹》（Sister Carrie）影响而命名的长篇小说《魔女嘉莉》作为其正式的写作生涯之始，并以之一举成名，迅即成为当代恐怖小说潮流中的领军作家。这部小说揭示后现代日常生活的恐怖元素，确证恐怖无处不在的存在主义观念，推动着恐怖小说的当代转型。

《魔女嘉莉》讲述一位美国欧文高中少女嘉莉（Carrie White）因遭受同学和母亲折磨而爆发邪恶意念引发学校火灾爆炸、捣毁张伯伦镇、杀害母亲而最后毁灭的故事。小说的恐怖元素是多元而复杂的，呈现出日常生活的矛盾纠结。自18世纪兴起的哥特小说是恐怖小说的源头，其恐怖元素一般是神秘的、浪漫的，狼人、吸血鬼、鬼魂等超自然超日常生活的形象与力量成为恐怖的主要元素。而斯蒂芬·金的《魔女嘉莉》代表了以当代小孩普遍生活的恐怖为书写对象的尝试。小说的恐怖元素主要来自嘉莉的母亲、同学以及她自己的恶魔般的力量。嘉莉的母亲怀特夫人（Margaret White）虔诚于宗教狂热活动，她把基督教的女性原罪意识强制性地灌输到幼小的嘉莉心里，致使天真活泼的女儿沦为毫无生气的"问题孩子"，"生命本身像石头一样降临在她头上"。③ 怀特夫人扭曲的行为与自我折磨的狰狞之笑和垂涎之笑对邻居和嘉莉均构成了令人恶心的恐怖。嘉莉在三岁时就浸染了"好孩子不长乳房"，

---

① 黄禄善、刘培骧主编：《英美通俗小说概述》，上海交通大学出版社1997年版，第314页。

② Stephen King. *Secret Windows: Essays and Fiction on the Craft of Writing*, New York: Book-of-the-Month Club, 2000, p. 23.

③ Stephen King. *Carrie*. New York: A Division of Random House, Inc., 2011, p. 36.

"坏孩子才长乳房"的原罪思想之毒汁；十三年之后，母亲将因第一次来月经而深感恐怖以及遭受同学嘲弄的女儿进一步推向极端，强迫她到供奉耶稣的阴暗的祈祷室中忏悔女人月经的罪过；当嘉莉在最隆重的班级舞会上被同学恶意泼洒猪血蒙羞而归的时候，母亲不是安慰而是以宗教的名义阴险地置她于死亡的边缘。母亲的宗教狂热不仅扭曲了女儿的心灵和行为，而且给毫无宗教性的纯洁的女儿带来无尽的恐怖。当然，母亲也关爱女儿，女儿也颇顺从母亲，但是母亲极端的宗教行为对嘉莉来说充满非人性的恐怖。嘉莉同学的行为也是恐怖的，女同学们面对嘉莉第一次来月经不但不关心反而嘲弄，集体向无知的她扔卫生巾。在班级舞会上，以苏珊·斯涅勒（Suan Snell）为核心的几位同学精心策划阴谋，致使被选中为"国王与王后"的嘉莉和汤米（Tommy）在登台亮相的最幸福时刻，突然遭受两桶猪血泼洒的公然羞辱，嘉莉在人生最自信之时恐怖不期而至，她顿时超越一切理性与文化价值理念，以至于她感到"愿意咬毒苹果，愿意被电车撞死，愿意被老虎吃掉"。[①] 可以说，慈爱的母亲和志同道合的同学在特殊的情境中的行为给嘉莉带来了难以抹平的伤害。如果说母亲的恐怖元素来自于严酷的非人性的宗教狂热，那么同学的恐怖元素则来自于社会群体的敌视、排斥与羞辱，两者均是后现代美国日常生活中的社会、文化恐怖因素的彰显。

小说中最恐怖的元素来自于嘉莉。作为聪慧、天真而勤劳的漂亮少女，嘉莉无不是善良的弱者形象。只要外在的恐怖力量没有达到一定的限度，她既没有恐怖性，也不愿意施展力量去威胁他人，她保持着人性的道德法律意识。虽然嘉莉拥有以心灵的力量强迫物体运动的能力，但是这种能力犹如高科技一样本身并没有邪恶甚至会带来快乐，而且这往往产生于危机时代或者紧张情境中。正是由于直面母亲和同学的恐怖，嘉莉的力量才借助于心灵遥控的能力一次次被迫呈现出来并逐步恶化，她也因此走向非理性的困窘之地而不能回到自己日常生活的身份意识。嘉莉在三岁时母亲对她的辱骂和身体摧残激发了本已潜在的心灵遥控的特异功能，在自家房屋上空下起了令人恐怖的石头雨；她在班级舞会之夜蒙受羞辱后面对母亲的猪血与无情的刺杀，突然诱发让母亲心脏停止跳动的心灵

---

① Stephen King. *Carrie*. New York：A Division of Random House, Inc., 2011, p.217.

意愿。尤其是在班级舞会上，嘉莉被泼洒猪血后的恐怖紧张瞬间激发了灾难性力量，蓄积已久的压抑的释放施展得淋漓尽致，她从人群中爬出来把所有的门都死死关闭，打开所有的消防栓喷水，引发电源短路起火，引爆汽油罐和加气站，致使参加班级舞会的老师和同学葬身火海，整个学校和张伯伦镇沦为一片废墟。小说中恐怖的恶魔嘉莉既是女性受害者，又是一个敢于在困境中崛起的"斗士参孙"，成为克洛弗尔（Clover）所谓的"女性受害者-英雄"（female victim-hero）或者女性化的男性①，这正是后现代日常生活中多元人格面具生存的真实写照。

可见，《魔女嘉莉》超越传统意义的基于经典哥特小说模式的恐怖元素，走向当代日常生活善恶交织的、复杂的深层心理的开掘，这恰是当代社会中人的存在性焦虑的恐怖性彰显，"进入最深层的文化恐怖"。② 或许依赖美国梦想而形成的英雄人格可以成功地挫败超自然的鬼怪，但是难以战胜日常生活中普通人内心的邪恶元素，无法根除家庭父母、人际关系以及自身无意识的邪恶力量。日常性的邪恶力量并非经常性爆发而是逐步积淀着、压抑着，在毫无预料的特殊情境中从理性的裂缝中奔涌而出，顿然使所有的应急体系和心理机制土崩瓦解。此小说体现出斯蒂芬·金对当代美国人的恐怖性存在的深刻揭示，实现了恐怖小说的恐怖元素的转型，其主人公嘉莉也是英美文学经典悲剧女性形象苔丝姑娘、嘉莉妹妹的延续与更新。③

二 多角度的故事讲述

斯蒂芬·金颇为重视故事讲述，认为"故事价值远远胜过作家的其他技巧"。④《魔女嘉莉》以日常生活的恐怖元素为题材实现了恐怖小说

---

① Carol J. Clover. *Men, Women and Chains*, New Jersey: Princeton University Press, 1992, p. 4.

② Tony Magistrale. *Landscape of Fear: Stephen King's American Gothic*, Ohio: Bowling Green State University Popular Press, 1988, p. 32.

③ Stephen King. *Secret Windows: Essays and Fiction on the Craft of Writing*, New York: Book-of-the-Month Club, 2000, p. 356.

④ Stephen King. *Secret Windows: Essays and Fiction on the Craft of Writing*, New York: Book-of-the-Month Club, 2000, pp. 34-35.

的当代转型，这种转型还意味着它对传统恐怖小说叙述模式的突破，努力探索具有显著的后现代主义特征的多视角故事讲述，充分呈现具有娱乐性和恐怖性的"故事价值"。

　　小说主要对嘉莉的两次恐怖事件进行多角度讲述。就怀特夫人房屋上空突然下石头雨的故事，小说开篇以新闻叙事进行，引述了来自 1966 年 8 月 9 日题目为《石头雨报道》，新闻故事报道的可靠性、真实性、客观性和新奇性增强了故事本身的恐怖性，虽然在现实生活和新闻条目中没有《石头雨报道》的具体细节，报道纯粹是一种虚构，但是它披着真实性的外衣，表明恐怖就发生在当下。石头雨叙事的第二个视角来自于盖威尔（Gaver）写作的杂志文章《嘉莉：心灵遥控的黑色黎明》的详细转述，讲述者以第一人称"我"的身份拜访怀特夫人的邻居霍兰（Horan），霍兰惊恐地告诉了嘉莉三岁时的天真可爱而又扭曲的言行以及面对宗教狂热的母亲的责骂与痛苦的尖叫，重点讲述自己跟母亲一起目睹石头雨的恐怖场面。小说还从嘉莉视角叙述石头雨的过程，即她面临母亲的屠刀威逼而爆发的反抗性的邪恶力量的过程，这个视角深入主体的内心。外在叙述和内在叙述不仅通过故事焦点"石头雨"而发生链接，还揭示了恐怖的根源。尤为注目的是，《魔女嘉莉》对嘉莉激发的最恐怖的灾难故事进行多角度讲述。一是关于嘉莉引发的灾难事件的研究分析，主要来自康格瑞斯（Congress）《爆炸的阴影：嘉莉·怀特个案的记录事实与确切结论》，该书把张伯伦镇的灾难事件视为 20 世纪最令人心悸的两件大事之一，该书是故事发生之后的研究和讲述，是学术界对恐怖事件的反应。二是来自于《我叫苏珊·斯涅勒》中的讲述，从十七岁青少年的角度讲述斯涅勒和汤米的爱情以及针对嘉莉的阴谋和随后的悔恨。三是来自于瓦臣（Watson）发表在《读者文摘》上的文章《我们从黑色的班级舞会中活了出来》，侧重于从旁观者"我"的角度讲述嘉莉的惊愕蒙羞的行动变化以及爬出人群关掉大门的过程，详细叙述舞会现场逃生的惊悚场面。四是来自于美国缅因州新英格联合通讯社的几份报道，记录欧文高中班级舞会上发生的火灾事件及其丧亡人数、加气站爆炸及其抢救，乃至整个张伯伦镇毁灭的火灾形势。五是来自于《黑色班级舞会：怀特委员会报告》中的四位当事人的讲述，张伯伦镇的市民奎兰（Quillan）先生讲述在自己家里观看到的学校火灾及嘉莉的报复行为；国家调查董事会成员谢里夫（Sheriff）警官讲述自己在交通事故调查过程中接到火灾通知，赶往张伯伦镇，目睹一片火海；在火灾中失去女儿的学生家长西马尔德（Simard）夫人讲述自己看见好友乔治夫人被活活烧死以及自己逃离灾难而昏厥跌倒；斯涅勒作为班级舞会参与者讲述对嘉莉的发现和自己抵制官方调查的情绪。虽然四位当事人都讲述嘉莉事件，但是视角不同，产生的效果也有差异，前两者体现为旁观的外在讲述，后两者为内在的亲历现场的讲述。六是小说叙述者采用三个人物视角展开的讲述，首先通过斯涅勒视角叙述她驾着小车去学校途中所目睹的火焰冲天的爆炸，然后以逃离火灾的舞会主持人维克（Vic）视角向谢里夫简要讲述灾难爆发的经过，最后从嘉莉的视角细致地叙述她面临猪血泼洒时众人一浪高过一浪的嘲笑和自己无法忍受而爆发的报复行为的过程。这些不同的视角的故事讲述或叙述都指向嘉莉引发的恐怖事件，形成了丰富多彩的故事点和不同角度的恐怖氛围。但是这些视角的讲述不是统一的，而是充满着矛盾，正如斯涅勒所写的："没有人理解发生在张伯伦镇的年级舞会之夜的事件。新闻社不理解，杜克大学的科学家不理解，大卫·康格瑞斯没有理解——尽管他的《爆炸的阴影》可能是关于这个主题唯一有点正式的图书——毫无疑问，怀特委员会使用我作为替罪羊，也没有理解这件事。"[1]

可以看到，斯蒂芬·金对恐怖小说故事讲述是有深入研究和自我创新的。他紧紧抓住嘉莉的恐怖元素引发的悲剧事件，以多种视角讲述的故事连缀成一部长篇小说，这使得小说本身就是由一系列的碎片式的短小故事拼贴而成的。这些短小故事都具有恐怖性效果，彼此交织于一体，充分展现了恐怖元素的"故事价值"。斯蒂芬·金在1986年出版的《故事贩卖机》的《序》中诗意地表达了对短篇故事的独特喜爱，强调了短篇故事的愉悦性，认为阅读长篇小说需要很长时间才能把握住整个故事，而"短篇故事犹如黑暗中来自陌生人的飞吻。当然，那并非如同一个社交事件或婚姻，但吻可以是甜蜜的，它的简洁形成了其自身

---

[1] Stephen King. *Carrie*. New York：A Division of Random House, Inc., 2011, p.94.

的吸引力"。① 虽然《魔女嘉莉》属于长篇小说，但是其原型框架肇始于短篇故事。据作者所言，他在1972年夏季之前就"已经开始写作名为《魔女嘉莉》的短篇故事……一个直接的点到点的故事，一个具有心灵遥控能力'野性天赋'的丑小鸭式的女孩，最终使用她的天赋把体育课上折磨她的坏女生毁灭掉"。② 可以说，这部小说创造了一系列短而精的故事，构成对嘉莉灾难事件的狂欢式的多角度讲述，镶嵌成后现代主义的马赛克，既具流行文学的娱乐性又不失精英文学的先锋性。不过，从总体上看，它对嘉莉的受辱和恐怖式复仇以及毁灭的讲述，仍然没有摆脱威斯科（Gina Wisker）所论及的恐怖小说类型的秩序破坏与重建的二元叙述结构之窠臼："从秩序情境中开始，在无序的时间里发展，这种无序是由可怕的或恶魔般的力量爆发所引起的。最后达到封闭和完成点，破坏性的恶魔元素被控制或者被捣毁，原初的秩序得到重建。"③

三 流行文学的跨文类书写

《魔女嘉莉》既突破传统流行小说写作模式，又颠覆基于文本统一风格之上的文学现代性框架，它的跨文类书写可以说是一次后现代主义话语书写的实验。

跨文类书写在传统文学创作中不乏其例，《红楼梦》《三国演义》等经典小说常用小说文类与诗词文类，体现出中国古典小说特殊的文本特征。但是，后现代主义的跨文类书写在理论和创造方面皆是有意识的、激进的。《魔女嘉莉》大胆地进行着流行文学的跨文类书写，可以被视为当代跨文类书写的标志性文本之一。在这部小说中，五种主要的书写类型复杂交织于一起。最重要的文类是小说，属于文学性的虚构话语，叙述嘉莉在学校浴室洗澡出现第一次月经的恐怖及同学的嘲弄，回家受到母亲折磨而忏悔，与男朋友汤米约会而屡遭母亲痛

---

① Stephen King. *Skeleton Crew*, New York: A Signet Book, 1986, p. 21.
② Stephen King. *Secret Windows: Essays and Fiction on the Craft of Writing*, New York: Book-of-the-Month Club, 2000, p. 45.
③ C. F. Gina Wisker. *Horror Fiction: An Introduction*, New York: The Continuun International Publishing Group, Inc., 2005, p. 9.

斥，参加班级舞会迎面同学准备的猪血而无情报复，绝望归家而深遭母亲毒害，杀死母亲而毁灭。小说虚构话语讲述了一个较为清晰完整的恐怖故事，具有文本世界的自足性，意义丰富。在这种虚构话语的实践推进过程中，在充满悬念、恐怖、紧张的小说书写中，在娱乐性和审美性的言语表达中插入了大量其他文类书写。小说开篇以新闻类型呈现出来，语言客观，强调"可靠性报道"，着力写出时间、地点、人物、事件的真实性和准确性，避免主观性介入。班级舞会火灾爆炸之后，作品中又粘贴四则新闻报道，对灾难和抢救进行详细的、如实的报道，精准到事件发生的某时某刻，甚至新闻报道整篇以英文大写字母突出，带来特殊的文本阅读效果。学术书写也是重要部分，其书写文本在作品中被插入十七处，篇幅约占全书的七分之一。学术文类指向客观事实的普遍规律，体现出科学性和知识性，是分析性的非虚构的理性话语，主要是《爆炸的阴影》的书写。它具体分析导致嘉莉事件的月经生理、成长经历、家庭文化背景、学校教育等方面的因素，既有关于心灵遥控能力的科学解释，又有对嘉莉个案的分析，还有学术界的论争，最后得出确切结论并提出以心理测试来预防类似恐怖事件发生的建议。这种书写持有严肃的学术态度，是一种严谨的学术话语表达，论证性话语逻辑、陈述判断语句、准确性科学词汇构成了其主要的话语体系，表达的意图是忠于事实，属于塞尔（Searle）提出的再现性（representatives）言语行为。[①]《魔女嘉莉》中类似于这种书写文类的还有《欧基尔维（Ogilvie）的心理现象词典》对心灵遥控能力的准确界定以及《科学年鉴》对嘉莉的特异功能的研究分析。作品中还穿插了七次斯涅勒的回忆录书写类型《我叫苏珊·斯涅勒》，类似于卢梭的《忏悔录》，属于自传性文类，作者和书名、内容一致，以第一人称"我"展示出对整个事件的主观感受，强调十七岁青少年的独特心理，文本主要是感性的，充满写作的内疚，尤其是对嘉莉的忏悔，其言语行为接近于表现（expressives）类型，言语的意图迥异于小说文类、新闻文类、学术文类，正如《我叫苏珊·斯涅勒》的

---

① John R. Searle. "A Classification of Illocutionary Acts", *Language in Society*, Vol. 5, No. 1 (Apr., 1976).

结尾所言："这本小书现在写完了。我希望它卖得很好，因此我能够去没有人知道我的地方。"①《魔女嘉莉》中还有一种主要的文类书写，来自于怀特委员会具有法律文本特征的书写，是美国官方就嘉莉事件进行调查笔录的、严肃的、发过誓的证词文类，属于承诺（Commissive）言语行为，主要引述《黑色的班级舞会》，小说插入四位当事人的笔录证词，其文学形式为访谈类结构，提问和回答交替进行，既有对话性特征，又有法律表达的严肃性和可靠性，最终确定肇事者是嘉莉，其书写意图在于找出谁是真正的罪犯。此外，作品中还直接引述嘉莉母亲的书信体文类、嘉莉笔记本上的随想录、班级舞会节目单、医院出具的嘉莉死亡报告单等。

小说作品中涉及的《爆炸的阴影》《我叫苏珊·斯涅勒》《黑色的班级舞会》等不同类型书写文本标有准确出版时间，引述部分亦附有确切的页码，似乎符合学术的规范和道德，似乎不属于斯蒂芬·金的亲笔书写，似乎可以被视为后现代主义文学创作中的"引述"（quotation）手法。但是，除开篇新闻类型外，所有"引述"具有时间的悖论，《魔女嘉莉》第一次出版时间为1974年，而"引述"的出版时间为1974年之后的"1980年""1981年""1986年"等，显然悖论纷呈。这种悖论实质上表明，所有的"引述"皆是"伪引述"，均是斯蒂芬·金的想象性的跨文类书写的结果。《魔女嘉莉》的跨文类书写打破传统小说的统一性文类特征，超越理性话语与虚构话语的界限，消解文学和非文学的藩篱，使小说中的文本区域形成不同的话语形态、表达意图和叙述风格，这可以说是后现代主义"杂糅"书写。

四　文学视觉化实践

斯蒂芬·金认为："书写是一种特别紧张的视觉化的行为。"② 这种源自视觉文化时代的文学观念在《魔女嘉莉》中得到较为成功的实践。

---

① Stephen King. *Carrie*. New York: A Division of Random House, Inc., 2011, p. 289.

② C. F. Stephen J. Sgignesi. *The Essential Stephen King: A Ranking of the Greatest Novels, Short Stories*, NewJersey: The Career Press, Inc., 2003, p. 23.

第六章 后现代欲望与审美

文学视觉化命题是十分古老而经典的，所谓"诗画同源"意味着文学与视觉艺术的共同起点。苏东坡提出的"味摩诘之诗，诗中有画"则为中国传统文学视觉化的重要表述；虽然莱辛的《拉奥孔》为诗和画划定界限，但是仍然揭示了彼此相通的可能性；文学的形象性在某种意义上可以说是文学视觉化的颇好的注解。不过，只有在后现代的读图时代，文学视觉化方具有划时代的意义，才在滚滚的图像潮流的逼压下得到有效的实践。《魔女嘉莉》作为当代流行文学特别是恐怖小说的视觉化的作品，其小说文本的语言媒介属性在艺术性处理中相对淡化，作品的图像性、可视性得到强化，正如现象学文学思想所透视的，在文学阅读过程中作品的物性被隐退，呈现出一个可观的世界。尽管影视文学或者影视剧本具有较强的视觉化特征，但是往往是影视拍摄的附庸。《魔女嘉莉》不是为电影拍摄的剧本，而是作为小说本身而呈现出视觉化的特征，是充分利用影视技法实现新的文学的可能性的实践，或者可以说是小说内化影视艺术的尝试。

《魔女嘉莉》主要以电影场景式叙述和独特的语言表达体现出文学视觉化的特征。首先，小说对嘉莉恐怖故事讲述的视觉性极为鲜明，以最恐怖性的场景创造不同视角下的空间场景。这些以斯特劳博（Peter Straub）所言的"抹煞叙述者和读者的距离"[①]与人物视角的方式进行讲述的恐怖场景，犹如电影镜头变化而形成的不同角度、不同距离的恐怖画面。石头雨叙述分化为旁观者感动之画面和嘉莉施展出的影像，两种不同的角度展示同一恐怖事件的不同的视觉效果。班级舞会之夜更是应接不暇，警官所见的场景是陷入火海中的张伯伦镇，斯涅勒目睹的则为远处夜空中的爆炸景观，市民奎兰所见的是自家窗户外的火灾场面，学生家长历经的又是穿越火灾爆炸的空间，这些不同视角讲述有远景、近景，又有空中之景，还有水平视角的景，既形成了场景的变换，又促进了场景的具体化。《魔女嘉莉》的场景叙述的恐怖性、空间性、具象性昭然可见。这些不同的场景没有连贯性和持续性，而是时隐时现断断续续，构成了整个叙述的空间性，弱化了讲述的时间性甚至逻辑性，使

[①] Peter Straub. "Introduction", in Stephen King, *Secret Windows: Essays and Fiction on the Craft of Writing*, New York: Book-of-the-Month Club, 2000, p. x.

场景直接呈现，产生惊呆的视觉效果。恐怖形象往往突破理性限制，甚至令人感觉不到语言媒介的存在，类似噩梦的视觉效果，虽然梦醒时分但是梦中形象还在啃噬着心扉，因为这种恐怖事件的视觉性进入非理性的本能的身体层面，无意识地在身体上铭刻印迹。《魔女嘉莉》以一个又一个精彩的场景点营造现场感，甚至这种现场感比文本意义更为重要。而且，这种故事讲述的场景化是紧张的、加快的叙述，如作者所说让"故事飞翔起来"。① 如果场景的紧张现场感是恐怖电影的魅力之一，那么这也是这部恐怖小说得以流行的重要因素。

视觉化场景叙述最终依赖于文本语言表达的视觉化的创造。虽然小说作品中的跨文类书写存在着不少理性化的抽象语言表达，缺乏视觉性，但是嘉莉恐怖故事本身的语言表达具有可视性，避免了具有歧义的、含混的语词和一些冗长的复杂句子。作者在词语选择上善于使用动词、名词和形容词以及隐喻修辞直呈恐怖形象。譬如，勾勒母亲的恐怖性形象反复强调"狰狞的笑"，其可视性超过了"大笑""嘲笑"等词语；叙写观众令人折磨的日益膨胀的嘲笑"像碰撞在一起的石块"。小说注重以视觉性的词语和感觉性很强的触觉词语、听觉词语、味觉词语、嗅觉词语等来增强身临其境的效果。如描述斯涅勒所见的空中爆炸场景："一团火焰划破夜空，紧接着飞舞起钢制房屋顶板、木头、纸屑所形成的光圈。""火焰""夜空""光圈"等名词和"划破""飞舞"等动词形成了鲜明的视觉效果，还以"浓烈的汽油味"的味觉词汇来强化现场感。又如失去女儿的学生家长西马尔德夫人描述的词句，她看到乔治夫人触电"变成黑色"，"当烧焦时我能够闻到她的味道"，"气味是甜的，像猪肉"，"看见六具尸体"，"它们像一堆堆破旧布"，"我能够听见过时了的摇摇晃晃的木瓦像玉米一样砰地一声爆裂"，"我跨过两根电线，绕过一个尸体"，这些词语所呈现的印象就如同西马尔德小时候玩过的电脑游戏一样历历在目。为了强化恐怖事件的视觉化的紧张场景，作者还频繁地缩短句子，使故事速度和叙述速度同步推进，弱化文字媒介的物性，如写嘉莉面临众人的嘲笑时的语句："她能够看见他们所有人的脸。他们的嘴，他们的牙齿，他们的

---

① Stephen King. *Secret Windows: Essays and Fiction on the Craft of Writing*, New York: Book-of-the-Month Club, 2000, p.17.

眼睛。"名词直接成句,犹如"枯藤老树昏鸦,小桥流水人家",明白如画,又蕴含恐怖的紧张度。

《魔女嘉莉》的文学视觉化是作者文学观念的具体化,也是作者体悟现当代流行影视文化的结果,特别受到恐怖电影的激发。斯蒂芬·金在1980年的文章《论成为一个商标》中谈道:"我在1950年代长大,那时的口号是'读书,看电影';现在似乎是'看电影,读电影小说化的东西'。"① 批评家白德雷(Linda Badley)认为,斯蒂芬·金等当代恐怖小说家是从日益蔓延的视觉文化和电子文化中成长起来的,"视觉和电子媒介最直接地促进了当代恐怖现象。金的小说是20世纪30年代和50年代的恐怖经典电影的产物,它把电影视角带入到自然主义小说之中"。② 研究斯蒂芬·金的权威学者玛吉斯特瑞勒(Tony Magistrale)更深刻地指出其恐怖小说的电影元素,认为"他写出了极有视觉性的集中于行为的叙述,颇为肯定的是,电影本身已经影响了金的作者视觉和叙述风格;他的小说通常暗示出恐怖电影的明确题目;他经常激起特有的恐怖元素,这些元素具有进一步展开的电影质性。"③ 正是《魔女嘉莉》的文学视觉化成功实践使得该小说面世两年就迅速被成功地改编成同名电影,电影媒介化的巨大影响力又反过来推进小说的流行之路。

虽然斯蒂芬·金认为美国恐怖小说具有保守性,但是《魔女嘉莉》在文化价值和写作范式方面都充满着后现代主义的激进特征,它在传统哥特小说的模式上探索恐怖小说的新道路,寻觅流行文化产业化的有效途径,在颠覆美国梦的过程中又凝聚为美国梦的市场传播力量,正如玛吉斯特瑞勒所说,"类似可口可乐找到通往全球的道路"。④ 这不能不引起国内学界的严肃思考。

---

① Stephen King. *Secret Windows: Essays and Fiction on the Craft of Writing*, New York: Book-of-the-Month Club, 2000, p. 67.
② Linda Badley. *Writing Horror and the Body*, Connecticut: Greenwood Publishing Group, 1996, p. 2.
③ Tony Magistrale. *Hollywood's Stephen King*, New York: Palgrave McMillian, 2003, p. xvi.
④ Tony Magistrale. *Stephen King: America's Storyteller*, Connecticut: Greenwood Publishing Group, 2010, p. viii.

参考文献

［法］阿尔都塞:《保卫马克思》,载陈学明主编《西方马克思主义卷》,复旦大学出版社1999年版。

［美］阿瑟·C.丹托:《艺术的终结之后》,王春辰译,江苏人民出版社2007年版。

［匈］阿格妮丝·赫勒:《日常生活》,衣俊卿译,重庆出版社1990年版。

［英］柏克:《关于崇高与美的观念的根源的哲学探讨》,孟纪青、汝信译,载《古典文艺理论译丛》第5册,人民文学出版社1963年版。

北京师范大学文艺学研究中心编:《文学审美意识形态论》,中国社会科学出版社2008年版。

［德］彼得·比格尔:《文学体制与现代化》,周宪译,《国外社会科学》1998年第4期。

［德］彼得·比格尔:《先锋派理论》,高建平译,商务印书馆2002年版。

［法］波德莱尔《现代生活的画家》,载《1846年的沙龙:波德莱尔美学论文选》,郭宏安译,广西师范大学出版社2002年版。

［英］伯尼斯·马丁:《当代社会与文化艺术》,李中泽译,四川人民出版社2000年版。

曹卫东:《交往理性与诗性话语》,天津社会科学出版社2001年版。

陈平原:《中国小说叙事模式的转变》,上海人民出版社1988年版。

陈永国、马海良编:《本雅明文选》,中国社会科学出版社1999年版。

［法］德里达:《书写与差异》,张宁译,生活·读书·新知三联书店2001年版。

［德］恩斯特·斐迪南德·克莱因：《论思想自由和出版自由：致君主、大臣和作者》，载詹姆斯·施密特编《启蒙运动与现代性》，徐向东等译，上海人民出版社2005年版。

冯宪光：《"西方马克思主义"美学研究》，重庆出版社1997年版。

冯宪光：《意识形态与审美意识形态》，北京师范大学文艺学研究中心编：《文学审美意识形态论》，中国社会科学出版社2008年版。

［美］弗雷德里克·詹姆逊：《论全球化的影响》，王逢振译，《马克思主义与现实》2001年第1期。

［美］弗雷德里克·詹姆逊：《马克思主义与形式——20世纪文学辩证理论》，李自修译，百花文艺出版社1997年版。

［美］弗雷德里克·詹姆逊：《文化转向》，胡亚敏等译，中国社会科学出版社2000年版。

［美］弗雷德里克·詹姆逊：《语言的牢笼》，钱佼汝译，百花文艺出版社1997年版。

［美］弗雷德里克·詹姆逊：《政治无意识》，王逢振、陈永国译，中国社会科学出版社1999年版。

《付费阅读下的网络小说创作备受质疑》，《解放日报》2009年7月7日。

傅庚生：《杜诗散绎》，陕西人民出版社1979年版。

龚鹏程：《大侠》，台北锦冠出版社1987年版。

郭绍虞校释：《沧浪诗话》，人民文学出版社1961年版。

［德］哈贝马斯：《公共领域的结构转型》，曹卫东等译，学林出版社1999年版。

［德］哈贝马斯：《交往行动理论》第一卷，洪佩郁、蔺青译，重庆出版社1994年版。

［德］哈贝马斯：《交往行动理论》第二卷，洪佩郁、蔺青译，重庆出版社1994年版。

［德］哈贝马斯：《论现代性》，载王岳川、尚水编《后现代主义文化与美学》，北京大学出版社1992年版。

［德］哈贝马斯：《在事实与规范之间》，童世骏译，生活·读书·新知三联书店2003年版。

［德］汉娜·阿伦特：《公共领域和私人领域》，载汪晖、陈燕谷主编《文化与公共性》，生活·读书·新知三联书店 2005 年版。

何新：《侠与武侠小说源流研究》，《文艺争鸣》1988 年第 1 期。

［德］黑格尔：《美学》第三卷上，朱光潜译，商务印书馆 1997 年版。

（宋）洪迈：《容斋随笔》卷八。

胡劲华：《资本市场青睐文学网站 百万点击值 10 万元钱》，http：//www.sina.com.cn 2006 年 04 月 22 日 09：51《财经时报》，2008 年 6 月 18 日查询。

［美］华莱士·马丁：《当代叙事学》，伍晓明译，北京大学出版社 1990 年版。

黄佳能、陈振华：《故事的张力与 20 世纪中国文学》，《文学评论》2000 年第 5 期。

黄坚：《〈鬼吹灯〉旋风劲吹 盛大开辟网络文学新"起点"》，《解放日报》2008 年 6 月 10 日。

黄禄善、刘培骧主编：《英美通俗小说概述》，上海交通大学出版社 1997 年版。［Huang Lushan, Liu Peixiang, eds. *Overview of British and American Popular Novels*, Shanghai: Shanghai Transport University Press, 1997.］

黄升民、丁俊杰主编：《媒介经营与产业化研究》，北京广播学院出版社 1997 年版。

江怡、涂纪亮主编：《维特根斯坦全集》第 4 卷，程志民译，河北教育出版社 2003 年版。

江怡、涂纪亮主编：《维特根斯坦全集》第 11 卷，涂纪亮等译，河北教育出版社 2003 年版。

［德］卡尔·曼海姆：《意识形态与乌托邦》，姚仁权译，九州出版社 2007 年版。

［德］卡西尔：《人论》，甘阳译，上海译文出版社 1986 年版。

［德］康德：《论优美感和崇高感》，何兆武译，商务印书馆 2003 年版。

［德］康德：《判断力批判》上卷，宗白华译，商务印书馆 2000

年版。

［美］柯里格：《美国文学理论的建制化》，单德兴译，《中外文学》1992年第21卷第1期。

旷新年：《文学存在的权力与制度》，《湖北大学学报》2003年第6期。

［法］拉康：《拉康选集》，褚孝泉译，上海三联书店2001年版。

［古罗马］郎加纳斯：《论崇高》，钱学熙译，《文艺理论译丛》第2期，人民文学出版社1958年版。

老舍：《我怎么写〈二马〉》，1935年10月16日《宇宙风》第三期。

老舍：《我怎样写〈老张的哲学〉》，1935年9月16日《宇宙风》创刊号。

［英］雷蒙德·威廉斯：《现代主义的政治——反对新国教派》，阎嘉译，商务印书馆2002年版。

李泽厚：《美学四讲》，《李泽厚十年集·美的历程》，安徽文艺出版社1994年版。

［法］利奥塔：《非人》，罗国祥译，商务印书馆2001年版。

林语堂：《中国人》。

刘峰：《世界上第一个模特诞生记》，《时装》1988年第3期。

［匈］卢卡奇：《卢卡奇早期文选》，张亮、吴勇立译，南京大学出版社2004年版。

［匈］卢卡奇：《审美特性》第一卷，徐恒醇译，中国社会科学出版社1986年版。

鲁迅（唐俟）：《渡河与引路》，载1918年11月《新青年》第5卷第5号"通讯栏"。

鲁迅：《南腔北调集·〈自选集〉自序》。

鲁迅：《中国新文学大系·小说二集》导言。

［法］路易·阿尔都塞、艾蒂安·巴里巴尔：《读〈资本论〉》，李其庆、冯文光译，中央编译出版社2001年版。

［法］路易-让·卡尔韦：《结构与符号——罗兰·巴尔特传》，车槿山译，北京大学出版社1997年版。

［法］罗兰·巴特：《符号学原理》，王东亮等译，生活·读书·新知三联书店1999年版。

［法］罗兰·巴特：《流行体系——符号学与服饰符码》，敖军译，上海人民出版社2000年版。

［法］罗兰·巴特：《神话——大众文化诠释》，许蔷蔷、许绮玲译，上海人民出版社1999年版。

［美］梅·所罗门编：《马克思主义与艺术》，杜章智、王以铸等译，文化艺术出版社1989年版。

［法］米歇尔·福柯：《文学的功能》，载杨雁斌、薛晓源编选《重写现代性——当代西方学术话语》，社会科学文献出版社2001年版。

莫励锋：《重论杜甫卒于大历五年冬》，《杜甫研究学刊》1998年第2期。

［德］尼可拉斯·鲁曼：《社会中的艺术》，张锦惠译，台北五南图书出版股份有限公司2009年版。

欧阳友权：《网络文学的学理形态》，中央文献出版社2007年版。

［法］皮埃尔·布迪厄：《艺术的法则：文学场的生成和结构》，刘晖译，中央编译出版社2001年版。

钱志熙：《"百年歌自苦"——论杜甫诗歌创作中"歌"的意识》，《中国文化研究》2004年春之卷。

钱中文：《文学是审美意识形态》，《文艺研究》1987年第6期。

（清）仇兆鳌：《杜诗详注》第一册，中华书局1979年版。

（清）仇兆鳌：《杜诗详注》第三册，中华书局1979年版。

（清）仇兆鳌：《杜诗详注》第五册，中华书局1979年版。

［法］让·波德里亚：《消费社会》，刘成富、全志钢译，南京大学出版社2001年版。

［法］让·博德里亚尔：《完美的罪行》，王为民译，商务印书馆2000年版。

［法］让-弗朗索瓦·利奥塔尔：《后现代状况》，车槿山译，生活·读书·新知三联书店1997年版。

（唐）沈彬：《结客少年场行》。

沈雁冰：《人物的研究》，载1925年3月《小说月报》第16卷第

3号。

[斯洛文尼亚] 斯拉沃热·齐泽克:《意识形态的崇高客体》,季广茂译,中央编译出版社2002年版。

[美] 苏珊·朗格:《艺术问题》,滕守尧、朱疆源译,中国社会科学出版社1983年版。

汤增璧:《崇侠篇》,张丹、王忍之编《辛亥革命前十年间时讨论集》第3卷,三联书店1960年版。

[英] 特里·伊格尔顿:《当代西方文学理论》,王逢振译,中国社会科学出版社1988年版。

[英] 特里·伊格尔顿:《历史中的政治、哲学、爱欲》,马海良译,中国社会科学出版社1999年版。

[英] 特里·伊格尔顿:《马克思主义文学理论》,载《历史中的政治、哲学、爱欲》,马海良译,中国社会科学出版社1999年版。

[英] 特里·伊格尔顿:《马克思主义与文学批评》,文宝译,人民文学出版社1980年版。

[英] 特里·伊格尔顿:《美学意识形态》,王杰等译,广西师范大学出版社1997年版。

[日] 藤井省三:《鲁迅〈故乡〉阅读史:近代中国的文学空间》,新世界出版社2002年版。

童庆炳:《审美意识形态论作为文艺学的第一原理》,《学术研究》2000年第1期。

童庆炳:《怎样理解文学是"审美意识形态"?》,北京师范大学文艺学研究中心编:《文学审美意识形态论》,中国社会科学出版社2008年版。

童世骏:《批判与实践——论哈贝马斯的批判理论》,生活·读书·新知三联书店2007年版。

佟硕之:《金镛梁羽生合论》,载《梁羽生及其武侠小说》,伟青书店1980年版。

[俄] 托尔斯泰:《托尔斯泰文集》,人民文学出版社1992年版。

(明) 王嗣奭:《杜臆》,上海古籍出版社1983年版。

王本朝:《文学制度:现代文学的一种阐释方式》,《文艺研究》

2003 年第 4 期。

王本朝：《文学制度与文学的现代性》，《湖北大学学报》2003 年第 6 期。

王本朝：《中国现代文学的生产体制问题》，《文学评论》2004 年第 2 期。

王本朝：《中国现代文学制度研究》，西南师范大学出版社 2002 年版。

王富仁：《中国反封建思想革命的一面镜子——〈呐喊〉〈彷徨〉综论》，北京师范大学出版社 1986 年版。

王一川：《通向本文之路》，四川人民出版社 1997 年版。

王元骧：《文学意识形态性质的再认识》，北京师范大学文艺学研究中心编：《文学审美意识形态论》，中国社会科学出版社 2008 年版。

《网络阅读三分钱看一千字 超级写手赚了上百万》，《都市快报》2010 年 1 月 28 日。

［苏］维·什克洛夫斯基：《散文理论》，刘宗次译，百花洲文艺出版社 1994 年 10 月版。

吴小如：《古典小说漫稿》，上海古籍出版社 1982 年版。

［美］希利斯．米勒：《文学死了吗》，秦立彦译，广西师范大学出版社 2007 年版。

夏志清：《中国古典小说导论》，胡益民、石晓林、单坤琴译，安徽文艺出版社 1988 年版。

须文蔚：《台湾数位文学社群五年来的变迁》，http：//blog.chinatimes.com/winway/archive/2005/07/19/1303.html。2008 年 6 月 18 日查询。

徐调浮、周振甫注：《人间词话》，人民文学出版社 1960 年版。

徐卓呆：《小说无题录》，载《小说世界》1923 年第 7 期。

（汉）许慎：《说文解字》，天津古籍出版社 1991 年版。

（清）杨伦：《杜诗镜诠》上，上海古籍出版社 1962 年版。

（清）叶燮：《原诗·内篇下》，载郭绍虞主编《中国历代文论选》一卷本，上海古籍出版社 1979 年版。

余虹：《文学知识学》，北京大学出版社 2009 年版。

袁珂：《神话论文集》，上海古籍出版社1982年版。

[美]詹明信：《文本的意识形态》，张旭东编《晚期资本主义的文化逻辑》，陈清侨等译，生活·读书·新知三联书店1997年版。

张安祖：《杜甫"沉郁顿挫"本义探原》，《文学遗产》2004年第3期。

张赣生：《民国通俗小说论稿》，重庆出版社1991年版。

张恨水：《春明外史·前序》。

张恨水：《我的创作和生活》，《文史资料选辑》第70辑。

张梦阳：《从〈阿Q正传〉看通俗文学的严肃性与通俗性》，人大复印资料《中国现代、当代文学研究》2001年第1期。

张颐武：《现代性"文学制度"的反思》，《文学自由谈》2003年第4期。

章太炎：《检论儒侠》，《章太炎卷》，河北教育出版社1996年版。

赵毅衡：《苦恼的叙述者》，北京十月文艺出版社1994年版。

郑春元：《侠客史》，上海文艺出版社1999年版。

朱光潜：《朱光潜美学文集》第一卷，上海文艺出版社1982年版。

[日]竹端直树：《Fashion时装属于谁》，李晓牧译，《时装》1996年第4期。

《宗旨》，http：//www.sinowriters.org/html/modules/cjaycontent/index.php？id=4。2008年6月6日查询。

Badley, Linda. *Writing Horror and the Body*, Connecticut: Greenwood Publishing Group, 1996.

Battersby, Christine. "Terror, terrorism and the sublime: rethinking the sublime after 1789 and 2001", *Postcolonial Studies*, Vol. 6, No. 1, 2003.

Burk, Edmund. A Philosophical Enquiry into the Origin of Our Ideas of the Sublime and Beautiful, *Ed. T. Boulton*, London: *Routledge and Kegan Paul*, 1958.

Bürger, Peter. *Theory of the Avant-Garde*, trans. Jochen Schulte-Sasse, Minneapolis: University of Minnesota press, 1984.

Calinescu, Matei. *Faces of Modernity*, Bloomington and London, Indiana University press, 1977.

Carol J. Clover. *Men, Women and Chains*, New Jersey: Princeton University Press, 1992.

Caudwel, Christopher. *Illusion and Reality*, New York: International Publishers, 1937.

Cornell, Drucilla. "The Sublime in Feminist Politics and Ethics", *Peace Review*, 14: 2, (2002).

Cuneo, Alice Z. . "THE FASHION SHOW", *Advertising Age*, vol. 70, no. 48 (Nov. 22, 1999).

Curan, Catherine. "Fashion trade show deal with the city hanging fire", *Crain's New York Business*, vol. 18, no. 17 (Apr. 29, May 5, 2002).

Davies, Stephen. "Definition of Art", in Edward Craig eds. *Routledge Encyclopedia of Philosophy*, Vol. 1, London and New York: Routledge, 1998.

Delehanty, Ann T. . "From Judgment to Sentiment: Changing Theories of the Sublime, 1674–1710", *Modern Language Quarterly*, 66: 2 (June 2005).

Eagleton, Terry. *Criticism and Ideology*, London: NLB, 1976.

Eagleton, Terry. *Literary Theory: An Introduction*, Minnesota: The University of Minnesota Press, 2008.

Eagleton, Terry. *The Ideology of the Aesthetic*, Basil Blackwell Ltd, 1991.

Evans, Fred. "Lyotard, Bakhtin, and radical Heterogeneity", in Hugh J. Silverman ed., *Lyotard: Philosophy, Politics, and the Sublime*, New York and London: Routledge, 2002.

Feagin, Susan L. . "Institution Theory of Art", in Robert Andi eds. *The Cambridge Dictionary of Philosophy*, Cambridge: Cambridge University Press, 1995.

Fehér, Ferenc. "What is Beyond Art? On the Theories of Post-Modernity", in Agnes Heller and Ferenc Fehér eds. *Reconstructing Aesthetics*, Oxford: Basil Blackwell, 1986.

Ferguson, Frances. "Legislating the Sublime", in Ralph Cohen ed.

Studies in Eighteen-Century British Art and Aesthetics, Berkeley: University of California Press, 1995.

Fischer, Ernst. *The Necessity of Art—a Marxist Approach*, trans. Anna Bostock, Penguin Books, 1963.

George W. Beahm. *Stephen King from A to Z*, Missouri: Andrew McMeel Publishing, 1998.

Gibbons, Luke. *Edmund Burke and Ireland: Aesthetics, Politics, and the Colonial Sublime*, Cambridge: Cambridge University Press, 2003.

Habermas, Jürgen. *Communication and the Evolution of Society*, trans. Thomas McCarthy, Boston: Beacon Press, 1979.

Habermas, Jürgen. *The Philosophical Discourse of Modernity*, trans. Frederick Lawrence, Cambridge: Polity Press, 1987.

Habermas, Jürgen. *Truthandjustification*, ed. and trans. Barbara Fultner, Cambridge, Mass: MIT Press, 2003.

Habermas, Jürgen. "Modernity versus postmodernity", in Cluvre Cazeauxed. *The Continental Aesthetics Reader*, London and New York: Routledge, 2000.

Habermas, Jürgen. "Questions and Counterquestions", in Richard J. Bernstein ed. *Habermas and Modernity*, Cambridge: The MIT Press, 1985.

Heller, Agnes. *A Philosophy of History in Fragments*, Oxford and Cambridge, MA: Blackwell, 1993.

Heller, Agnes. *A Theory of modernity*, London: Blackwell Publishers, 1999.

Heller, Agnes. *An Ethics of Personality*, Cambridge: Basil Blackwell, 1996.

Heller, Agnes. Can Modernity Survive? Cambridge, Berkeley, Los Angeles: Polity Press and University of California Press, 1990.

Heller, Agnes. Dictator over need, Oxford: Basil Blackwell, 1983.

Heller, Agnes. *General Ethics*, Oxford: Basil Blackwell, 1989.

Heller, Agnes. *The Power of Shame: A Rationalist Perspective*. London:

Routledge and Kegan Paul, 1985.

Holub, Robert. "Luhmann's Progeny: Systems Theory and Literary Studies in the Post-Wall Era", *New German Critique*, No. 61, Special Issue on Niklas Luhmann (Winter, 1994).

Howard, W. . "Heller, Agnes, Modernity's pendulum, *Thesis Eleven*, 1992, 31, 1-13", in *Sociological Abstracts*, Vol. 40, no. 5 (1992).

Hugh J. Silverman ed., *Lyotard: Philosophy, Politics, and the Sublime*, New York and London: Routledge, 2002.

Huhn, Thomas. "The Kantian Sublime and the Nostalgia for Violence", *The Journal of Aesthetics and Art Criticism*, 53: 3, Summer 1995.

Jameson, Fredric. "Ideology and Symbolic Action", *Critical Inquiry*, Vol. 5, No. 2 (Win, 1978).

Jean-Luc Nancy. "The Sublime Offering" in *Of the Sublime: Presence in Question*, trans. Jeffrey S. Librett. Albany, NY: State University of New York Press, 1993.

John R. Betz. "Beyond the Sublime: the aesthetics of the Analogy of Being (Part One), *Modern Theology* 21: 3 July 2005.

John R. Searle. *Expression and Meaning*, Cambridge: Cambridge University Press, 1979.

John R. Searle. "A Classification of Illocutionary Acts", in *Language in Society*, Vol. 5, No. 1 (Apr., 1976).

John R. Searle. "Literary Theory and Its Discontent", *New Literary History*, Vol. 25, no. 3 (1994).

John R. Searle. "The Logic Status of Fiction Discourse", in Peter Lamarque, Stein Haugom Olsen eds. *Aesthetics and the Philosophy of Art: The Analytic Tradition: An Anthology*, Blackwell Publishing, 2003.

Kathleen M. Wheeler. "Classicism, Romanticism, and Pragmatism: The Sublime Irony of Oppositions", parallax, 1998, vol. 4, no. 4.

King, Stephen. *Carrie*. New York: A Division of Random House, Inc., 2011.

King, Stephen. *Secret Windows: Essays and Fiction on the Craft of Writ-

ing, New York: Book-of-the-Month Club, 2000.

King, Stephen. *Skeleton Crew*, New York: A Signet Book, 1986.

Lash, Scott. *Sociology of Postmodernism*, Routledge, 1990.

Lefebvre, Henri. *Everyday Life in the Modern World*, trans. Sacha Kabinovitch, New Brunswick, U. S. A and London: Transaction Publishers, 1984.

Lefebvre, Henri. "Foreword", in*Critique of Everyday Life*, Volume one, trans. John Moore, (London, New York: Verso, 1991).

Luhmann, Niklas. *Art as s social system*, trans. Eva Knodt, Stanford University Press, 2000.

Luhmann, Niklas. *Essays on self-reference*, New York: Columbia University Press, 1990.

Luhmann, Niklas. *Love as Passion: the codification of intimacy*, Cambridge: Polity Press, 1986.

Luhmann, Niklas. *Social System*, Trans. John Bednarz, Stanford University Press, 1995.

Luhmann, Niklas. "A Redescription of 'Romantic Art'", *MLN*, Vol. 111, No. 3, German Issue (Apr., 1996).

Luhmann, Niklas. "The Autopoiesis of Social System", Felix Geyer and Jahannes eds. *Sociocybernetic paradoxes*, Sage Publication Ltd, 1986.

Luhmann, Niknas. *Observations on modernity*, trans. William Whobrcy, Stanford University Press, 1998.

Luhmann, Niknas. *The Reality of the Mass Media: Cultural memory in the present*, Trans. Kathleen Cross, Stanford University Press, 1998.

Lukács, Georg. *Soul and Form*, trans. Anna Bostock, Cambridge, Massachusetts: The MIT Press, 1974.

Lynn, Allison. "Role reversal", *People Weekly*, vol. 44 (Nov. 13, 1995).

Lyotard, Jean-François. *The Postmodern Condition: A Report on Knowledge*, trans. Geoff Bennington and Brian Massumi. Minneapolis, MN: University of Minnesota Press, 1993.

Lyotard, Jean-François. "psychological, aesthetics and the politics of difference", in Michael Drolet ed. *The postmodern reader*, London and New York: Routledge, 2004.

Magistrale, Tony. *Hollywood's Stephen King*, New York: Palgrave McMillian, 2003.

Magistrale, Tony. *Landscape of Fear: Stephen King's American Gothic*, Ohio: Bowling Green State University Popular Press, 1988.

Magistrale, Tony. *Stephen King: America's Storyteller*, Connecticut: Greenwood Publishing Group, 2010.

Malpas, Simon. "Sublime Ascesis: Lyotard, Art and Event", *Journal of the theoretical humanities*, vol. 7, num. 1, Apr, 2002.

McCarthy, Thomas. "Reflections on Rationalization in *The Theory of Communicative Action*", in Richard J. Bernstein ed. *Habermas and Modernity*, Cambridge: The MIT Press, 1985.

Neocleous, Mark. "John Michael Roberts: The aesthetics of free speech: rethinking the public sphere", *Capital & Class*, Spring, 2006.

Nick Crossley, John MichaelRoberts eds. *After Habermas: New Perspectives on the Public Sphere*, MA: Blackwell Publishing, 2004.

Poster, Mark. "Jean Baodrillard (1929-)", *Routledge Encyclopedia of Philosophy*, Vol. 1.

Readings, Bill. "Sublime Politics: the End of the Party Line".

Robert M. Harnish. "Speech acts and intentionality", in Armin Burkhardt ed. *Speech Acts, Meaning, and Intentions: critical approaches to philosophy of John. R. Searle*, New York: de Gruyter, 1990.

Roberts, David, "Between Home and World: Agnes Heller's the Concept of the Beautiful", in *Thesis Eleven*, no. 59 (1999).

Roberts, David. *Art and Enlightenment: Aesthetic theory after Adorno*, Lincoln and London: University of Nebraska press, 1991.

Rorty, Richard. "Habermas and Lyotard on Postmodernity", in Richard J. Bernstein ed. *Habermas and Modernity*, Cambridge: The MIT Press, 1985.

Rádnóti, Sándor. " Mass Culture ", trans. Ferenc Feher and John Fekete, in Eds. Agnes Heller and F. Feher*Reconstructing Aesthetics*, Oxford: Basil Blackwell, 1986.

Sgignesi, Stephen J. . *The Essential Stephen King: A Ranking of the Greatest Novels, Short Stories*, New Jersey: The Career Press, Inc., 2003.

Sherwood, Steven."*Art as a Social System* by Niklas Luhmann", *The American Journal of Sociology*, Vol. 108, No. 1 (Jul., 2002).

Straub, Peter. " Introduction ", in Stephen King, *Secret Windows: Essays and Fiction on the Craft of Writing*, New York: Book-of-the-Month Club, 2000.

Susan Buck - Morss. *The Origin of Negative Dialectics: Theodor W. Adorno, Walter Benjamin, and the Frankfurt Institute*, New York: The Free Press, 1977.

Theodor W. Adorno. *Aesthetic Theory*, Trans. C. Lenhardt. London: Routledge & Kegan Paul, 1984.

Theodor W. Adorno. " Culture Industry Reconsidered ", trans. Ansom G. Rabinbach, *New German Critique*, No. 6 (Autum, 1975).

Trottein, Serge. " Lyotard: before and after the Sublime ", in Hugh J. Silverman ed., *Lyotard: Philosophy, Politics, and the Sublime*, New York and London: Routledge, 2002.

Wander, Philip."Introduction to the Transaction Edition", in*Everyday Life in the Modern World*, trans. Sacha Kabinovitch, New Brunswick, U. S. A and London: Transaction Publishers, 1984.

William P. Murphy."The Sublime Dance of Mende Politics: an African Aesthetic of Charismatic Power", *American Ethnologist*, Vol. 25, Num. 4, 1998.

Wisker, Gina. *Horror Fiction: An Introduction*, New York: The Continuun International Publishing Group, Inc., 2005.